Politik & Co. 7/8

Gemeinschaftskunde/ Rechtserziehung/Wirtschaft

Bearbeitet von

Dimitrios Kalpakidis
Gritt Oertel-Sperling
Jana Windisch

Gymnasium
Sachsen

C.C.BUCHNER

Politik & Co. – Sachsen

Gemeinschaftskunde/Rechtserziehung/Wirtschaft

Band 7/8

Bearbeitet von Dimitrios Kalpakidis, Gritt Oertel-Sperling, Jana Windisch

Zu diesem Lehrwerk sind erhältlich:

- Digitales Lehrermaterial **click & teach Einzellizenz**, Bestell-Nr. 710821
- Digitales Lehrermaterial **click & teach Box** (Karte mit Freischaltcode), ISBN 978-3-661-71082-1

Weitere Materialien finden Sie unter www.ccbuchner.de.

Dieser Titel ist auch als digitale Ausgabe **click & study** unter www.ccbuchner.de erhältlich.

1. Auflage, 1. Druck 2020
Alle Drucke dieser Auflage sind, weil untereinander unverändert, nebeneinander benutzbar.

Dieses Werk folgt der reformierten Rechtschreibung und Zeichensetzung. Ausnahmen bilden Texte, bei denen künstlerische, philologische oder lizenzrechtliche Gründe einer Änderung entgegenstehen.

Die Mediencodes enthalten ausschließlich optionale Unterrichtsmaterialien. An keiner Stelle im Schülerbuch dürfen Eintragungen vorgenommen werden. Auf verschiedenen Seiten dieses Buches finden sich Verweise (Links) auf Internetadressen. Haftungshinweis: Trotz sorgfältiger inhaltlicher Kontrolle wird die Haftung für die Inhalte externer Seiten ausgeschlossen.

Redaktion: Simon Hameister
Layout und Satz: Wildner + Designer GmbH, Fürth
Druck und Bindung: Firmengruppe Appl, aprinta Druck, Wemding

www.ccbuchner.de

ISBN 978-3-661-**71081**-5

Inhaltsverzeichnis

Anhang

METHODEN für das Fach Gemeinschaftskunde/Rechtserziehung/Wirtschaft

METHODEN für die Bearbeitung der Aufgaben

METHODEN für die Bearbeitung der WAHLBEREICHE

DIGITAL AKTIV

Zur Arbeit mit dem Buch

Politik & Co. 7/8 wurde nach den Vorgaben des Lehrplans für den Unterricht im Fach Gemeinschaftskunde/Rechtserziehung/Wirtschaft des Gymnasiums in Sachsen neu konzipiert. Es ermöglicht euch, liebe Schülerinnen und Schüler, die zentralen Lern- und Wahlbereiche sowie die Kompetenzen des Faches anhand vieler Beispiele aus eurem Leben und eurer Umgebung zu erwerben. Für eure Lehrerinnen und Lehrer ist das Buch eine Hilfe, einen modernen und binnendifferenzierten Unterricht zu verwirklichen.

Kapitelauftaktseiten

Jedes Kapitel beginnt mit einer **Auftaktdoppelseite**. Eine Materialseite und offene Aufgaben ermöglichen euch eine erste Annäherung an die Inhalte des neuen Kapitels. Dabei könnt ihr auch zeigen, was ihr schon über das Thema wisst. Außerdem hilft euch ein kleiner Einführungstext, einen Überblick zu erhalten. Über welches Wissen und Können ihr am Ende des Kapitels verfügen solltet, könnt ihr unter „**KOMPETENZEN**" nachlesen.

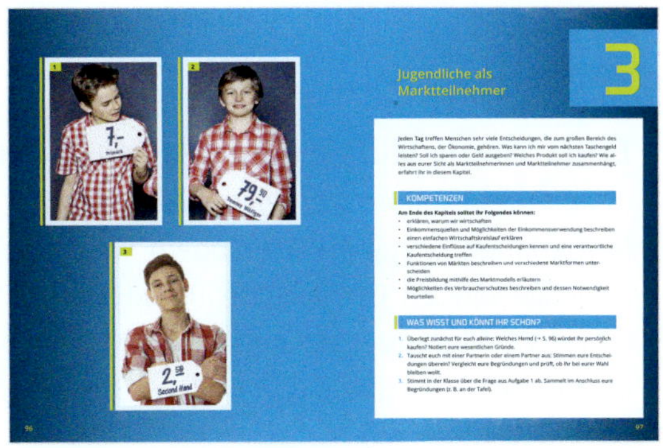

3

Jugendliche als Marktteilnehmer

Jeden Tag treffen Menschen sehr viele Entscheidungen, die zum großen Bereich des Wirtschaftens, der Ökonomie, gehören. Was kann ich mir vom nächsten Taschengeld leisten? Soll ich sparen oder Geld ausgeben? Welches Produkt soll ich kaufen? Wie alles aus eurer Sicht als Marktteilnehmerinnen und Marktteilnehmer zusammenhängt, erfahrt ihr in diesem Kapitel.

KOMPETENZEN

Am Ende des Kapitels solltet ihr Folgendes können:

- erklären, warum wir wirtschaften
- Einkommensquellen und Möglichkeiten der Einkommensverwendung beschreiben
- einen einfachen Wirtschaftskreislauf erklären
- verschiedene Einflüsse auf Kaufentscheidungen kennen und eine verantwortliche Kaufentscheidung treffen
- Funktionen von Märkten beschreiben und verschiedene Marktformen unterscheiden
- die Preisbildung mithilfe des Marktmodells erläutern
- Möglichkeiten des Verbraucherschutzes beschreiben und dessen Notwendigkeit beurteilen

WAS WISST UND KÖNNT IHR SCHON?

1. Überlegt zunächst für euch alleine: Welches Hemd (→ S. 96) würdet ihr persönlich kaufen? Notiert eure wesentlichen Gründe.
2. Tauscht euch mit einer Partnerin oder einem Partner aus: Stimmen eure Entscheidungen überein? Vergleicht eure Begründungen und prüft, ob ihr bei eurer Wahl bleiben wollt.
3. Stimmt in der Klasse über die Frage aus Aufgabe 1 ab. Sammelt im Anschluss eure Begründungen (z. B. an der Tafel).

96 97

Einführung in die Unterkapitel

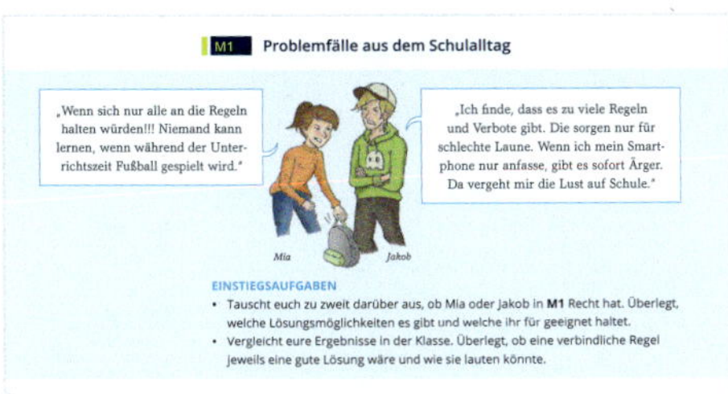

M1 Problemfälle aus dem Schulalltag

EINSTIEGSAUFGABEN

- Tauscht euch zu zweit darüber aus, ob Mia oder Jakob in **M1** Recht hat. Überlegt, welche Lösungsmöglichkeiten es gibt und welche ihr für geeignet haltet.
- Vergleicht eure Ergebnisse in der Klasse. Überlegt, ob eine verbindliche Regel jeweils eine gute Lösung wäre und wie sie lauten könnte.

Jedes Unterkapitel beginnt mit einer knappen Einführung. In der Rubrik **„Zum Thema"** werdet ihr an das jeweilige Thema herangeführt. Hier erfahrt ihr bereits, was das zu behandelnde Problem der nachfolgenden Seiten ist bzw. mit welchen Themen es bearbeitet werden kann. Im Anschluss an die thematische Hinführung, beginnt jedes Unterkapitel mit einem farblich hinterlegten Einstiegsmaterial und entsprechenden **EINSTIEGSAUFGABEN**. Hier wird in der Regel ein Problem aus eurem Alltag anhand unterschiedlicher Fallbeispiele dargestellt.

Materialien und Methoden innerhalb der Kapitel

Durch die Arbeit mit dem **Materialienteil** und den speziell ausgewiesenen **Methodenseiten** schult ihr eure Lern-, Methoden-, Sozial- und Urteilskompetenzen. Die sorgfältig ausgewählten Quellen (Zeitungsartikel, Bilder, Karikaturen, Grafiken etc.) zeigen unterschiedlichste Perspektiven und vertiefen die zentralen Themenaspekte.

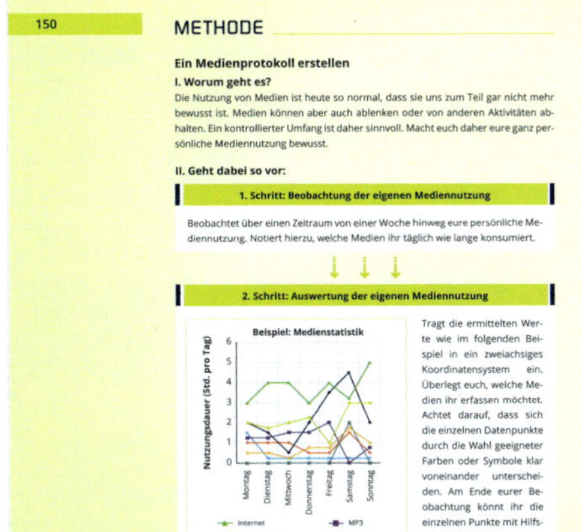

150

METHODE

Ein Medienprotokoll erstellen

I. Worum geht es?

Die Nutzung von Medien ist heute so normal, dass sie uns zum Teil gar nicht mehr bewusst ist. Medien können aber auch ablenken oder von anderen Aktivitäten abhalten. Ein kontrollierter Umfang ist daher sinnvoll. Macht euch daher eure ganz persönliche Mediennutzung bewusst.

II. Geht dabei so vor:

1. Schritt: Beobachtung der eigenen Mediennutzung

Beobachtet über einen Zeitraum von einer Woche hinweg eure persönliche Mediennutzung. Notiert hierzu, welche Medien ihr täglich wie lange konsumiert.

2. Schritt: Auswertung der eigenen Mediennutzung

Tragt die ermittelten Werte wie im folgenden Beispiel in ein zweiachsiges Koordinatensystem ein. Überlegt euch, welche Medien ihr erfassen möchtet. Achtet darauf, dass sich die einzelnen Datenpunkte durch die Wahl geeigneter Farben oder Symbole klar voneinander unterscheiden. Am Ende eurer Beobachtung könnt ihr die einzelnen Punkte mit Hilfslinien verbinden.

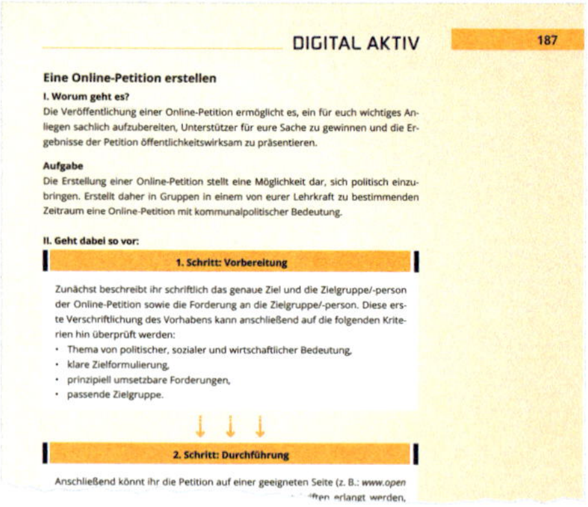

DIGITAL AKTIV 187

Eine Online-Petition erstellen

I. Worum geht es?
Die Veröffentlichung einer Online-Petition ermöglicht es, ein für euch wichtiges Anliegen sachlich aufzubereiten, Unterstützer für eure Sache zu gewinnen und die Ergebnisse der Petition öffentlichkeitswirksam zu präsentieren.

Aufgabe
Die Erstellung einer Online-Petition stellt eine Möglichkeit dar, sich politisch einzubringen. Erstellt daher in Gruppen in einem von eurer Lehrkraft zu bestimmenden Zeitraum eine Online-Petition mit kommunalpolitischer Bedeutung.

II. Geht dabei so vor:

1. Schritt: Vorbereitung

Zunächst beschreibt ihr schriftlich das genaue Ziel und die Zielgruppe/-person der Online-Petition sowie die Forderung an die Zielgruppe/-person. Diese erste Verschriftlichung des Vorhabens kann anschließend auf die folgenden Kriterien hin überprüft werden:
- Thema von politischer, sozialer und wirtschaftlicher Bedeutung,
- klare Zielformulierung,
- prinzipiell umsetzbare Forderungen,
- passende Zielgruppe.

2. Schritt: Durchführung

Anschließend könnt ihr die Petition auf einer geeigneten Seite (z. B.: *www.open*

Selbstgesteuertes Lernen

Im GRW-Unterricht sollt ihr nicht nur einfach Fakten stur auswendig lernen und wiedergeben. Da Politik, Recht und Wirtschaft heutzutage zudem überwiegend medial vermittelt werden, ist ein gut überlegter Umgang mit Medien Voraussetzung dafür, dass ihr als mündige Bürgerinnen und Bürger am Leben in einer „Demokratie" teilhaben und es aktiv mitgestalten könnt. Unter der Rubrik „**DIGITAL AKTIV**" könnt ihr daher zeigen, dass ihr über einen längeren Zeitraum alleine oder in der Gruppe etwas „Digitales" selbstgesteuert erarbeiten könnt. Dabei schult ihr gleichzeitig eure Medienkompetenz.

Erklärfilme, Hilfestellungen und Forderaufgaben

In den Randspalten werden zentrale Begriffe und wichtige Zusatzinformationen knapp erklärt. Zudem finden sich dort u. a. **Erklärfilme** zu ausgewählten Themen, die ihr jederzeit auf der Verlagshomepage (www.ccbuchner.de) abrufen könnt. Mithilfe von Mediencodes könnt ihr sie entweder direkt (QR-Code ↔ Smartphone) oder über die Eingabe des jeweiligen Mediencodes in das Suchfeld der Verlagshomepage beziehen.

Am Ende jedes Unterkapitels findet ihr einen **Aufgabenblock**. Die Aufgaben enthalten in der Regel konkrete Handlungsanweisungen (**Operatoren**).

Natürlich lernt und arbeitet nicht jeder gleich schnell. Deswegen gibt es in der Randspalte immer wieder **Hilfen** oder **Zusatzangebote** zu den einzelnen Aufgaben. Wenn ihr z. B. „mal auf dem Schlauch" steht, könnt ihr euch zu manchen Aufgaben Hilfe, gekennzeichnet mit dem Symbol **H**, auf Seite 196 f. holen. Wenn ihr eine Aufgabe viel schneller erledigt habt als die anderen oder euch ein Thema besonders interessiert, stehen für euch unter dem Symbol **F** zusätzliche Aufgaben und Herausforderungen bereit.

3.3 Das Marktmodell – bestimmt der Preis den Kauf? 123

M2 Wie gelingt der Ausgleich der unterschiedlichen Interessen von Anbietern und Nachfragern auf Märkten?

Auf allen Märkten treffen Verkäufer (Anbieter) und Käufer (Nachfrager) von Gütern zum **Tausch** aufeinander. Die am Markt auftretenden Anbieter und Nachfrager haben spezielle Interessen und Ziele, die oft sehr unterschiedlich sind. Denn die Anbieter wollen am Markt ihre Waren zu einem hohen Preis verkaufen, um einen möglichst hohen Gewinn zu erzielen. Da alle Anbieter dieses Ziel verfolgen, stehen diese am freien Markt im Wettbewerb zueinander. Die Nachfrager wollen die Güter, die sie zur Befriedigung ihrer Bedürfnisse benötigen, zu möglichst niedrigen Preisen einkaufen. Der Ausgleich der unterschiedlichen Interessen von Anbietern und Nachfragern wird am Markt durch den Preis erreicht.
Bearbeiterin

M3 Das Modell des vollkommenen Marktes

Merkmale des vollkommenen Marktes

Markttransparenz	Homogenität der Güter
Der Kunde hat einen Gesamtüberblick über das Angebot auf dem Markt (Preise und Qualität).	Alle Produkte sind gleich in Bezug auf die Qualität, Aufmachung und Verpackung.

vollkommener Markt

Einheit von Raum und Zeit	Rationalität
Alle Nachfrager und Anbieter kommen zur gleichen Zeit am gleichen Ort zusammen. D. h., unterschiedliche Lieferfristen spielen keine Rolle, genauso wenig wie günstigere Standorte für ein Geschäft.	Die Käufer lassen sich allein vom Preis lenken. Sie handeln somit vollkommen rational. Persönliche Vorlieben (wie Sympathie, ansprechende Werbung) spielen bei der Kaufentscheidung keine Rolle.

Bearbeiterin

Vollkommener Markt
Um die Zusammenhänge zwischen Angebot, Nachfrage und Preisbildung besser veranschaulichen und untersuchen zu können, geht man in der Wirtschaftstheorie vom Modell des vollkommenen Marktes aus. In der Realität findet man allerdings kaum Märkte, die alle Merkmale eines vollkommenen Marktes erfüllen. Das Modell dient lediglich als Bezugspunkt, um die in der Wirklichkeit vorherrschenden unvollkommenen Märkte zu untersuchen.

AUFGABEN

1. Vervollständigt in Partnerarbeit folgenden Satz: „Als ‚Markt' bezeichnet man..." (**M1**, **M2**).
2. Erklärt an einem Beispiel, inwiefern Anbieter und Nachfrager auf dem Markt Konkurrenten sind (**M2**).
3. „Der Ausgleich der Interessen von Anbietern und Nachfragern wird am Markt durch den Preis erreicht" (**M2**). Erläutert dies am Beispiel eines Kaufs auf dem Flohmarkt.
4. Analysiert mithilfe von **M3**, ob es sich bei den Märkten in **M1** um „vollkommene Märkte" handelt.

H zu Aufgabe 1
→ S. 197

F zu Aufgabe 4
Erläutert, warum man vom vollkommenen Markt als Modell ausgeht, obwohl seine Merkmale in Wirklichkeit nicht alle zutreffen.

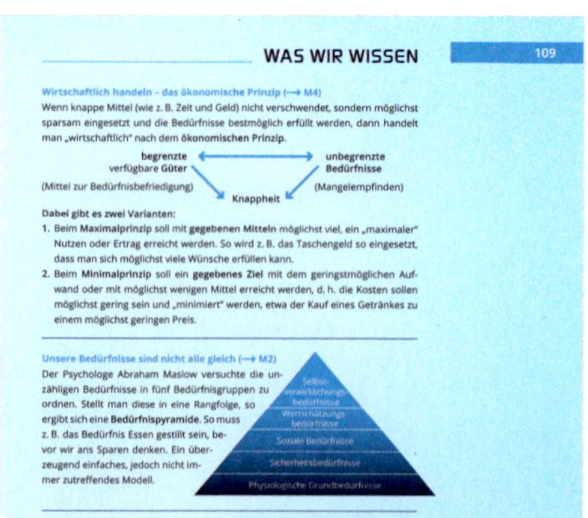

WAS WIR WISSEN 109

Wirtschaftlich handeln – das ökonomische Prinzip (→ M4)
Wenn knappe Mittel (wie z. B. Zeit und Geld) nicht verschwendet, sondern möglichst sparsam eingesetzt und die Bedürfnisse bestmöglich erfüllt werden, dann handelt man „wirtschaftlich" nach dem **ökonomischen Prinzip**.

Dabei gibt es zwei Varianten:
1. Beim **Maximalprinzip** soll mit **gegebenen Mitteln** möglichst viel, ein „maximaler" Nutzen oder Ertrag erreicht werden. So wird z. B. das Taschengeld so eingesetzt, dass man sich möglichst viele Wünsche erfüllen kann.
2. Beim **Minimalprinzip** soll ein **gegebenes Ziel** mit dem geringstmöglichen Aufwand oder mit möglichst wenigen Mittel erreicht werden, d. h. die Kosten sollen möglichst gering sein und „minimiert" werden, etwa der Kauf eines Getränkes zu einem möglichst geringen Preis.

Unsere Bedürfnisse sind nicht alle gleich (→ M2)
Der Psychologe Abraham Maslow versuchte die unzähligen Bedürfnisse in fünf Bedürfnisgruppen zu ordnen. Stellt man diese in eine Rangfolge, so ergibt sich eine **Bedürfnispyramide**. So muss z. B. das Bedürfnis Essen gestillt sein, bevor wir ans Sparen denken. Ein überzeugend einfaches, jedoch nicht immer zutreffendes Modell.

Zusammenfassungen

Die Seiten „**WAS WIR WISSEN**" schließen die Unterkapitel ab. Auf diesen Seiten könnt ihr die wesentlichen Inhalte des vorangegangenen Unterkapitels noch einmal verständlich zusammengefasst nachlesen. Die Informationstexte und selbsterklärenden Schaubilder könnt ihr außerdem für die Vorbereitung auf Klassenarbeiten nutzen.

Kapitelabschluss und Kompetenzüberprüfung

Anhand der Rubrik **SELBSTDIAGNOSE** und der **WAS WIR KÖNNEN**-Seiten, könnt ihr überprüfen und zeigen, ob ihr die im Kapitelverlauf erworbenen Inhalte und Kompetenzen beherrscht und in einer konkreten Entscheidungssituation sinnvoll anwenden könnt.

144 WAS WIR KÖNNEN

Auf Gruppenfahrt – welches Angebot soll es sein?

Ihr plant mit eurer Jugendmannschaft vom Sportverein in den Sommerferien eine Woche nach Italien zu fahren. Dabei müsst ihr darauf achten, dass der Urlaub euren finanziellen Rahmen nicht sprengt. In eurer Gruppe gibt es unterschiedliche Vorstellungen von dem Reiseziel: während die einen sich nur am Strand erholen wollen, wollen die anderen lieber einen Aktivurlaub in den Bergen. Ihr vergleicht die Angebote … dass die Preise bei gleicher Leistung sehr unterschiedlich sind.

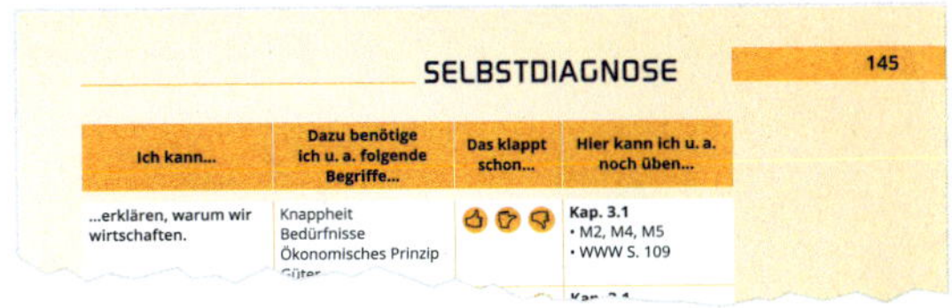
SELBSTDIAGNOSE 145

Ich kann…	Dazu benötige ich u. a. folgende Begriffe…	Das klappt schon…	Hier kann ich u. a. noch üben…
…erklären, warum wir wirtschaften.	Knappheit Bedürfnisse Ökonomisches Prinzip		Kap. 3.1 • M2, M4, M5 • WWW S. 109

Jakob Toni Mia

Begleitfiguren

Erstmals in einem GRW-Schulbuch begleitet euch eine Familie durch die Kapitel. In **Politik & Co. 7/8** ist es die Familie Schmidt. Die Figuren erscheinen nicht permanent, sondern treten immer mal wieder in Erscheinung. Alle Unterkapitel lassen sich aber auch ohne Kenntnis der einzelnen Charaktere bearbeiten und unterrichten.

Allgemeine Hinweise

- Das **Methodenglossar** am Ende des Buches bietet euch wichtige Methoden, um die Aufgaben besser bearbeiten zu können.
- Ein **GRW-Lexikon** zum Nachschlagen wichtiger Grundbegriffe aus den jeweiligen Kapiteln und ein **Register** zum Auffinden von Querverweisen können euch wichtige Hilfsmittel sein und das selbstständige Arbeiten mit dem Buch erleichtern.
- **Geschlechtergerechte Sprache**: Im Schulbuch werden in der Regel sowohl die weibliche als auch die männliche Form verwendet; wo immer möglich, werden Paarformulierungen wie *„Bürgerinnen und Bürger"* oder neutrale Formen wie *„Lehrkraft"* gebraucht.
  Ausnahmen davon bilden zum Beispiel
  - layouttechnische Gründe (Platzmangel),
  - bestimmte Funktionsbezeichnungen bzw. Begriffe mit Nähe zu formalen und juristischen Texten oder domänenspezifischen Fachbegriffen (z. B. *„Gläubiger", „Schuldner", „Käufer", „Produzent", „Hersteller", „Dienstleister", „Händler"* etc.),
  - Fremdtexte oder
  - die massive Beeinträchtigung der Lesbarkeit.

  Selbstverständlich sind auch in diesen Fällen Personen jeglichen Geschlechts gemeint.
- Sofern bei Materialien aus dem Internet kein Verfasserdatum ermittelt werden konnte, wird das „**Abrufdatum**" genannt.
- Die URL/vollständigen Internetadressen aller verwendeten Materialien aus dem Internet könnt ihr über den nebenstehenden QR- und Mediencode einsehen.

URL aller verwendeten Materialien aus dem Internet

Mediencode: 71081-01

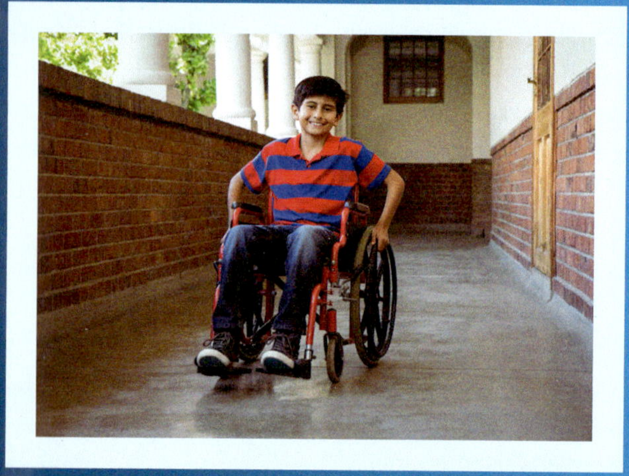

Die Politik
soll sich ändern-
NICHT das Klima!

1

Leben in der Gesellschaft

Wir verbringen unser gesamtes Leben mit anderen Menschen, egal ob in der Familie, in der Schule oder im späteren Berufsleben. Und auch die Politik möchte das Zusammenleben von Menschen in der Gemeinschaft regeln. Unser „Ich" ist ohne ein „Wir" also eigentlich gar nicht vorstellbar. Teil der Gesellschaft zu werden heißt, den Erwartungen anderer und sich selbst und seinen eigenen Lebensvorstellungen gerecht zu werden.

KOMPETENZEN

Am Ende des Kapitels solltet ihr Folgendes können:

- beschreiben, womit sich das Fach Gemeinschaftskunde/Rechtserziehung/Wirtschaft (GRW) beschäftigt
- erklären, was Politik ist und begründen, warum Politik notwendig ist
- demokratische Prinzipien und Partizipationsmöglichkeiten in der Schule erläutern
- die Rolle der Familie für das Zusammenleben in der Gemeinschaft verstehen und Konflikte in der Familie beurteilen
- Auswirkungen von eigenen Lebensvorstellungen und -erfahrungen auf das Zusammenleben in der Gesellschaft erkennen und mögliche Konflikte lösen

WAS WISST UND KÖNNT IHR SCHON?

1. Denkt darüber nach, was die Familie, die Schule und „Politik" für euch bedeuten. Schreibt die Begriffe, die ihr mit „Familie", „Schule" und „Politik" verbindet, auf Karteikarten.
2. Unterscheidet nach positiven und negativen Begriffen.
3. Tauscht euch darüber aus, welche Begriffe für euch die wichtigsten sind.

1.1 Politik vor Ort – (wie) können wir unseren Alltag mitbestimmen?

1.1.1 Wir entdecken unser neues Fach „GRW“: Gemeinschaftskunde/Rechtserziehung/Wirtschaft

Zum Thema: Das folgende einführende Unterkapitel möchte euch einen Einblick in die Ziele und Aufgaben des Faches Gemeinschaftskunde/Rechtserziehung/Wirtschaft (GRW) geben. Dadurch werdet ihr die vielen spannenden, aber auch kniffligen Themen und Fragen, die in diesem Schulbuch behandelt werden, besser untersuchen und beantworten können.

M1 Gemeinschaftskunde/Rechtserziehung/Wirtschaft meint...

EINSTIEGSAUFGABEN

- Überlegt, was die Bilder aus **M1** mit eurem neuen Fach Gemeinschaftskunde/Rechtserziehung/Wirtschaft (GRW) zu tun haben könnten.
- Ermittelt in der Klasse, welche Antwort am häufigsten genannt wurde.

M2 Was bedeutet der Begriff „Gemeinschaftskunde“?

Gemeinschaftskunde erkundet – also untersucht – unser Zusammenleben in der Gemeinschaft. Für dieses Leben in Gruppen wird auch häufig der Fachbegriff ***Gesellschaft*** verwendet. Was aber ist eine Gesellschaft? Familie, Klassengemeinschaft, Freundeskreis, Sportverein: Menschen leben in verschiedensten Gruppen zusammen. Während die Familie sich in der Regel durch eine größere Nähe und Verbundenheit untereinander auszeichnet, sind viele andere Gruppen, in denen wir Mitglied sind, durch einen bestimmten Zweck des Zusammenlebens gekennzeichnet. Im Sportverein ist der Zweck des Zusammenlebens z. B. das gemeinsame Sportmachen und in einer Klasse wird gemeinsam gelernt. Jede Gruppe kennzeichnet sich dabei durch verschiedenste Formen von Regeln aus, die das Zusammenleben organisieren. Der Begriff „Gesellschaft" bezeichnet somit eine Gruppe von Menschen, die nach bestimmten Regeln zusammenlebt. Alle Menschen, die in Deutschland leben, werden als Gesellschaft bezeichnet. Wenn es Probleme und Konflikte im Zusammenleben gibt, diese können z.B. auch wirtschaftlicher Art sein, dann kann Politik das Zusammenleben neu ordnen und z.B. neue Regeln schaffen.

Bearbeiter

M3 Was bedeutet der Begriff „Rechtserziehung"?

Rechtserziehung erklärt euch die Bedeutung des Rechts und warum es wichtig ist, rechtliche Regelungen einzuhalten. Beim ***Recht*** geht es darum, was richtig und erlaubt ist. Menschen haben miteinander abgesprochen, was Recht ist. Das Wort ist verwandt mit Wörtern wie „richten" oder „Gericht". Was Recht ist, steht meist in Gesetzen. Das sind Vorschriften, die für alle Menschen in einem Land gelten. Normalerweise entscheidet ein Parlament darüber. Recht entsteht aber nicht nur dadurch, indem es Gesetze gibt. Wenn zwei Menschen einen Vertrag unterzeichnen, dann ist das, was darin abgemacht wurde, für beide Recht. Man nennt das „Vertragsrecht". Fachleute für das Recht haben Rechtswissenschaften studiert. Manche lernen nach der Universität weiter und werden Anwalt. Dann helfen sie Menschen, die guten Rat brauchen, was erlaubt ist und was nicht. Andere werden Richter: Wenn jemand beschuldigt wird, Recht gebrochen zu haben, entscheiden Richter, ob das wirklich so ist.

Nach: Das Freie Kinderlexikon: Recht. In: https://klexikon.zum.de (Abruf am 04.12.2019).

M4 Was bedeutet der Begriff „Wirtschaft"?

Der Begriff **Wirtschaft** kommt eigentlich von Haushalt, das Fremdwort dafür ist „**Ökonomie**". Dieses stammt wiederum vom griechischen Wort „oikonomia" ab, in dem der griechische Begriff für „Haus" enthalten ist. Man achtete bspw. schon im alten Griechenland darauf, dass zuhause immer genug zu essen da war. Auch andere Wünsche sollten erfüllt sein: ein Bett, eine Wohnung, Spiele etc. Das Problem dabei ist, dass für alle Wünsche (Bedürfnisse) meistens nicht genügend Mittel (Zeit, Geld...) vorhanden waren. Wer gut „wirtschaftete", schaffte es, mit den zur Verfügung stehenden Mitteln viele seiner Bedürfnisse zu erfüllen. „Oikonomia" ist also das Prinzip, alles so zu regeln, dass zuhause alles Notwendige vorhanden ist.

Bearbeiter

AUFGABEN

1. Ordnet die Bilder aus **M1** den Begriffen „Gemeinschaftskunde", „Rechtserziehung" und „Wirtschaft" (**M2-M4**) begründet zu.
2. Überprüft, ob eure Überlegungen aus der ersten Einstiegsaufgabe (→ S. 12) richtig waren.

1.1.2 Politik – was ist das eigentlich?

Zum Thema: „DU bist Politik" heißt der Slogan einer Kampagne für politisches Engagement. Doch wenn wir „Politik" sein sollen, sollte vorher geklärt sein, was überhaupt „Politik" genau ist. In diesem Unterkapitel erfahrt ihr daher, was „Politik" eigentlich bedeuten kann.

M5 Was ist „Politik"?

EINSTIEGSAUFGABEN

- Wählt ein Bild aus **M5** aus, das ihr am ehesten mit „Politik" in Verbindung bringt.
- Begründet, warum das Bild für euch „Politik" ist.

M6 Politik – das geht alle an

Der Begriff Politik stammt vom griechischen Wort „polis" ab. Polis bedeutet Stadt oder Gemeinschaft. In einer polis hatten alle Bürger einer Stadt das Recht (und auch die Pflicht), über die Angelegenheiten der Gemeinschaft mitzubestimmen. Auch Kinder und Jugendliche haben das Recht, Politik zu machen. Das bedeutet zwar nicht, dass sie gleich in den Bundestag gewählt werden können. Das ist erst mit 18 Jahren möglich. Kinder und Jugendliche können auf andere Art „Politik" machen. Denn sie dürfen und sollen innerhalb und außerhalb der Schule mithelfen, ihre Anliegen vorzutragen und Probleme zu verändern. Hier ein paar Beispiele:

- Wenn der Skaterpark verdreckt ist,

könnt ihr euch beim Bürgermeister beschweren.

- Jede Schule hat eine Schülervertretung, in der Kinder und Jugendliche die Interessen aller Schüler vertreten.
- Jugendliche können in Kinder- und Jugendparlamenten mitarbeiten.

In der Politik geht es um die Lösung von Problemen bzw. Konflikten, die die Öffentlichkeit betreffen. Verschiedene Gruppen versuchen dabei, ihre Interessen durchzusetzen. Politik ist auch der Kampf um Macht und Einfluss.

Bearbeiter

M7 Verschiedene Definitionen von Politik

1

Politik heißt Macht und Konflikt. Jeder versucht seine eigenen Interessen durchzusetzen.

Bearbeiter

2

Politik ist Problemlösen. Politik beschäftigt sich mit Problemen, die viele Menschen betreffen und für die eine einheitliche Regelung gefunden werden muss.

Bearbeiter

3

Politik ist jenes menschliche Handeln, das auf die Herstellung und Durchsetzung allgemeinverbindlicher Regelungen und Entscheidungen (d.h. von „allgemeiner Verbindlichkeit") in und zwischen Gruppen von Menschen abzielt.

Patzelt, Werner J.: Einführung in die Politikwissenschaft. Grundriss des Faches und studiumbegleitende Orientierung. 4., überarb. u. wes. erw. Aufl. Rothe 2001, S. 23.

4

Politik heißt, sich in die eigenen Angelegenheiten einzumischen.

Bearbeiter

5

Politik ist das gemeinsame Streben nach einer gerechten Lösung.

Bearbeiter

Verbindlichkeit
Gültigkeit

AUFGABEN

1. Beschreibt mithilfe von **M6**, was Politik ist und womit sie sich beschäftigt.
2. Formuliert ausgehend von **M7** eine eigene Definition von Politik. Verwendet dabei Beispiele aus eurem eigenen Umfeld (z. B. Schule, Wohnort). Verknüpft eure Beispiele mit den zentralen Begriffen aus **M6**.
3. Eine Schülerin der benachbarten Grundschule fragt euch am Tag der offenen Tür eurer Schule, was Politik bedeutet.
   a) Erklärt ihr, was Politik ist.
   b) Begründet dabei auch, warum es wichtig ist, sich bereits ab der 7. Klasse mit Politik zu beschäftigen.
4. Verknüpft die Politikdefinitionen aus **M7** mit den Bildern aus **M5**.

1.1.3 Politik im Alltag – Konflikte lassen sich regeln

Zum Thema: Viele Menschen denken, Politik ist kompliziert und langweilig. Politik kann aber ganz schön spannend sein. Vor allem dann, wenn es um ein konfliktbeladenes Thema geht, das euch selbst betrifft. Wie ihr selbst zur Regelung solch eines Konflikts beitragen könnt, erfahrt ihr auf den folgenden Seiten.

M8 Was tun, wenn das Freibad geschlossen werden soll?

Freibäder sind ein beliebter Treffpunkt für Jugendliche, verursachen für die Gemeinden aber oftmals hohe Kosten.

Jakob und Mia sind verärgert, weil die Gemeinde das öffentliche Freibad, in dem sie jeden Sommer ihre Ferien verbringen, schließen will, um Kosten zu sparen. Da ihre Mitschüler auch davon betroffen sind, sprechen sie das Thema in der Schule an. Auf einer Wandzeitung halten die Schüler Argumente für und gegen die Schließung des Freibades fest: Auf der einen Seite will die Gemeinde Gelder einsparen, um mehr in Bildung zu investieren, Schulen und Kindertagesstätten auszubauen. Auf der anderen Seite ist das Freibad in der Gemeinde und für die Schüler ein wichtiger öffentlicher Treffpunkt.

Bearbeiter

EINSTIEGSAUFGABEN

- Beschreibt kurz, worum es bei diesem politischen Konflikt in **M8** genau geht und wer betroffen ist.
- Formuliert anschließend
  a) Fragen, die sich Mia und Jakob im Zusammenhang mit der Schließung des Freibades stellen könnten.
  b) mögliche Argumente, die die Schüler für und gegen die Schließung des Freibades auf der Wandzeitung festhalten.

M9 Drei Seiten von Politik

In der Politik geht es oft um gesellschaftliche Probleme und deren Lösung. Soll ein öffentliches Schwimmbad geschlossen werden? Sollen Gewaltspiele am PC verboten werden? Was kann gegen Kinderarmut in der Welt getan werden? – All diese Fragen können diskutiert und Argumente dafür oder dagegen gefunden werden. Es geht um die **Inhalte der Politik**. Wer kann über diese Fragen entscheiden? Und wie wird entschieden? Sollen gewählte Vertreter entscheiden oder die Bürger selbst? Sollen sich alle gemeinsam nach einer ausführlichen Diskussion auf eine Lösung einigen oder soll gelten, was die Mehrheit beschlossen hat? Hierbei geht es um den Rahmen und die Form von Politik. Das sind Regeln, Verfahrensweisen, Gremien, Institutionen, ganz allgemein: die **politische Ordnung**. Die dritte Dimension beschäftigt sich mit dem Prozess der Meinungsbildung und Entscheidungsfindung: Warum ist eine Diskussion über ein politisches Problem überhaupt notwendig? Wer ist von dem Problem betroffen? Und: Welche Meinung vertreten die Betroffenen? Bei dieser Seite von Politik geht es um verschiedene Interessen und Standpunkte und darum, wie diese Meinungen durchgesetzt werden können. Politik hat mit **Konflikten** zu tun.

Bearbeiter

M10 Wie können sich Jugendliche zur Regelung von Konflikten politisch einbringen?

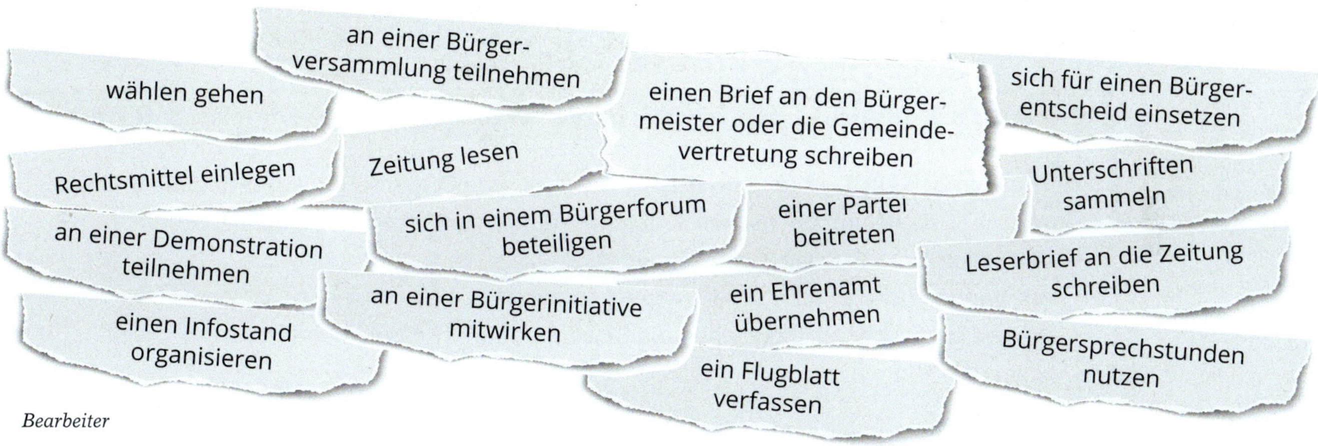

Bearbeiter

AUFGABEN

1. Führt eine Vier-Ecken-Abfrage zur Frage „Wie können sich Jugendliche zur Regelung von Konflikten politisch einbringen?" durch (**M10**).
   - Entscheidet euch in der Klasse zunächst für die eurer Meinung nach vier wichtigsten Mitmachmöglichkeiten.
   - Übertragt diese vier Möglichkeiten auf vier Plakate und hängt diese in die vier Ecken eures Klassenzimmers.
   - Geht in die entsprechende Ecke und stellt euch dort auf. Begründet eure Wahl.
2. Erklärt, welche der in **M6** und **M7** aus **Unterkapitel 1.1.2** beschriebenen Aspekte von Politik ihr in dem Konflikt um die Schließung des Freibades in **M8** wiederfindet.

F Wählt ein aktuelles politisches Problem aus. Entscheidet euch anschließend für eine der Mitmachmöglichkeiten aus **M10** und begründet, warum gerade diese geeignet sein könnte, um Einfluss auf dieses Problem zu nehmen.

Ein Inselspiel durchführen

I. Worum geht es?

Dort, wo unterschiedliche Menschen aufeinandertreffen, existieren verschiedene Ansichten, Interessen und Meinungen. Man kann daher sagen, dass Politik überall dort stattfindet, wo ein Einzelner, eine oder mehrere Gruppe(n) Entscheidungen für die gesamte Gemeinschaft vorbereiten und treffen. Politik regelt somit das Zusammenleben der Menschen. Was das aber konkret bedeutet, hängt entscheidend von den Interessen und Werten ab, die Menschen in einer Gesellschaft haben. Anhand des folgenden Inselspiels könnt ihr im Austausch miteinander die in eurer Klassengemeinschaft vorherrschenden Interessen und Werte spielerisch herausarbeiten.

II. Geht dabei so vor:

1. Schritt: Hineinversetzen in die Inselspiel-Situation

Ihr seid Siedler einer neu gegründeten Kolonie. Die Schiffe, die euch in das neue Land gebracht haben, sind wieder zurückgefahren und ihr seid auf euch alleine gestellt. Die Unterkünfte sind errichtet und auch für das tägliche Leben ist vorerst gesorgt.

2. Schritt: Klärung der Fragen, die sich bei der Organisation einer Gemeinschaft stellen

Jetzt stellen sich euch Fragen, die sich um die politische Organisation eurer Kolonie drehen:
- Welche sozialen und politischen Probleme könnten sich in eurer Kolonie ergeben?
- Wie sollen diese Probleme gelöst werden?
- Wie werden politische Entscheidungen getroffen?
- Welche politischen Rechte sollten die Bewohner eurer Kolonie haben?

F Formuliert weitere für euch wichtige Fragen, die für das Zusammenleben auf der Insel geklärt werden müssten.

3. Schritt: Durchführung des Inselspiels

Diskutiert die im 2. Schritt angegebenen Fragen. Einigt euch anschließend auf gemeinsame Antworten, wie das Zusammenleben auf der Insel organisiert werden soll.

F Entwerft dazu einen Gemeinschaftsvertrag und präsentiert ihn auf einem Wandplakat (→ Methodenglossar).

4. Schritt: Auswertung des Inselspiels

- Welche Eindrücke und Empfindungen hattet ihr während des Inselspiels?
- Wie schwierig war es, sich auf gemeinsame Regeln zu einigen?
- Wie gleichberechtigt haben die Gruppenmitglieder die Fragen diskutiert und entschieden?

Vergleicht die Ergebnisse der einzelnen Gruppen miteinander und dokumentiert die wichtigsten Gemeinsamkeiten und Unterschiede.

Bearbeiter

Was ist Politik? (··→ M6)

Dort, wo viele Menschen zusammenleben, kommt es immer wieder zu Konflikten. Die Menschen, die in einer Gesellschaft leben, haben unterschiedliche Interessen und Wertvorstellungen und dies führt zu politischem Streit. Natürlich ist nicht jeder Konflikt ein politischer Konflikt. Wenn sich zwei Nachbarn um einen Gartenzaun streiten, dann ist dies nicht von öffentlichem Interesse. Ein politischer Konflikt betrifft die Allgemeinheit viel stärker, z. B. wenn darüber entschieden werden muss, wofür die Gemeinde ihr Geld ausgeben soll oder man streitet sich, ob eine Straße gebaut werden soll oder nicht. Aufgabe der Politik ist es nicht, eine Gesellschaft ohne Konflikte zu schaffen – das würde auch niemals funktionieren –, sondern dafür zu sorgen, dass diese Konflikte gelöst werden. Es ist wichtig, dass dabei keine Gewalt angewendet wird und die Lösung des Konflikts offen und in geordneten Bahnen gesucht wird.

Politikdefinitionen (··→ M7)

Es gibt nicht die verbindliche Politikdefinition. Verschiedene Definitionen stehen nebeneinander und heben, je nach Blickwinkel, unterschiedliche Aspekte hervor. Am häufigsten werden „Herrschaft und Macht“ (also die Fähigkeit zur Interessendurchsetzung auch gegen Widerstand) sowie die Herstellung gesellschaftlich verbindlicher Regeln genannt. In einer weitgefassten Definition bezieht sich Politik nicht nur auf den staatlichen und gesellschaftlichen Bereich, sondern auch auf die Konfliktaustragung und Interessendurchsetzung im engsten persönlichen Umfeld.

Dimensionen des Politischen (··→ M9)

Analytisch lässt sich die Politik in drei Dimensionen gliedern:

- Polity: struktureller Rahmen – Institutionen, Normen/Gesetze
- Politics: Prozesse – Austragung von Interessenkonflikten, Ringen um Durchsetzung im politischen Willensbildungsprozess
- Policy: materielle Politik und ihre Umsetzung – Politikfelder, Sachinhalte, „Implementation“

Einmischen, aber wie? (··→ M10)

Um sich in der Politik Gehör zu verschaffen, haben die Menschen ganz unterschiedliche Möglichkeiten. Man kann demonstrieren oder Unterschriften sammeln und sich mit Menschen zusammentun, die ähnlich denken wie man selbst. Eine wichtige Rolle spielt die Presse. Wenn über ein politisches Anliegen in der Presse berichtet wird, erreicht man sehr viele Bürgerinnen und Bürger. Viele Ämter werden auf Zeit vergeben und die Menschen, die diese Ämter ausfüllen, werden gewählt. Wählen gehen ist deshalb eine wichtige Form, sich einzumischen.

1.2 Demokratie und Partizipationsmöglichkeiten in der Schule – wie regeln wir das Schulleben?

1.2.1 Wie können in der Schule Probleme gelöst werden?

Zum Thema: „Was wäre das Leben ohne Regeln?" – die Antwort fällt kurz aus: Chaos überall. Dies gilt natürlich auch für das Schulleben. Inwiefern Regeln hier nicht nur einschränken, sondern auch helfen können, schwierige Situationen wünschenswert für alle zu lösen, erfahrt ihr in diesem Unterkapitel.

M1 Problemfälle aus dem Schulalltag

„Wenn sich nur alle an die Regeln halten würden!!! Niemand kann lernen, wenn während der Unterrichtszeit Fußball gespielt wird."

„Ich finde, dass es zu viele Regeln und Verbote gibt. Die sorgen nur für schlechte Laune. Wenn ich mein Smartphone nur anfasse, gibt es sofort Ärger. Da vergeht mir die Lust auf Schule."

EINSTIEGSAUFGABEN

- Tauscht euch zu zweit darüber aus, ob Mia oder Jakob in **M1** Recht hat. Überlegt, welche Lösungsmöglichkeiten es gibt und welche ihr für geeignet haltet.
- Vergleicht eure Ergebnisse in der Klasse. Überlegt, ob eine verbindliche Regel jeweils eine gute Lösung wäre und wie sie lauten könnte.

M2 Zu viele Regeln und zu wenig persönliche Freiheit?

Um Konflikte und Probleme, die die Öffentlichkeit betreffen, zu lösen, werden häufig Regeln (Gesetze) festgelegt oder verändert. Beispielsweise ist es für bestimmte Autos verboten in einige Innenstädte zu fahren, um das Problem der Luftverschmutzung zu verringern. Nicht immer wird jedoch eine allgemeine Regel oder ein Gesetz festgelegt. Zum Beispiel dann nicht, wenn die Angelegenheit in den persönlichen Bereich fällt oder eine für alle passende Regel nicht gefunden werden kann. In unserer demokratischen Ordnung gibt es sowohl Regeln (Gesetze) als auch Freiheitsrechte. Beispielsweise kann jeder seinen Beruf frei wählen. Eltern sind aber dazu verpflichtet, ihre Kinder in die Schule zu schicken. Bei der Einführung von Regeln wird nicht selten darüber gestritten, ob diese Regel überhaupt sein muss oder ob sie zum Beispiel die persönliche Freiheit zu sehr einschränkt.

Bearbeiter

M3 Problemfälle in der Schule: Regel oder keine Regel?

Fall 1 Tablet-Computer im Unterricht

Schülerinnen und Schüler mit Tablet und Laptop im Unterricht

In der 10a beschweren sich die Fachlehrer beim Klassenlehrer über Schüler, die häufig während des Unterrichts mit den schuleigenen Tablets spielen. Wenn sie gebeten werden, damit aufzuhören, führen sie immer an, dass sie gerade etwas zum Thema recherchieren, eine Vokabel nachsehen oder etwas zur Aufgabe passendes ausrechnen. Die Fachlehrer glauben, dass dies nicht stimmt. Der Klassenlehrer möchte die Tablets gerne als Werkzeug nutzen und wünscht sich einen möglichst häufigen Gebrauch.

Fall 2 Mützen und Kappen im Unterricht

Während der letzten Monate werden vor allem in den Jahrgangsstufen 8 und 9 regelmäßig Mützen und Kappen im Unterricht aufbehalten. Fast jeder zweite will sich nicht mehr von seiner Kopfbedeckung trennen. Einige Lehrer haben Schwierigkeiten, die Gesichter ihrer Schüler unter den Schirmen der Kappen zu erkennen. Andere Lehrer bemängeln das unpassende Erscheinungsbild im Unterricht. Lehrer empfinden es auch als Missachtung ihrer Person, wenn junge Menschen vor ihnen die Kopfbedeckung aufbehalten.

Fall 3 Streit um den Ausflug ins Erlebnisbad

Schülerin und Schüler im Erlebnisbad

Die Planung des nächsten Wandertages hat in der Klasse 7a für viel Ärger gesorgt. Die Mehrheit möchte gerne in ein Erlebnisbad fahren, in dem es eine Riesenwasserrutsche und andere Attraktionen gibt. Zwei Schülerinnen haben bereits gesagt, dass ihre Eltern da aus religiösen Gründen bestimmt nicht mitspielen werden, drei weitere Schüler haben sich wegen des hohen Eintrittspreises beschwert.

Fall 4 Störende Gespräche im Selbstlernbereich

Schülerinnen und Schüler im Selbstlernbereich

Einige Schüler beklagen, dass im Selbstlernbereich der Schule häufig laut diskutiert und gesprochen wird. Sie fühlen sich durch laut redende Schüler, aber auch durch die Appelle und Erklärungen des Aufsicht führenden Lehrers gestört. Zudem kommt noch, dass viele Multimedia-Computer betrieben werden. Dadurch erhöhe sich der Lärmpegel enorm, so dass ein konzentriertes Arbeiten nicht mehr möglich sei. Zuletzt übten einige Schülerinnen und Schüler zudem für einen Karaoke-Wettbewerb.

Bearbeiter

AUFGABEN

1. Lest **M2** und diskutiert: Welche Vor- und welche Nachteile haben Regeln? Haltet eure Ergebnisse an der Tafel, auf einer Folie oder auf Zetteln fest, die ihr an die Wand heftet.
2. a) Bildet Gruppen und setzt euch mit den Fällen in **M3** (arbeitsteilig) auseinander: Entscheidet:
   A: Das Problem soll durch eine allgemein geltende Regel gelöst werden.
   B: Die Betroffenen sollen für das Problem ihre eigene Lösung finden.

H **Aufgabe 2b**
→ S. 196

   b) Begründet eure Entscheidung aus Aufgabe 2a. Falls ihr euch für Lösung A entschieden habt, formuliert die Regel. Übertragt die Tabelle in euer Heft und haltet eure Gruppenergebnisse darin fest.

Allgemeine Regel oder eigene Lösung

Fall Nr.	A: Allgemeine Regel	B: Eigene Lösung	Begründung der Entscheidung	Formulierung der Regel
1	?	?	...	...

   c) Stellt die Lösungen der Gruppen Fall für Fall vor. Sollte es verschiedene Lösungsvorschläge geben, diskutiert die jeweiligen Begründungen.

1.2.2 Was regelt das Schulgesetz?

Zum Thema: Das Zusammenleben ist in allen Bereichen der Gesellschaft durch Gesetze geregelt. Sonst würden, wie ihr bereits in Unterkapitel 1.2.1 gelernt habt, selbst kleinste Meinungsverschiedenheiten zu Unsicherheit, Streit oder gar Chaos führen. Wie wird nun das Leben in der Schule geregelt? Wer hat das Sagen? Wer kann wie mitbestimmen? Und wo kann man diese Regelungen nachlesen? Diese Fragen möchte euch das folgende Unterkapitel beantworten.

M4 Schule in der Karikatur

Karikatur: Gerhard Mester/Baaske Cartoons

EINSTIEGSAUFGABE
Nennt den Widerspruch, auf den die Karikatur **M4** hinweisen möchte.

M5 Das Schulgesetz – Regeln für die Schule

Ein Gesetz enthält für die Allgemeinheit verbindliche Regeln. Im Schulgesetz stehen die Regeln, die für alle Schulen in Sachsen gelten. Es legt unter anderem fest, welchen Auftrag die Schulen haben, wie sie organisiert sein sollen, welche Möglichkeiten der Mitbestimmung es für Schüler, Eltern und Lehrer gibt und welche Rechte und Pflichten Schüler haben.

Kann das Schulgesetz dabei helfen, Problemsituationen in der Schule zu lösen? Ja, denn für viele Fälle ist klar geregelt, wie sich die Beteiligten verhalten müssen. Im Schulgesetz wird beispielsweise geklärt, welche Rechte Schülerinnen und Schüler haben, z. B. das Recht auf freie Meinungsäußerung im Unterricht. Genauso sind aber auch die Pflichten erwähnt, wie etwa die Pflicht zur Erledigung der Hausaufgaben. Im Schulgesetz ist auch bestimmt, wie Entscheidungen innerhalb der Schule getroffen werden müssen und wer an den Entscheidungen beteiligt werden muss. Jede Schule hat darüber hinaus auch noch eigene Ordnungen und Gremien, die sie selbst bestimmt hat, z. B. die Hausordnung, Streitschlichter, Klassenregeln, Klassenräte u. a. Das Schulgesetz kann als Buch gekauft oder im Internet als Datei heruntergeladen werden.

Bearbeiter

M6 Wer trifft Entscheidungen in einer Schule? – Auszug aus dem Sächsischen Schulgesetz

§ 42 Aufgaben des Schulleiters

(1) Der Schulleiter vertritt die Schule nach außen und ist Vorsitzender der Gesamtlehrerkonferenz. Er leitet und verwaltet die Schule und sorgt im Rahmen der gesetzlichen Vorschriften [...] für einen geregelten und ordnungsgemäßen Schulablauf.

§ 43 Schulkonferenz

(1) Die Schulkonferenz ist das gemeinsame Organ der Schule. Aufgabe der Schulkonferenz ist es, das Zusammenwirken von Schulleitung, Schulträger, Lehrern, Eltern und Schülern zu fördern, gemeinsame Angelegenheiten des Lebens an der Schule zu beraten und dazu Vorschläge zu unterbreiten. [...].

(2) Beschlüsse der Lehrerkonferenzen in folgenden Angelegenheiten bedürfen des Einverständnisses der Schulkonferenz: 1. wichtige Maßnahmen für die Erziehungs- und Unterrichtsarbeit [...]. 3. Erlass der Hausordnung [...]. 5. Stellungnahme zu Beschwerden von Schülern, Eltern [...].

§ 45 Elternvertretung

(1) Die Eltern haben das Recht und die Aufgabe, an der schulischen Erziehung und Bildung mitzuwirken. [...]

(2) Das Recht und die Aufgabe, die Erziehungs- und Bildungsarbeit der Schule zu fördern und mitzugestalten, nehmen die Eltern 1. in der Klassenelternversammlung, durch den Klassenelternsprecher, die Elternräte [...] wahr.

§ 53 Schülerrat, Schülersprecher

(1) Die [...] gewählten Klassensprecher bilden den Schülerrat der Schule.

(2) Dem Schülerrat obliegt die Vertretung der Interessen der Schüler [...] Er hat gegenüber dem Schulleiter ein Auskunfts- und Beschwerderecht. Vor Beschlüssen der Konferenzen, die von grundsätzlicher Bedeutung für die Erziehungs- und Unterrichtsarbeit der Schule sind, ist ihm Gelegenheit zur Stellungnahme zu geben.

(3) Der Schülerrat wählt aus der gesamten Schülerschaft einen Vorsitzenden (Schülersprecher) und dessen Stellvertreter.

§ 51 Schülermitwirkung, Schülervertretung

(1) Im Rahmen der Schülermitwirkung wird den Schülern die Möglichkeit gegeben, Leben und Unterricht ihrer Schule mitzugestalten. [...] Zu den Aufgaben der Schülermitwirkung gehören insbesondere die Wahrnehmung schulischer Interessen der Schüler, die Mithilfe bei der Lösung von Konfliktfällen und die Durchführung gemeinsamer Veranstaltungen. Zu den Rechten der Schülermitwirkung gehört es, 1. in allen sie betreffenden Angelegenheiten durch die Schule informiert zu werden (*Informationsrecht*), 2. Wünsche und Anregungen der Schüler an Lehrer, den Schulleiter und den Elternrat zu übermitteln (*Anhörungs- und Vorschlagsrecht*); 3. auf Antrag des betroffenen Schülers ihre Hilfe und Vermittlung einzusetzen, wenn dieser glaubt, es sei ihm Unrecht geschehen (*Vermittlungsrecht*), 4. Beschwerden allgemeiner Art bei Lehrern, beim Schulleiter und in der Schulkonferenz vorzubringen (*Beschwerderecht*).

(2) Die Aufgaben der Schülermitwirkung werden insbesondere durch die Klassenschülersprecher, den Schülersprecher der Schule und die Schülerräte (Schülervertretungen) wahrgenommen. Dazu werden Fortbildungen für Schülervertreter angeboten.

Sächsisches Schulgesetz: Sächsisches Schulgesetz in der Fassung der Bekanntmachung vom 27. September 2018 (SächsGVBl. S. 648), das durch Artikel 14 des Gesetzes vom 14. Dezember 2018 (SächsGVBl. S. 782) geändert worden ist. In: www.revosax.sachsen.de (Abruf am 03.01.2020).

AUFGABEN

1. Erstellt ein Diagramm, das aufzeigt, wer in der Schule „alles mitmischt" (**M6**).
2. Stelle die Rechte und Pflichten in einer Tabelle gegenüber, die Schüler in Sachsen an der Schule haben (**M6**).
3. Bezieht die Karikatur **M4** auf **M5** und **M6**.
4. Wenn ihr das Schulgesetz ändern dürftet, was würdet ihr ändern/ergänzen? Diskutiert in Gruppen und stellt die Ergebnisse in Form eines Kurzvortrags (→ Methodenglossar) der Klasse vor.

1.2.3 Wer soll Klassensprecher werden?

Zum Thema: Du möchtest dieses Jahr Klassensprecher werden. Du meinst, dadurch mehr Einfluss auf die Hausordnung der Schule nehmen zu können, wenn es z. B. um die Smartphonenutzung im Unterricht geht. Doch zunächst möchtest du wissen, ob du dafür überhaupt geeignet bist und welche Pflichten auf dich zukommen würden. In diesem Unterkapitel lernst du, welche Eigenschaften ein Klassensprecher braucht, um seine Aufgaben erfüllen zu können.

M7 Die Situation nach den Ferien...

Am ersten Tag nach den Sommerferien kommt Herr Kortzak, Jakobs Deutsch- und Klassenlehrer, pünktlich in den Unterricht. Er prüft, ob alle anwesend sind und stellt die Inhalte für den Deutschunterricht vor. Bevor er mit dem Unterricht beginnen kann, meldet sich Emma und erinnert an die anstehenden Wahlen zum Klassensprecher bzw. zur Klassensprecherin. Der neu in die Klasse gekommene Schüler Jan wendet sofort selbstbewusst ein, dass er seine neuen Mitschülerinnen und Mitschüler noch gar nicht kenne. Wie solle er da wissen, wer für das Amt geeignet ist? Herr Kortzak blickt über den Rand seiner Lesebrille und antwortet knapp, dass die Wahl vielleicht in der nächsten Stunde stattfinden kann. Die Aufgabe des Klassensprechers sei auch gar nicht so wichtig. Viel wichtiger sei, dass der Klassenlehrer und die Klassensprecherin oder der Klassensprecher gut miteinander auskommen.

Bearbeiter

EINSTIEGSAUFGABEN

Setzt euch mit der Meinung des Klassenlehrers Kortzak zur Klassensprecherwahl in **M7** auseinander, indem ihr
- seine Auffassung zum Klassensprecheramt mit eigenen Worten wiedergebt.
- beschreibt, was ihr selbst schon über die Aufgaben des Klassensprechers wisst.

M8 Der Klassensprecher – rechtliche Regelungen

§ 7 Schülermitwirkungsverordnung (SMVO)
(1) Von Klassenstufe 5 an wählen die Schüler einer Klasse bis zum Ablauf der zweiten Unterrichtswoche nach Schuljahresbeginn einen Klassensprecher und dessen Stellvertreter.

§ 1 Grundsätze (1) Die Schülermitwirkung ist, unbeschadet der besonderen Aufgaben der Schülervertreter, Angelegenheit aller Schüler der gesamten Schule. (2) Die Schülervertreter haben die Aufgabe, die Mitwirkung der Schüler am Leben und Unterricht ihrer Schule zu verwirklichen. Sie haben kein allgemein-politisches Mandat. [...] (4) Schüler dürfen wegen ihrer Tätigkeit als Schülervertreter weder bevorzugt noch benachteiligt werden. Auf Antrag der Schüler ist diese Tätigkeit im Zeugnis oder in anderer geeigneter Form ohne Wertung zu bescheinigen. (5) Die Schülervertreter sind ehrenamtlich tätig und bei der Erfüllung ihrer Aufgaben an Aufträge und Weisungen nicht gebunden. Sie sind in ihren Entscheidungen und Handlungen der Schülerschaft verantwortlich.

§ 4 Schülervertretungen (1) Schülervertretungen in der Schule sind die Klassensprecher, die Jahrgangsstufensprecher, der Schülersprecher und der Schülerrat. Überregionale Schülervertretungen sind der Kreisschülerrat und der Landesschülerrat.

Schülermitwirkungsverordnung: Schülermitwirkungsverordnung vom 4. Januar 2005 (SächsGVBl. S. 11), zuletzt durch die Verordnung vom 25. Oktober 2019 (SächsGVBl. S. 729) geändert. In: www.revosax.sachsen.de (Abruf am 03.01.2020).

M9 Unterschiedliche Kandidatenprofile

Phung ist eine sehr gute, aber auch stille Schülerin. Sie ist selten im Unterricht aktiv, schreibt aber ausschließlich Einsen und Zweien. Sie ist sehr freundlich zu allen und bekommt immer gute Noten. Sie lässt auch andere in der Klassenarbeit und von ihren Hausaufgaben abschreiben. Phung ist zwar schüchtern, kommt aber mit allen gut aus. Ihre Schwester ist die Schülersprecherin.

Philipp ist ein recht guter Schüler, der sich in allen Fächern stark beteiligt. Vor allem die Lehrer mögen Philipp, weil er sehr zuverlässig ist und den Unterricht trägt. Wenn jemand krank geworden ist, wird Philipp beauftragt, die Hausaufgaben zu übermitteln. Viele Schüler bewundern ihn, weil er im örtlichen Sportverein ein erfolgreicher Fußballspieler ist, der auch bei überregionalen Turnieren eingesetzt wird. Die Schule geht bei Philipp aber trotzdem immer vor.

Tim ist ein hervorragender Schüler in Sport und Englisch. Seine Mutter ist Amerikanerin und Tim verbringt meistens die Ferien bei Verwandten in Chicago. Er hat immer die neueste Kleidung und tolle technische Geräte, gibt aber überhaupt nicht damit an. Tim ist sehr großzügig und lädt zu seinem Geburtstag die ganze Klasse zu sich nach Hause ein. Wenn es Konflikte in der Klasse gibt, dann versucht Tim sich immer neutral zu verhalten, so kommt er mit allen gut aus.

Lea ist eine mittelmäßige Schülerin, die aber in Diskussionen und bei der Projektarbeit sehr engagiert ist. Sie kleidet sich sehr lässig und hat guten Kontakt zu den älteren Schülerinnen und Schülern. In Konfliktfällen setzt sie sich sehr entschlossen für Schwächere ein. Einige Lehrer mögen Lea nicht sehr, weil sie häufig im Unterricht Musik hört oder Zeitung liest. Es wird auch behauptet, dass Lea raucht.

Bearbeiter

AUFGABEN

1. Welchen der vier Klassensprecher-Kandidaten aus **M9** würdet ihr wählen? Wen würdet ihr nicht wählen? Begründet eure Wahl, indem ihr die Eigenschaften, welche für euch entscheidend sind, notiert. Nennt weitere Eigenschaften, die ein Klassensprecher eurer Auffassung nach haben sollte.
2. Lest die Notizen der anderen Gruppen, bis alle alles gelesen haben.
3. Einigt euch in eurer Gruppe auf drei Eigenschaften, die ein(e) Klassensprecher(in) haben sollte, und schreibt sie auf. Stellt die Ergebnisse eurer Gruppe der Klasse vor.

durchsetzungsstark

kompromissbereit

kreativ

beliebt

...

1.2.4 Wie wird der Klassensprecher gewählt?

Zum Thema: „Bei uns wird heute die Klassensprecherwahl durchgeführt" berichtet Jakob aus der 8a am Frühstückstisch aufgeregt. „Weiß einer von euch, wie genau das funktionieren soll?" Sein Vater Karsten Schmidt erklärt: „Bei Wahlen in Deutschland gibt es bestimmte Wahlgrundsätze. Nur wenn diese eingehalten werden, entspricht das Ergebnis dem Willen der Wähler". Jakob und sein Bruder Toni schauen sich vielsagend an. Deren Schwester Mia fragt nach: „Welche Grundsätze sollen das sein? Gelten die denn auch für Klassensprecherwahlen?" In diesem Unterkapitel findet ihr Antworten auf Mias Fragen.

M10 Wahlen in der 8a

Eine Woche nach dem Ferienende betritt Herr Kortzak den Klassenraum der 8a und beginnt mit der Deutschstunde. Da meldet sich Lyn und erinnert daran, dass heute der Klassensprecher oder die Klassensprecherin gewählt werden sollte. Herr Kortzak blickt erst auf seine Notizen und wendet sich dann freundlich an Lukas: „Ich denke, dass es am günstigsten wäre, wenn Lukas sich noch einmal bereitfinden würde, das Amt zu übernehmen. Das hat doch im letzten Jahr bestens geklappt und so sparen wir eine Menge Zeit." Dann fügt er noch hinzu: „Ihr solltet aber noch kurz darüber abstimmen – hebt bitte die Hand, wenn ihr einverstanden seid."

Bearbeiter

EINSTIEGSAUFGABE

Nehmt spontan Stellung zu Herrn Kortzaks Vorschlag aus **M10**: Was beinhaltet sein Vorschlag? Haltet ihr den Vorschlag für zweckmäßig? Begründet eure Auffassung.

M11 Was sind die allgemeinen Wahlgrundsätze?

Es ist entscheidend, dass alle Beteiligten eine Wahl als gerecht empfinden. Nur dann können alle die Wahlentscheidung gut akzeptieren. Daher gibt es für Wahlen Grundsätze, formuliert in Art. 28 + 38 GG, die eingehalten werden müssen.

allgemein	unmittelbar	frei	gleich	geheim
Alle Bürger sind wahlberechtigt, keine Gruppe ist aus sozialen, politischen oder wirtschaftlichen Gründen von der Wahl ausgeschlossen.	Die Wählerstimmen werden direkt für die Zuteilungen der Abgeordnetensitze verwendet. Es gibt keine Zwischeninstanz wie z. B. Wahlmänner.	Die Stimme kann frei von staatlichem Zwang oder sonstiger unzulässiger Beeinflussung abgegeben werden.	Alle Wahlberechtigten haben gleich viele Stimmen zu vergeben. Alle Stimmen haben gleiches Gewicht.	Es darf nicht feststellbar sein, wie der einzelne Bürger gewählt hat.

Bearbeiter

M12 Wie läuft eine Klassensprecherwahl ab?

A Die Wahl erfolgt jährlich zu Beginn des Schuljahres bis spätestens zwei Wochen nach Unterrichtsbeginn. Insbesondere in neu zusammengesetzten Klassen müssen die Schüler sich erst kennen lernen. Die Wahl sollte deshalb nicht unmittelbar nach Schuljahresbeginn stattfinden. Für die Vorbereitung und Durchführung der Wahl muss ausreichend Unterrichtszeit zur Verfügung gestellt werden. Der alte Klassensprecher sollte, wenn möglich, einen kurzen Bericht über seine Arbeit im vergangenen Jahr abgeben.

B Gewählt wird in geheimer Wahl auf einheitlichen Zetteln. Bei Unleserlichkeit oder wenn mehr als eine Person genannt wird, ist der Stimmzettel ungültig.

C Die Stimmen werden öffentlich ausgezählt und es wird überprüft, ob die Zahl der abgegebenen Stimmen mit der Zahl der Anwesenden übereinstimmt.

D Über die Wahl muss ein Protokoll angefertigt werden, das folgende Angaben enthält: Wahlzeitpunkt, Zahl der Stimmberechtigten, Name der Kandidaten, Wahlergebnis, Feststellung, ob die Gewählten das Amt angenommen haben.

E Die Amtsdauer erstreckt sich bis zum Ende des Schuljahres. Der Klassensprecher ist solange Mitglied des Schülerrates, bis im folgenden Jahr der neue Schülerrat zusammentritt. Die Wiederwahl des alten Klassensprechers ist möglich. Ist eine Klasse im Laufe des Schuljahres mit ihrem Klassensprecher nicht mehr zufrieden, können sie mit Zweidrittelmehrheit der Anwesenden einen Nachfolger wählen.

F Gewählt ist, wer die meisten Stimmen erhalten hat. Bei Stimmengleichheit findet eine Stichwahl statt.

G Gegen die Wahl kann innerhalb einer Frist von zwei Wochen beim Schulleiter schriftlich Einspruch erhoben werden.

H Die Gewählten erklären, ob sie die Wahl annehmen, und es wird ihnen gratuliert.

I Die Kandidaten werden durch Zuruf oder durch geheime schriftliche Vorschläge aufgestellt. Jede und jeder aus der Klasse kann gewählt werden. Die Vorschläge werden z. B. an der Tafel gesammelt. Dabei übernimmt der alte Klassensprecher oder der Klassenlehrer die Wahlleitung.

J In einem zweiten Wahlgang wird die Vertreterin oder der Vertreter gewählt. Das Verfahren ist genauso durchzuführen wie beim Klassensprecher.

Bearbeiter

M13 Wahlkampf in der 8a

Nachdem die Aufgaben und das Wahlverfahren zum Klassensprecher bekannt geworden sind, treten nur noch 3 Kandidatinnen und Kandidaten zur Wahl an.

„Onlinespiele gehören in den Unterricht!" **Stimmt für Jakob!**

„Lässig und um keine Auseinandersetzung verlegen!" **Stimmt für Lea!**

Cool, clever: bester Kicker! **Wählt Philipp!**

Bearbeiter

M14 Klassensprecherwahl: So geht es doch nicht, oder?

In der 8a wird nun endlich gewählt: Klassenlehrer Kortzak gibt vor der Wahl bekannt, dass nur die Stimmen der Schülerinnen und Schüler gezählt werden, die im Fach GRW vergangenes Schuljahr mindestens die Zeugnisnote „befriedigend" hatten. Die Stimmen derjenigen mit der Note „sehr gut" zählen doppelt. Er schlägt vor, dass die Wahl der Einfachheit halber durch Handzeichen entschieden werden soll. Die Kandidaten werden an die Tafel geschrieben und nacheinander aufgerufen. Die Wunschkandidaten von Herrn Kortzak werden mit einem kleinen Sternchen markiert. Der Lehrer zählt dann die per Handzeichen abgegebenen Stimmen. Derjenige, der die meisten Stimmen erhalten hat, gewinnt die Wahl. Der mit der zweithöchsten Stimmenzahl wird der Stellvertreter.

Bearbeiter

AUFGABEN

1. Ordnet die Grundsätze aus **M11** dem Wahlverfahren in **M12** zu.
2. Fertigt eine „Checkliste" für den ordnungsgemäßen Ablauf der Klassensprecherwahl an, indem ihr die Karten in **M12** in die richtige Reihenfolge bringt.
3. In der Klasse 8a wurde ein „Wahlkampf" mit Wahlplakaten geführt (**M13**).
   a) Führt für die Klasse 8a eine fiktive Klassensprecherwahl nach den Regeln in **M11** und **M12** durch.
   b) Nehmt Stellung: Kann ein Wahlkampf zur Verbesserung des Wahlergebnisses oder zur Aufwertung des Klassensprecheramtes beitragen?
   c) Beurteilt die Wahlplakate in **M13**: Sind sie geeignet?
4. Prüft, welche Wahlrechtsgrundsätze in **M14** verletzt werden. Formuliert, wie deren Einhaltung bei Klassensprecherwahlen gesichert werden kann.
5. Ist die Klassensprecherwahl nach dem offiziellen Verfahren ein unnötiger Aufwand? Schreibt dem Klassenlehrer der 8a eine E-Mail und erklärt ihm, warum sein Vorgehen in **M14** nicht korrekt war.

F Aufgabe 3
Überlegt euch Situationen, in denen bei einer Klassensprecherwahl die Wahlrechtsgrundsätze (**M11**) nicht eingehalten werden. Gestaltet diese wie ein Quiz, bei dem die anderen beantworten müssen, welcher Grundsatz jeweils verletzt wurde.

H Aufgabe 4
→ S. 196

1.2.5 Die Schülervertretung – ein Gremium nur für Engagierte oder für alle?

Zum Thema: Klassensprecher vertreten die Interessen ihrer Mitschülerinnen und Mitschüler und sind automatisch auch Mitglied des Schülerrates. Aber was ist eigentlich der Schülerrat, was genau macht er und wie wird der Schülersprecher gewählt? Gibt es in der Schülervertretung (SV) für jeden eine Möglichkeit mitzuarbeiten? Diese Fragen werden im folgenden Unterkapitel beantwortet.

M15 Der Schülerrat stellt sich vor

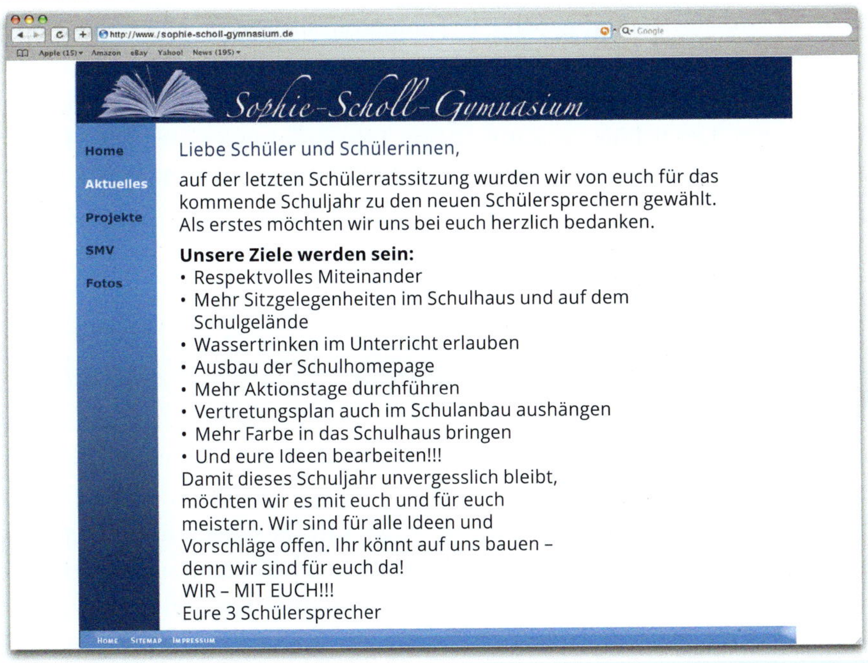

Bearbeiter

EINSTIEGSAUFGABE

Stellt ausgehend von **M15** Vermutungen darüber an, welche Aufgaben ein Schülerrat hat und wo ihm Grenzen gesetzt sind.

M16 Grundlagen für die SV-Arbeit in Sachsen

Die gewählten Klassensprecherinnen und Klassensprecher bilden den Schülerrat (§ 8 SMVO) und wählen aus dessen Mitte die Schülersprecherin, bzw. Schülersprecher und Stellvertreter sowie die weiteren Vertreter der Schüler für die Schulkonferenz (vgl. § 43 Sächsisches SchulG).

Der Schülersprecher lädt zu den Sitzungen des Schülerrates ein, bereitet sie vor und leitet diese. Der Schülerrat muss auch einberufen werden, wenn ein Drittel der Mitglieder dies verlangt.

§ 13 Schülermitwirkungsverordnung (SMVO)
Die Aufgaben der Schülermitwirkung sind im § 13 der SMVO aufgeführt.

Mindestens zweimal im Schulhalbjahr nehmen der Schulleiter und der Vertrauenslehrer an den Sitzungen des Schülerrates teil (Der Vertrauenslehrer wird von den Schülern auf ein Jahr gewählt und soll die Schülervertretung beraten, unterstützen und in Konfliktfällen vermitteln, § 17 und § 18 SMVO.).

Die Mitglieder des Schülerrates sind verpflichtet, den Mitschülern in den Klassen regelmäßig über ihre Tätigkeit zu berichten. Der Schülerrat hat auch das Recht, auf einer eigenen Anschlagtafel in der Schule und ohne Genehmigung durch die Schulleitung zu informieren (§ 16 SMVO).

Bearbeiter

M17 Der Schülerrat – wie ist er organisiert?

Die Schülersprecherin oder der Schülersprecher ist Vorsitzende/r des Schülerrates. Sie oder er beruft den Schülerrat ein, leitet die Sitzungen und setzt die Beschlüsse um. Der Schülerrat kann während der Unterrichtszeiten zusammentreten. Er muss aber auf die Unterrichtsveranstaltungen Rücksicht nehmen. Einmal im Monat kommt auch der Schulleiter oder die Schulleiterin zu der Schülerratssitzung und bespricht aktuelle schulische Fragen. Die Themen, die besprochen werden sollen, werden auf eine Tagesordnung gesetzt. Ein Mitglied des Schülerrates führt über die Ergebnisse der Diskussionen ein Protokoll.

Bearbeiter

M18 Wer soll entscheiden?

Der Schülerrat kommt zu einer Sitzung zusammen. Beim letzten Tagesordnungspunkt „Verschiedenes" fragt Lea aus der 8a, ob es nicht besser wäre, wenn grundsätzlich die Schülerversammlung und damit alle Schülerinnen und Schüler bei allen Fragen und Plänen mitentscheiden könnten. Es seien doch alle Schülerinnen und Schüler von den Entscheidungen betroffen. Diese Frage wird im Schülerrat intensiv diskutiert. Der Schülersprecher leitet die Diskussion. Er ruft diejenigen auf, die sich zu Wort melden. Er fasst zusammen, wie sich die Schülerratsmitglieder geäußert haben. Er achtet darauf, dass alle ausreden können und es nicht zu unruhig wird. Am Ende führt er durch eine Abstimmung ein Meinungsbild herbei.

Bearbeiter

AUFGABEN

1. Untersucht mithilfe der Auszüge aus dem Sächsischen Schulgesetz (**M5 und M6, S. 23 ff.**) sowie der Verordnung über die Mitwirkung der Schüler (**M8, S. 26 f.**) die Möglichkeiten und Grenzen der demokratischen Schülermitwirkung an sächsischen Schulen. Erstellt dazu ein Schaubild.
2. Versetzt euch in die Rolle der Schülerratsmitglieder (**M18**) und diskutiert die gestellte Frage.

H Aufgabe 1
→ S. 196

F Aufgabe 1
Überlegt, wie ihr das Schaubild anderen gut verständlich erklären könnt und bereitet hierfür in Gruppen Kurzvorträge (→ Methodenglossar) vor. Präsentiert eure Vorträge den anderen Gruppen.

H Aufgabe 2
→ S. 196

1.2.6 Wie können Konflikte in der Klasse gelöst werden?

Zum Thema: Jeder von uns hat schon Konflikte erlebt – auch in der Klasse! Leider scheinen manche Konflikte unüberwindbar. Inwiefern ihr in der Klasse mithilfe bestimmter Verfahren Konflikte lösen könnt, ist Gegenstand der folgenden Seiten.

M19 Ein Konflikt in der Klasse...

Er kam früh in die Schule, ging in den Klassenraum, setzte sich an sein Pult. Dort war er relativ sicher. [...] Es waren ein paar Mädchen im Raum, aber sie ignorierten ihn, falls nicht das prustende Gelächter, das er hörte, als er sein Lesebuch herausholte, etwas mit ihm zu tun hatte. Was gab es da zu lachen? Eigentlich nichts, außer man gehörte zu den Menschen, die permanent auf etwas lauerten, worüber sie lachen konnten. Unglücklicherweise waren das seiner Erfahrung nach genau die Menschen, zu denen die meisten Kinder zählten. Sie [...] lauerten [...] auf die falsche Hose, den falschen Haarschnitt oder die falschen Turnschuhe [...]. Da er normalerweise die falschen Turnschuhe oder die falsche Hose trug und sein Haarschnitt immer falsch war, an jedem Tag der Woche, musste er sich nicht sehr anstrengen, damit sie sich über ihn totlachten.

Hornby, Nick: About a Boy (übersetzt von Drechsler-Hellmann, Clara/ Hellmann, Harald). Droemer Knaur 2000, S. 21 f.

EINSTIEGSAUFGABEN

- Beschreibt den vorliegenden Konflikt (**M19**).
- Überlegt, ob es sich dabei um einen Fall von Mobbing (**Randspalte S. 33**) handelt. Falls dies eurer Meinung nach so ist, (wie) würdet ihr eingreifen?

M20 Konfliktlösung durch Mediation

a) Streit auf dem Schulhof

Auf einem Schulhof kommt es zwischen den beiden 12-jährigen Schülern Max und Frieder zu einem heftigen Streit. Wütend tritt Max seinen Klassenkameraden Frieder so heftig gegen den Brustkorb, dass dieser schwer keuchend zu Boden geht. Sofort eilt eine Lehrerin hinzu. Nachdem sie erleichtert feststellt, dass Frieder nichts Schlimmeres passiert ist, spricht sie mit den beiden Jungen ernsthafte Worte. Sie bietet ihnen an, ihren Streit mithilfe der an der Schule vorhandenen Schülermediatoren [→ S. 34] zu klären. Die beiden Jungen sind einverstanden und begeben sich gemeinsam zum Büro der beiden Schülermediatoren. Nachdem sie Platz genommen haben, bitten die Mediatoren die Beteiligten, nacheinander den Vorfall zu schildern. Im Lauf des Gespräches werden sowohl der Streitablauf als auch die Ziele und Gefühle der Beteiligten geklärt. Im Streit fühlte sich Max durch eine Aussage von Frieder verletzt und wurde dadurch aufbrausend. Frieder war es nicht bewusst, dass er Max

Mobbing
Mobbing bedeutet, dass jemand z. B. in der Schule schikaniert, belästigt, drangsaliert, beleidigt, ausgegrenzt wird. Wenn man eine negative Handlung als Mobbing bezeichnen möchte, dann muss diese häufig und wiederholt auftreten und sich über einen längeren Zeitraum erstrecken. Das Mobbingopfer ist der Situation hilflos ausgeliefert und leidet stark unter der Situation.

„Mobbing" im Erklärfilm

Mediencode: 71081-02

mit Worten verletzt hatte und fühlte sich seinerseits schlecht, weil er etwas Angst hatte vor dem körperlich überlegenen Max. Im Grunde hat er ihn um seine scheinbare Stärke beneidet. Max andererseits war gar nicht so stark, sondern eher sensibel.

Die beiden Jungen sprechen nun mithilfe des Vermittlers frei über ihre Gefühle und Bedürfnisse. Je länger sie sprechen, desto besser können sie sich in die Lage des jeweils anderen versetzen und entwickeln ein gegenseitiges Verständnis.

Zum Abschluss der Mediation legen sie mit Unterstützung der Mediatoren eine Vereinbarung fest, die sie auch unterzeichnen. In der Vereinbarung wird festgehalten, wie die Jungen bei ähnlichen Situationen mit ihren Konflikten umgehen können und sollen. Am nächsten Tag – so wurde von den Klassenkameraden berichtet – verstehen sich Max und Frieder so gut wie nie zuvor. Beide haben gelernt, den anderen zu verstehen.

Ulrich, Margot: Anwendungsbeispiel Mediation – Streit auf dem Schulhof. In: https://stiftungmediation.de, 25.08.2016.

b) Fünf Schritte zur Konfliktlösung

Ausgangssituation

1. Phase: Einleitung
- Vertraulichkeit zusichern
- Regeln erklären
- Ziel der Mediation
- Verfahren erläutern, Rolle des Mediators erklären
- nachfragen, ob alle damit einverstanden sind

Kommunikation über den Mediator sichern

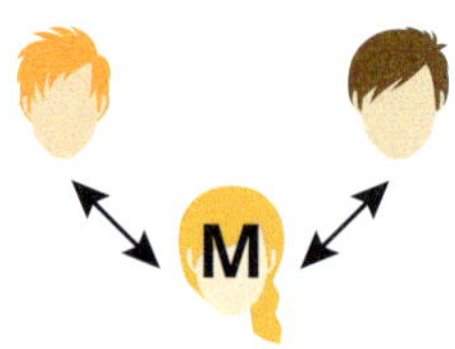

2. Phase: Sichtweise der einzelnen Konfliktparteien
- Konfliktparteien tragen Standpunkte vor
- spiegeln, zusammenfassen, wenn nötig umformulieren
- Punkte aufschreiben, Reihenfolge besprechen
- abschließend: Zusammenfassung

Schrittweise direkte Kommunikation herstellen

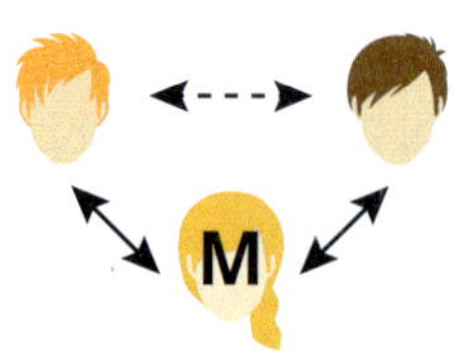

3. Phase: Konflikterhellung
- nachfragen, klären
- Motive und Gefühle herausfinden
- abschließend: Wie geht es euch jetzt? Welche Wünsche habt ihr?

Mediation
Vermittlung

Mediator
(= Vermittler) Ein Mediator hilft, einen Streit zu lösen. Er ist nicht am Streit beteiligt und kann daher zwischen den Konfliktparteien vermitteln.

Seite an Seite nach Lösungen suchen

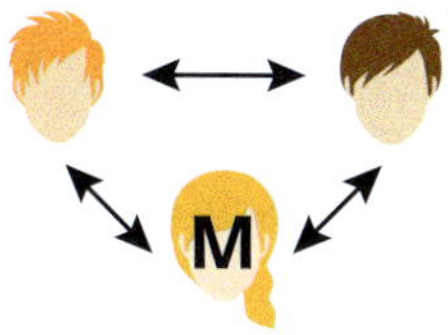

4. Phase: Problemlösung
- Brainstorming
- Lösungen diskutieren und bewerten
- nach Konsens suchen

Ohne fremde Hilfe wieder miteinander auskommen

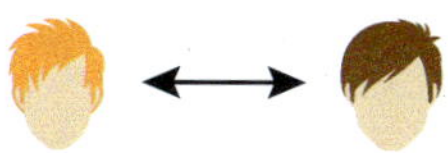

5. Phase: Vereinbarung
- genau formulieren
- Vereinbarung vorlesen
- alle unterschreiben

Faller, K./Kerntke, W./Wackmann, M.: Konflikte selber lösen. Verlag an der Ruhr 1996.

M21 Der Klassenrat – ein Ort für Konfliktbeilegung?

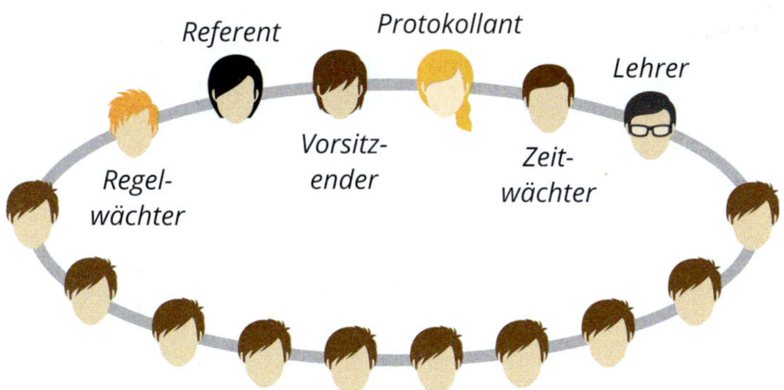

- **Zeitwächter** achtet auf die Zeit, damit alles besprochen weren kann.
- **Regelwächter** passt auf, dass sich jeder an die Regeln hält.
- **Vorsitzender** führt die Diskussion, damit man zu Ergebnissen kommt.
- **Protokollant** schreibt Anliegen und Beschlüsse auf, damit man sich später daran erinnern kann.
- **Referent** berichtet zu einem speziellen Thema, da er über Fachwissen verfügt bzw. dazu recherchiert hat.

Der Klassenrat ist eine fest verankerte Einrichtung, die euch die Möglichkeit bietet, in eigener Verantwortung und Organisation Ideen und Projekte zu besprechen und Lösungen zu entwickeln. Im Gegensatz zum Unterricht wird der Klassenrat nicht von den Lehrern, sondern von euch gestaltet und geleitet. Er

Regeln und Vorgaben für den Klassenrat

Für die Organisation des Klassenrats und für die Durchführung der Sitzungen gelten Regeln, die ihr zum Teil auch selbst erarbeiten und beschließen sollt.
So sollen zum Beispiel die Gesprächs- und Verhaltensregeln für die Sitzungen von euch gemeinsam erarbeitet und beschlossen werden. Darüber hinaus gelten für den Klassenrat aber auch bestimmte Vorgaben. So hat bei der Entscheidung jeder Teilnehmer im Klassenrat eine Stimme. Dies gilt auch für eure Lehrerin/euren Lehrer die/der mit euch gleichberechtigt an der Sitzung teilnimmt. Das heißt, dass sie/er genauso wie jeder oder jede von euch nur eine Stimme hat. Außerdem ist für den Klassenrat vorgegeben, dass alle Teilnehmer verschiedene Ämter und Verantwortungen für bestimmte Aufgaben übernehmen, die immer wieder gewechselt werden. So gibt es neben dem Diskussionsleiter immer einen Regelbeobachter, Zeitnehmer und natürlich einen Protokollanten.

gibt euch damit die Möglichkeit, euren Schulalltag selbstorganisiert und verantwortlich mitzubestimmen.
Fest in eurem Schulalltag ist der Klassenrat dadurch verankert, dass ihre regelmäßig (wöchentlich) zu einem festgelegten Zeitpunkt im Klassenrat tagt. Insgesamt bietet euch der Klassenrat die Möglichkeit, in eigener Organisation Verantwortung zu übernehmen, die Schule und das Lernen mitzugestalten und ganz nebenbei lernt ihr, wie demokratische Prozesse funktionieren. Aus diesem Grund berät ein Klassenrat in einer Runde. Wenn ihr alle in einem Stuhlkreis sitzt, könnt ihr euch beim Reden, Diskutieren und Beschlüsse fassen anschauen. Dabei hat jeder von euch eine Rolle und ihr übernehmt Verantwortung für bestimmte Aufgaben, die immer wieder gewechselt werden.

Bearbeiter

M22 Wie ist euer Klassenklima?

	Ja	Nein
Ich fühle mich in meiner Klasse wohl.		
Mitschüler lassen mich nicht zu Wort kommen.		
Was ich sage oder mache, wird ständig von Mitschüler(innen) kritisiert.		
Mitschüler wollen nicht mit mir zusammenarbeiten.		
Ich werde von anderen wie Luft behandelt.		
Mitschüler sprechen hinter meinem Rücken schlecht über mich.	Ins Heft	
Mitschüler machen mich vor anderen lächerlich.		
Jemand macht mein Aussehen oder meine Kleidung lächerlich.		
Ein Mitschüler droht mir mit körperlicher Gewalt.		
Ich fühle mich von meinen Lehrern ernst genommen.		
Ich bin schon häufiger von meinen Lehrern unfair behandelt worden.		
...		

Bearbeiter

F Ergänzt den Fragebogen um weitere Aussagen zur Ermittlung des Klassenklimas

AUFGABEN

1. a) Beschreibt die Arbeit eines Schülermediators (**M20a-b**).
   b) Arbeitet für jede Stufe aus **M20b** heraus, welche Schwierigkeiten sich bei der Konfliktlösung ergeben könnten
2. Fasst die Aufgaben und die Zusammensetzung eines Klassenrats zusammen (**M21**).
3. a) Ermittelt, wie das Klima in eurer Klasse derzeit ist. Führt dazu eine anonyme Umfrage durch und wertet die Ergebnisse aus (**M22**).
   b) Beurteilt anschließend, welches Vorgehen ihr für die Lösung von Konflikten in eurer Klasse und an eurer Schule für sinnvoller erachtet: die Hinzuziehung von Schülermediatoren (**M20a-b**) oder die Bildung und Durchführung eines Klassenrats (**M21**).

1.2.7 Smartphones in der Schule – nützlich oder störend?

Zum Thema: In der Klasse 7b gehören Smartphones zum Alltagsleben. 26 von 28 Schülerinnen und Schülern besitzen ein Handy oder Smartphone und die meisten tragen es immer bei sich. In der Schule sind sie häufig Anlass für Streit. Sie können im Unterricht stören oder Konflikte zwischen Schülern und Lehrern auslösen. Sind Smartphones in der Schule eher nützlich oder störend? Und was ist eigentlich erlaubt?

M23 Smartphones in jeder Situation…

Mia mit Smartphone im Unterricht

Smartphone bei den Hausaufgaben

Smartphones in der Pause

EINSTIEGSAUFGABEN

- Beschreibt in der Klasse die Situationen in den Bildern 1-3 (**M23**).
- Urteilt spontan mithilfe einer Positionslinie (→ Methodenglossar): Haltet ihr die Nutzung von Smartphones in den Situationen eher für nützlich oder für störend?

M24 Rechtliche Lage der Handy- und Smartphonenutzung in Sachsen und in Deutschland

In Deutschland hat jedes Bundesland eigene Regeln für den Umgang mit Handys an Schulen. Während es in Bayern ein vollständiges Handyverbot an Schulen gibt, legt in Sachsen das Schulgesetz keine Regelung für Handys in der Schule fest. In den einzelnen Schulen wird darüber entschieden, ob das Smartphone an der Schule erlaubt oder verboten ist und inwieweit die Nutzung von Smartphones eingeschränkt wird. Allerdings steht in § 39 des Schulgesetzes, dass zur Sicherung des Erziehungs- und Bildungsauftrags oder zum Schutz von Personen und Sachen nach dem Grundsatz der Verhältnismäßigkeit Ordnungsmaßnahmen gegenüber Schülern getroffen werden können, soweit andere Erziehungsmaßnahmen nicht ausreichen. Eine Erziehungsmaßnahme ist dabei auch die „zeitweilige Inbesitznahme störender Gegenstände", zu denen z. B. auch Handys gehören.

Bearbeiter

M25 Einblick in die Handyregeln an Mias Gymnasium und in anderen Ländern am Beispiel Frankreichs

a) Handyordnung an Mias Gymnasium

An Mias Gymnasium gibt es eine Handyordnung, die besagt, dass Handys in der Schule am Vormittag (bis nach der 6. Stunde) von Schülerinnen und Schülern der Unter- und Mittelstufen nicht genutzt werden dürfen – es sei denn, die Lehrkräfte erlauben es ausdrücklich im Unterricht. Beim Abendessen kommt es in der Familie Schmidt zu einer Diskussion.

Toni gibt an: „Manchmal können Apps auch den Unterricht bereichern, z. B. in Mathe. Natürlich ist die Handynutzung ökologisch besser, da wir Papier sparen können."

Mia meint, dass es für alle eine Erleichterung wäre, wenn es ein klares Verbot geben würde und sich alle ohne Handys unterhalten würden. Sie sagt: „Die Konzentration schwindet, wenn ständig das Smartphone dabei ist. Wer checkt nicht schnell seine WhatsApp-Nachrichten?"

Jakob findet, dass es gut wäre, wenn Handys in der Schule viel mehr genutzt würden, z.B. zum Filmen, für Reportagen und natürlich zum Spielen in der Pause. Außerdem gibt er zu bedenken: „Zwischendurch möchte ich mit meinen Freunden abklären, was nachmittags geht. Manchmal muss man einfach nur wissen, wann der nächste Bus fährt."

Bearbeiter

b) Handyverbot in Frankreich

Mia hat sich in den Sommerferien mit Sophie aus Lille angefreundet. Seitdem schreiben sich die beiden regelmäßig und tauschen viele Fotos aus. Seit die Schule wieder begonnen hat, kommen von Sophie allerdings nur noch am frühen Abend Nachrichten und insgesamt auch viel weniger als vorher. In Frankreich gilt an allen Schulen seit September 2018 ein striktes Handyverbot.

Bearbeiter

AUFGABEN

H Aufgabe 1
→ S. 196

H Aufgabe 3
→ S. 196

1. Erstellt eine Tabelle und haltet fest, welche Vor- und Nachteile die Nutzung von Smartphones in der Schule (**M23**) haben kann. Unterscheidet dabei zwischen den Situationen „Unterricht", „Pausen" und „Hausaufgaben".
2. Fertigt eine Tabelle über die rechtliche Lage in Sachsen an (**M24**). Verwendet dabei die Überschriften „rechtlich möglich/nicht möglich" und füllt sie mit Stichpunkten.
3. Lest **M25a** und stellt euch vor, ihr wärt bei der Familie Schmidt zu Besuch. Sollten Handys in der Schule, so wie in Frankreich (**M25b**), generell verboten sein? Was würdet ihr spontan zu der Frage sagen?
4. Arbeitet die Argumente von Mia, Toni und Jakob aus **M25a** heraus, indem ihr
   a) sie in eure Tabelle aus Aufgabe 1 einsortiert,
   b) sie mit euren eigenen Ideen aus Aufgabe 2 ergänzt und
   c) die für euch drei besonders wichtigen Argumente markiert.
5. a) Markiert eine Linie im Klassenraum und positioniert euch erneut zur Frage: Sind Smartphones in der Schule eher nützlich oder eher störend?
   b) Begründet eure Position. Vergleicht eure Ergebnisse mit den Ergebnissen aus der zweiten Einstiegsaufgabe (→ S. 37).

WAHLBEREICH

Eine aktuelle Kontroverse in der Gesellschaft

Ein Pro-Kontra-Streitgespräch zum Handyverbot an Schulen durchführen

I. Worum geht es?

Im Pro-Kontra-Streitgespräch wird ein kontroverses Thema von allen Seiten beleuchtet. Es geht bei diesem Streitgespräch nicht darum, den „Gegner" durch bessere Argumente zu „schlagen", vielmehr soll ein Thema facettenreich erschlossen werden. Unterschiedliche Meinungen und konträre Perspektiven werden mit dem Ziel zusammengetragen, sich mit verschiedenen Sichtweisen auseinander zu setzen. Die Teilnehmer sammeln in zwei Gruppen zu einer These oder einer Frage Argumente zur Begründung ihres Standpunktes. Es ist durchaus erwünscht, Positionen zu vertreten, die nicht mit der eigenen Meinung identisch sind. So können festgefahrene Positionen verlassen werden, und die Thematik wird neu durchdacht. Nach der Sammlung der Argumente in den Kleingruppen erfolgt eine Diskussion mit Vertretern der zwei Gruppen. Außer Befürwortern und Gegnern der These gibt es sowohl einen Moderator als auch Beobachter. Der Moderator ist neutraler Leiter des Streitgesprächs, d. h. er darf nicht erkennbar auf einer der beiden Seiten stehen. Als Beobachter agieren die Gruppenmitglieder, die nicht aktiv am Streitgespräch teilnehmen. Sie bekommen konkrete Beobachtungsaufträge.

II. Geht dabei so vor:

1. Schritt: Vorbereitung

- Aufteilung in zwei Gruppen (Pro- bzw. Kontra-Gruppe)
- Festlegung der jeweiligen Redner (drei pro Gruppe)
- Vorbereitung der Argumentation mithilfe der Materialien von Unterkapitel 1.2.7.

2. Schritt: Durchführung des Streitgespräches

a) Darstellung der These durch den ersten Redner der Gruppe „Pro" – max. drei Minuten
b) Widerrede durch den ersten Redner der Gruppe „Kontra" – max. drei Minuten
c) Striktes Abwechseln der zwei Gruppen: geregelter Austausch der Argumentation
d) Zusammenfassendes Schlusswort durch den jeweiligen Hauptredner

3. Schritt: Auswertung

- Distanzierung: Redner äußern ihre Gefühle und Erfahrungen
- Bewertung des Streitgesprächs durch Beobachter
- Abstimmung über Streitpunkt im Plenum

Nach: Reinhardt, Sibylle: Politik Didaktik. Praxishandbuch für die Sekundarstufe I und II. Cornelsen Scriptor 2005, S. 203 ff.

WAS WIR WISSEN

Das Schulgesetz (··→ M5, M6)

Das Schulgesetz ist eine Regelsammlung, die für alle Schulen in Sachsen gilt. Durch das Schulgesetz wird festgelegt, welche Rechte und Pflichten Schülerinnen und Schüler haben, welche Mitbestimmungsmöglichkeiten es für Schüler, Eltern und Lehrer gibt und wie die Schulen organisiert sein sollen. Wer das Schulgesetz kennt, kann die eigenen Interessen und Rechte innerhalb des Schullebens besser wahrnehmen.

Der Klassensprecher/die Klassensprecherin (··→ M8, M11, M12)

Im Schulalltag haben Schülerinnen und Schüler ihre ganz eigenen Interessen und Probleme. Im Schulgesetz wird deshalb auch die Wahl des Klassensprechers verlangt. Klassensprecher vertreten die Interessen der Klasse gegenüber den Lehrerinnen und Lehrern, der Schulleitung und der Elternvertretung, nehmen an Sitzungen wie den Schülerratssitzungen teil und berichten der Klasse regelmäßig von den dort geführten Diskussionen oder den getroffenen Entscheidungen.
Zu Beginn des Schuljahres werden innerhalb der ersten zwei Wochen von jeder Klasse Klassensprecher und Stellvertreter gewählt. Welchen Einfluss bzw. welche Macht ihr mit der Wahl des Klassensprechers habt, damit eure Klasseninteressen bei schulischen Entscheidungen stärker berücksichtigt werden, ist neben den Rechten, die ein Klassensprecher hat, auch von der Persönlichkeit des Klassensprechers abhängig.

Die Schulkonferenz (··→ M6, M16)

Der Schülerrat wählt die Vertreter, die in der Schulkonferenz zusammen mit gewählten Eltern- und Lehrervertretern wichtige Beschlüsse für die Schule fassen. Die Schulkonferenz ist durch das Schulgesetz näher bestimmt und bildet in der einzelnen Schule das oberste Gremium. Der Schulleiter oder die Schulleiterin ist der Vorsitzende/die Vorsitzende und leitet die Konferenz. In der Schulkonferenz können die Schülerinnen und Schüler ihre Interessen und Standpunkte vortragen und mit den Eltern und Lehrern diskutieren. Entschieden wird jedoch durch Abstimmungen, wobei die Stimme jedes Vertreters gleich viel zählt.

Konfliktursachen und Konfliktlösung (··→ M20, M21)

Im Schulleben kommt es immer wieder zu Konflikten: Mobbing, körperliche Gewalt oder psychische Belastungen sind nur einige Beispiele dafür. Einige dieser Konflikte lassen sich klar und verbindlich lösen, auch weil es dafür rechtliche Grundlagen wie das Schulgesetz oder von der Schulgemeinschaft festgelegte Regeln wie die Schulordnung gibt. Vielfach ist es jedoch sinnvoll, neben oder statt der rechtlich bestimmten Verfahren, in der Schule weitere Verfahren zu haben. Damit kann das Entstehen schwieriger Konflikte in der Schule verhindert werden, oder wenn es dann doch zu diesen Konflikten kommt, können diese so besser gelöst werden. Das Vorhandensein neutraler Streitschlichter an der Schule oder die Einrichtung eines Klassenrats sind solche Möglichkeiten.

1.3 Einblick gewinnen in das soziale System Familie: Familie gestern, heute und morgen

1.3.1 Sind „Familien“ immer „Familien“?

Zum Thema: Familien kennt jeder – schließlich haben wir alle eine Familie. Mehr noch: Wir alle haben eine feste Vorstellung davon, wer oder was eine Familie ist. Doch genau diese unterschiedlichen Vorstellungen machen es auch so kompliziert, zu bestimmen, wann eine Familie denn eine Familie ist. Dieses Unterkapitel hilft euch dabei, zu klären, ob Familien immer Familien sind.

M1 „Familie“ ist nicht gleich „Familie“...?

Es gibt mal wieder Streit in der Familie Schmidt. Die Großeltern Günther und Gisela sind zu Besuch und haben eine etwas andere Meinung darüber, ab wann Familien Familien sind...

EINSTIEGSAUFGABEN

- Ab wann ist für euch eine Familie eine Familie? Positioniert euch zu einer der fünf Aussagen aus **M1**.
- Begründet eure Entscheidung, indem ihr mit eigenen Worten beschreibt, ab wann für euch eine Familie eine Familie ist.
- Vergleicht eure Erklärungen in der Klasse: Gibt es Gemeinsamkeiten? Welche Unterschiede gibt es?

M2 Begriffsbestimmung: Wer oder was ist eine „Familie"?

a) Was bedeutet „Familie"?

Das Wort Familie stammt vom Lateinischen „familia" ab, das bedeutet „Hausgemeinschaft", denn früher lebten alle Familienmitglieder (Eltern, Kinder, Großeltern und weitere Verwandte) unter einem Dach.

Bearbeiter

b) „Familie": Wie wird sie heute beschrieben?

„Familie" wird heute anders beschrieben. Meistens leben nur noch Vater, Mutter und die Kinder als Klein- oder Kernfamilie zusammen. Daneben haben sich aber viele andere Formen von Familien und Lebensgemeinschaften entwickelt.
Das Bundesministerium für Familie, Senioren, Frauen und Jugend unterscheidet „Familien" im weiteren und engeren Sinne. Familien im weiteren Sinne sind dort, wo Menschen unterschiedlicher Generationen dauerhaft füreinander Verantwortung übernehmen, wenn sie füreinander da sind und sich gegenseitig um sich kümmern. Dies findet sowohl bei verheirateten Paaren mit Kindern also auch bei unverheirateten Paaren mit Kindern statt. Auch Alleinerziehende, getrennt Erziehende, Stief- und Patchworkfamilien, Regenbogenfamilien sowie Familien, die sich um pflege- und hilfsbedürftige Angehörige kümmern, gehören dazu.
Im engeren Sinne sind Familien dort, wo es Kinder unter 18 Jahren gibt.

Bearbeiter

M3 Unterschiedliche Formen des Zusammenlebens

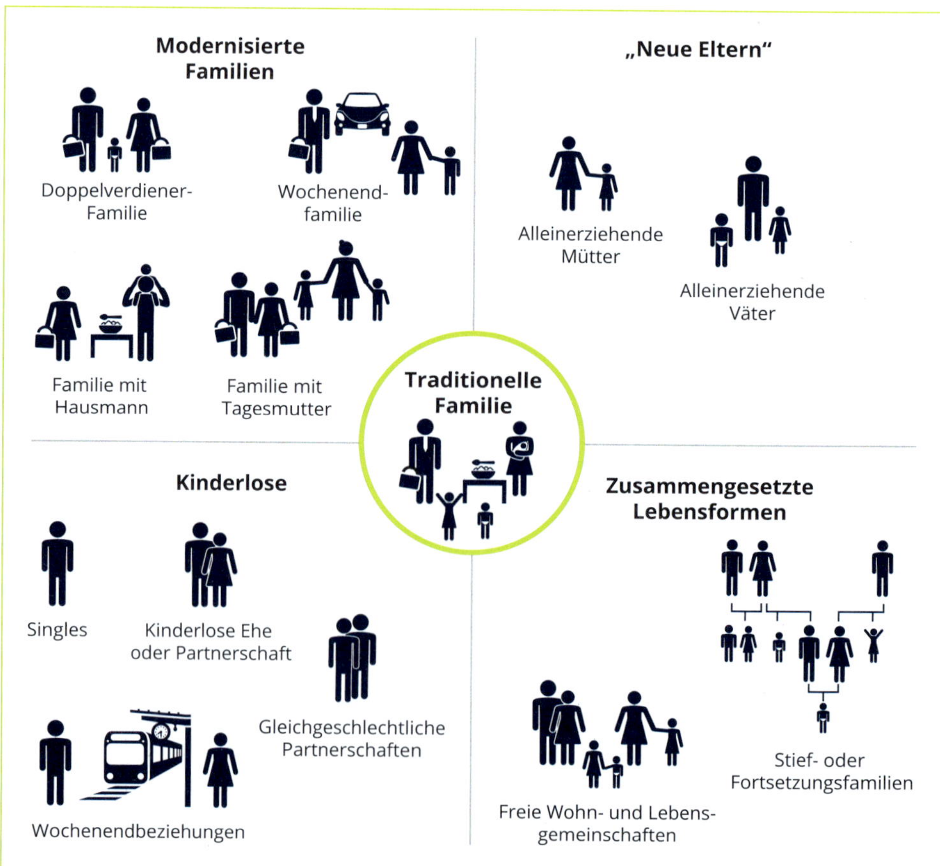

Grafik: Jutta Kleinert

M4 Vor- und Nachteile unterschiedlicher Lebensformen

Jede der in M2 und M3 vorgestellten Familien- bzw. Lebensform hat unterschiedliche Vor- und Nachteile. Nachfolgend findet ihr viele Vor- und Nachteile, die auf alle Lebensformen mal stärker und mal weniger passen.

1 Sicherheit

2 Geborgenheit

3 Flexibilität

4 Freiheit

5 Ruhe

6 Wohnungskosten

7 Unterhaltung/Abwechslung

8 Fürsorge und Hilfe

9 Kosten sparen

10 Gefühl des Gebrauchtwerdens

11 Soziale Kompetenz

12 Hohe Arbeitsbelastung

13 Zeit für sich und Freunde

14 Unruhe

15 Hohes Einkommen

16 Einsamkeit

17 Verwirklichung eigener Träume

18 Zeit für berufliche Karriere

Bearbeiter

M5 Fallbeispiele: „Familie" oder nicht?

1 Tom lebt zusammen mit seinen beiden Geschwistern und seiner Mutter in Leipzig. Sein Vater lebt seit der Scheidung von Toms Mutter gemeinsam mit seiner neuen Partnerin in Borna. Tom und seine Brüder besuchen ihn jedes Wochenende.

2 Jenny (8) und ihr Bruder Nicolas (11) leben mit ihren Eltern, Frederike und Thorsten, in Bautzen. Frederike ist allerdings nicht Nicolas leibliche Mutter. Thorsten war früher schon einmal verheiratet und Nicolas stammt aus dieser Ehe.

3 Andrea und Doreen haben vor kurzem geheiratet. Um ihr Glück perfekt zu machen, wollen sie jetzt gemeinsam ein Kind adoptieren.

4 Thomas und Heike haben sich entschieden, keine Kinder zu bekommen. Sie haben aber eine Nichte, um die sie sich oft kümmern.

5 Sarah und ihr Mann Nazim haben zwei Kinder, Aylin und Samir. Sie bewohnen zusammen mit einem älteren Ehepaar je eine Hälfte eines Hauses in Görlitz. Sie übernehmen füreinander gegenseitig Erledigungen und Einkäufe. Das ältere Ehepaar passt oft auf die Kinder auf.

6 Peter und seine Mutter wohnen zusammen in einem Mietshaus in Dresden. Peter, 52 Jahre, wohnt im zweiten Stock, seine 79jährige Mutter im Erdgeschoss. Jeden Tag vor und nach der Arbeit schaut Peter bei seiner Mutter vorbei. Am Wochenende kocht er für sie.

Bearbeiter

AUFGABEN

1. a) Erklärt mit eigenen Worten, woher das Wort „Familie" kommt und was der Begriff „Familie" heute bedeutet (**M2a-b**).
   b) Verfasst eine eigene Beschreibung von „Familie".
   c) Vergleicht eure Beschreibung der „Familie" mit der Beschreibung in **M2b**. Gibt es Unterschiede oder Gemeinsamkeiten?
2. a) Benennt mithilfe von **M3** die Familienform, in der ihr jeweils lebt.
   b) Bewertet die unterschiedlichen Lebensformen aus **M3** dahingehend, ob sie für euch persönlich erstrebenswert sind und welche nicht infrage kommen.
3. a) Erstellt eine Tabelle „Lebensform: Vor- und Nachteile". Ordnet die Begriffe aus **M4** jeder Lebensform als Vor- oder Nachteil zu. Beachtet dabei, dass ein Vorteil für die eine Lebensform gleichzeitig ein Nachteil für die andere Lebensform sein kann:

Lebensform	Vorteile	Nachteile
Doppelverdiener Familie		

   b) Beurteilt mithilfe von **M3** und **M4** die Chancen und Probleme von unterschiedlichen Formen des Zusammenlebens für den Einzelnen.
4. Bearbeitet die Fallbeispiele in **M5** in Kleingruppen: Welche Beispiele symbolisieren für euch persönlich eine Familie?

F Aufgabe 3a
Fügt eurer Tabelle eigene euch bekannte Vor- und Nachteile hinzu.

F Aufgabe 3b
Beurteilt die Chancen und Probleme von unterschiedlichen Formen des Zusammenlebens für die Gesellschaft.

1.3.2 Was leistet Familie?

Zum Thema: Mit wem lebt ihr in euren Familie zusammen? Mit euren Müttern? Mit euren Vätern? Habt ihr Geschwister? Bestimmt unterscheiden sich eure Antworten auf diese Fragen. Es gibt aber auch Fragen, auf die ihr ähnliche Antworten findet. Ist es gut für euch, dass ihr nicht alleine lebt? Was habt ihr davon? Und gibt es auch andere, die davon profitieren, dass ihr in Familien lebt? Die Fragen beantwortet euch das folgende Unterkapitel.

M6 Warum weint Benno?

Benno (2)

EINSTIEGSAUFGABEN

- Nennt zunächst für euch allein mögliche Gründe für die Tränen von Benno in **M6**.
- Einigt euch anschließend mit eurem Banknachbarn auf fünf Gründe.
- Schließt euch nun zu viert zusammen und einigt euch erneut auf fünf Gründe.

M7 Was ein Kind will...

Bedürfnisse
Ein Kind will sich wohl fühlen. Dazu muss es ausreichend ernährt, gepflegt und gesund sein.

Entwicklung
Ein Kind will Freiheiten. Diese braucht es, um Dinge auszuprobieren und sich weiterzuentwickeln.

Anerkennung
Ein Kind will Aufmerksamkeit. Es will für seine Leistungen gelobt werden.

Bearbeiter

Die Familie im Grundgesetz – Art. 6 GG
In Artikel 6 GG heißt es, dass Ehe und Familie besonders geschützt werden. Außerdem haben die Eltern das Recht, aber auch die Pflicht, ihre Kinder zu erziehen:
(1) Ehe und Familie stehen unter dem besonderen Schutze der staatlichen Ordnung.
(2) Pflege und Erziehung der Kinder sind das natürliche Recht der Eltern und die zuvörderst ihnen obliegende Pflicht. Über ihre Betätigung wacht die staatliche Gemeinschaft.

M8 Der Stammbaum – wer gehört alles zur Familie?

Bearbeiter

M9 Was leistet die Familie für die Gesellschaft?

Erziehen
Dank der Familie lernen Kinder die Werte und Verhaltensweisen kennen, die für die Gesellschaft wichtig sind. Damit leisten die Familien einen wichtigen Beitrag zur Sozialisation.

Pflegen
Kinder oder auch alte Menschen, um die sich eine Familie kümmert, müssen nicht durch andere versorgt werden.

Reproduktion
Nur wenn Kinder geboren werden, kann die Gesellschaft als Ganzes weiter bestehen.

Bearbeiter

AUFGABEN

1. a) Ordnet eure Gründe aus den Einstiegsaufgaben den Überbegriffen aus **M7** zu.
   b) Ergänzt weitere Beispiele.
2. a) Erstellt persönliche Stammbäume (**M8**).
   b) Notiert zu jeder Person, warum sie für euch wichtig ist.
3. Erläutert, welche gesellschaftlichen Aufgaben durch die Familien erfüllt werden (**M9**).
4. Begründet, warum die Bundesrepublik Deutschland ein Interesse daran hat, „Ehe und Familie" besonders zu schützen (**M9**, **Randspalte S. 46**).

H Aufgabe 4
→ S. 196

1.3.3 Familie heute: Ort der Stabilität oder der Bevormundung?

Zum Thema: In Deutschland stehen Familien unter besonderem Schutz der staatlichen Ordnung. Aber sind Familien wirklich so wichtig? Familien können doch auch manchmal nerven und euch hindern, das zu machen, was ihr immer schon mal wolltet. Welchen Mehrwert Familien für euch haben können, erfahrt ihr in diesem Unterkapitel.

M10 Freunde oder Familie – was ist wichtiger?

Am Samstag steht im Hause Schmidt eine große Familienfeier an: Opa Günther und Oma Gisela feiern goldene Hochzeit. Alle Familienmitglieder sollen zusammen feiern. Doch Jakob hat keine Lust...

Vater Karsten Schmidt *Jakob* *Mia*

EINSTIEGSAUFGABEN

- Karsten, Jakob und Mia haben unterschiedliche Auffassungen über die Familie (**M10**). Welcher Aussage stimmt ihr spontan zu? Stimmt in der Klasse ab.
- Begründet eure Entscheidung.

M11 Die Bedeutung der Familie in Deutschland

1 Braucht man eine Familie, um wirklich glücklich zu sein?

Im Rahmen der Shell-Jugendstudie 2015 wurden Jugendliche nach ihrer Meinung dazu befragt, ob man zum persönlichen Glück eine eigene Familie bräuchte oder ob man auch alleine glücklich werden könnte.

In den Jahren 2006 und 2010 waren jeweils ungefähr 70 von 100 männlichen Befragten der Ansicht, dass eine eigene Familie dafür wichtig sei. 2015 sagten dies allerdings nur noch 57 von 100; 28 von 100 meinten, man könne auch alleine glücklich werden, was im Jahr 2006 nur 20 von 100 und im Jahr 2010 sogar nur 16 von 100 sagten.

Von den weiblichen Befragten waren 2015 70 von 100 der Ansicht, dass eine eigene Familie zum persönlichen Glück beitragen würde, nur 16 sagten, dass man auch alleine glücklich werden könnte. 2010 sahen allerdings noch 81 von 100 weiblichen Befragten eine eigene Familie als wichtigen Beitrag zum persönlichen Glück an, nur zehn von 100 gaben an, dass man auch alleine glücklich werden könnte. 2006 lagen die Ergebnisse bei den weiblichen Befragten noch bei 76 zu 15, d.h. 76 von 100 sagten, dass man eine eigene Familie wichtig wäre für das persönliche Glück, 15 von 100 gaben an, dass man auch alleine glücklich werden könnte.

Nach: Albert, Mathias u. a.: 17. Shell Jugendstudie. Jugend 2015. S. Fischer Verlag GmbH 2015, S. 51 ff.

2 Die Familie steht an erster Stelle

Im Jahr 2016 wurden von dem Umfrageinstitut Allensbach 1.466 Menschen befragt, was für sie das Wichtigste, was für sie an erster Stelle stehe: Familie, Hobbys, der Beruf oder der Freundeskreis?

Quelle: IfD Allensbach (2016); Familie 2030. Allensbacher Archiv: IfD-Umfrage 11058

Die Familie ist der wichtigste Lebensbereich*

Was ist für Sie das Wichtigste, was steht an erster Stelle?

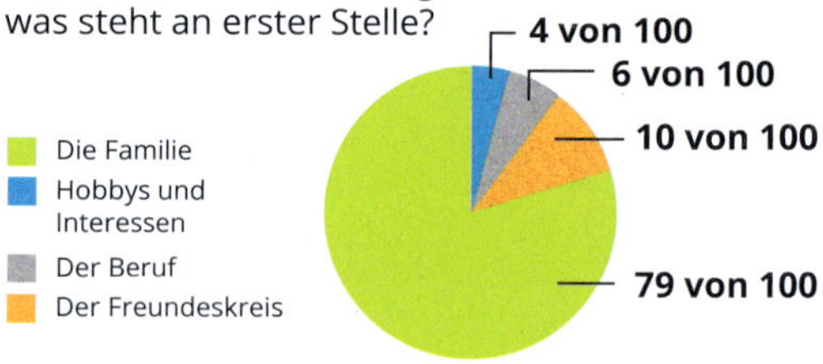

** Fehlende Werte zu 100: Weiß nicht/Keine Angabe. Stand: 2016*

M12 Fallbeispiele: Was bedeutet Familie für dich/für Sie?

1 Rea Garvey: „Bei einer großen Familie ist immer jemand da, der dir die Rettungsleine zuwirft. Ich finde es wichtig, die Großeltern in der Nähe zu haben."

Rea Garvey, Sänger

2 **Leonie:** „In meiner Familie war leider niemand für mich und meine Schwester da. Wir hatten oft Hunger. Es war selten etwas zu essen zuhause, wir trauten uns aber nicht, etwas zu sagen, sonst hätte es nur Schläge gegeben. Ich war froh, als ich mit 17 einen Ausbildungsplatz hatte und ausziehen konnte. Meine Schwester kam in eine Pflegefamilie."

Leonie, 22, Studentin

3 **Toni:** „In der Familie darf ich so sein, wie ich bin. Ich kann alles sagen, was ich meine, ohne zu riskieren, dass man nichts mehr mit mir machen will."

4 **Sarah Connor:** „Ich danke meinen Eltern für meine Geschwister. Es gibt keine bessere Vorbereitung auf das Leben."

Sarah Connor, Sängerin, wuchs mit sieben Geschwistern auf.

5 **Bill Clinton**: „Unsere erste Herausforderung ist, unsere Kinder zu lieben und die Familie zu stärken. Familien sind das Fundament des Lebens. Wenn wir stärkere Familien haben, werden wir eine stärkere Nation haben."

Bill Clinton, ehemaliger Präsident der USA

Bearbeiter

AUFGABEN

1. Bildet Gruppen und bearbeitet die Materialien in **M11**:
   a) Erstellt eine Tabelle, in der ihr mithilfe von **M11/1** darstellt, wie sich die Einstellungen zur „Wichtigkeit von Familien" zum persönlichen Glück verändert haben.
   b) Beschreibt mithilfe der Methode „Analyse von Statistiken, Diagrammen und Schaubildern" (→ Methodenglossar) das Kreisdiagramm in **M11/2**. Was wird damit ausgesagt?
   c) Vergleicht die Aussage der Grafik mit den Aussagen von Karsten, Jakob und Mia in **M10**.
2. a) Gebt den Fallbeispielen in **M12** passende Überschriften, was die Familien für die einzelnen Personen bedeutet.
   b) Ordnet die Fallbeispiele in **M12** den Funktionen aus **M11/1** zu.
3. Diskutiert in der Klasse, ob die Familien für euch und/oder für die Gesellschaft (noch) wichtig sind (**M10-M12**).

H **Aufgabe 1a**
→ S. 197

F **Aufgaben 1-3**
Wer die Geschichte von Mogli kennt, kann überlegen, welche Aufgaben einer Familie von den Tieren im Dschungel übernommen wurden.

1.3.4 Gleichberechtigung in der Familie – eine utopische Vorstellung?

M13 Meine „Familie“ mit 35...

Hier sind einige Beispiele, wie Familien sich heute organisieren:

Claudia und Michael haben zwei Kinder. Beide arbeiten in Vollzeit. Die Großeltern kümmern sich um die Kinder, wenn die Nachmittagsbetreuung ausfällt.

Kira hat sich für ihre Karriere als Architektin entschieden, ihre Freundin übernimmt die Hausarbeit und Erziehung ihres Kindes.

Philipp ist für die Erziehung seines Sohnes zuständig. Seine Frau arbeitet in Vollzeit.

Katja hat ihren Job als Bankkauffrau wegen ihrer Tochter aufgegeben.

Christian ist wieder bei seinen Eltern eingezogen. Er möchte seinen Eltern im Alltag unter die Arme greifen.

F Teileinstiegs-aufgabe a)
Überprüft die Beispiele, ob sie den „typischen“ Geschlechterrollen entsprechen oder nicht.

EINSTIEGSAUFGABE

a) Angenommen, ihr wollt mit 35 Jahren eine Familie gründen. Entscheidet euch für ein Fallbeispiel in den Bildern. Welches Familienmodell und welche Aufgabe/ Rolle würdet ihr übernehmen wollen.

b) Begründet, warum ihr euch in einem Fallbeispiel (nicht) wiederfindet.

M14 Rollen- und Aufgabenverteilungen in Familien

a) Rollenverteilung in der Familie gestern und heute

Unter einer „traditionellen“ Rollenverteilung wird verstanden, dass die Frau den Haushalt führt und sich um die Kinder kümmert, während der Mann außerhalb der Familie tätig ist und dort Geld verdient.

In den vergangenen 20 Jahren hat sich die Einstellung in der Bevölkerung in

Deutschland aber dahingehend gewandelt, dass eine Rollenangleichung von Mann und Frau befürwortet wird.

Dennoch ist es laut Datenreport des Statistischen Bundesamtes so, dass im Jahr 2014 in Familien mit Kindern unter drei Jahren nur 32 von 100 Müttern berufstätig waren, im Vergleich zu 82 von 100 Vätern mit Kindern unter drei Jahren. Sobald die Kinder im Kindergartenalter bzw. in der Grundschule sind, ändern sich die Zahlen – allerdings nur bei den Müttern (63 bzw. 68 von 100 Müttern sind dann berufstätig). Bei den Vätern bleiben die Zahlen durchgehend ungefähr gleich. Sobald die Kinder im Kindergartenalter sind, gehen 85 von 100 Vätern arbeiten. Selbst wenn die Kinder in der weiterführenden Schule sind, ist immer noch ein deutlicher Unterschied sichtbar: im Vergleich zu 85 von 100 Vätern sind nur 72 von 100 Müttern erwerbstätig.

Nach: Statistisches Bundesamt: Familie, Lebensformen und Kinder. Auszug aus dem Datenreport 2016, S. 16.

b) Umfrage: Wie sollten Väter heutzutage sein?

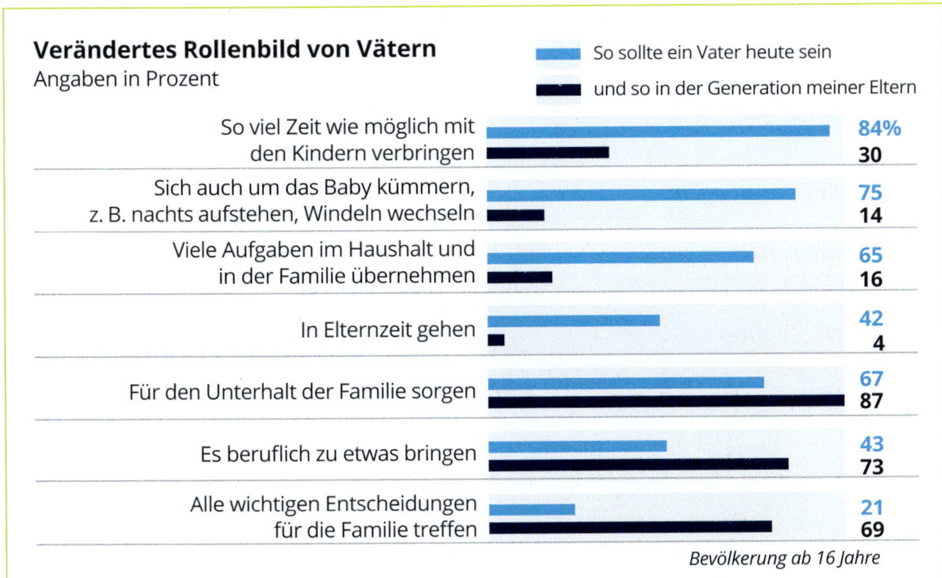

Quelle: Allensbacher Archiv, IfD-Umfrage (2019)

M15 Aufgabenverteilung bei der Familie Kramp-Karrenbauer

Annegret Kramp-Karrenbauer, genannt AKK, hat eine beachtliche politische Laufbahn hingelegt. Doch klar, es gibt auch eine private Seite: Wo sie herkommt, was über ihre Familie bekannt ist, [...] beleuchten wir hier. [...] Bereits seit ihrem 21. Lebensjahr ist AKK mit dem Bergbauingenieur Helmut Karrenbauer zusammen. Für die Karriere seiner Frau gab Helmut seinen Job auf, kümmerte sich um den Haushalt und die drei gemeinsamen Kinder: Tobias, Laurien und Julian. Sowohl die beiden Söhne als auch die Tochter sind bereits volljährig. Auch heute noch schmeißt Helmut den Haushalt. „Aber wenn ich am Wochenende daheim bin, übernehme ich das Einkaufen und Kochen", erklärte Annegret Kramp-Karrenbauer.

Holzhauer, Maria: Ihr Mann schmeißt den Haushalt: So lebt CDU-Kandidatin Annegret Kramp-Karrenbauer privat. In: www.t-online.de, 07.12.2018.

Annegret Kramp-Karrenbauer hatte während ihrer politischen Laufbahn schon mehrere Spitzenämter inne.

M16 Wer macht was in euren Familien?

	Mutter	Vater	Kinder weiblich	Kinder männlich
Kochen				
Staub saugen				
Bad putzen				
Tisch decken/abräumen				
Spülmaschine ein-/ausräumen				
Müll heraustragen				
Bügeln				
Kleine Reparaturen				
Auto waschen				
...				

Ins Heft

Bearbeiter

AUFGABEN

1. Erklärt, wie sich die Einstellung der Menschen in Deutschland zur Frage der Erwerbstätigkeit von Frauen in den letzten 20 Jahren gewandelt hat (**M14a**).
2. Arbeitet aus **M14b** heraus, wie sich das Rollenbild von Vätern verändert hat.
3. Beschreibt, wie die Familie Kramp-Karrenbauer den Haushalt organisiert (**M15**). Kennt ihr ähnliche Aufgabenverteilungen in der Familie?
4. Diskutiert in der Klasse mögliche Gründe für die in **M14a-b** dargestellte Aufgabenverteilung nach Geschlechtern.
5. Nehmt zur Frage, welche Aufgaben aus **M14b** für euch eher „typisch weiblich“ oder „typisch männlich“ sind, Stellung.
6. a) Wer macht bei euch zuhause was? Füllt die Tabelle in **M16** aus.
   b) Überprüft eure Tabelle daraufhin, ob die Aufgabenverteilung bei euch zuhause den „typischen“ Geschlechterrollen entspricht oder nicht.

1.3.5 Konflikte in der Familie: (un)lösbar?

Zum Thema: Habt ihr euch schon mal gefragt, warum eure Eltern euch manche Dinge verbieten und andere erlauben? Warum gelten bei euch andere Regeln als bei euren Freunden? Ein Grund kann sein, dass euren Eltern andere Dinge wichtiger sind als den Eltern eurer Freunde. Auch über den Weg, wie ihr die wichtigen Dinge am besten lernt, haben Eltern verschiedene Vorstellungen.

M17 Stellt euch vor, ihr wärt Vater oder Mutter

1 Dein sechzehnjähriger Sohn weigert sich, im Haushalt zu helfen.

2 Zum Halbjahr meldet sich die Klassenlehrerin deiner Tochter. In einem kurzen Telefonat informiert sie dich darüber, dass deine Tochter ihre Hausaufgaben nicht ordentlich macht.

3 Dein zehnjähriger Sohn kommt zu spät nach Hause, weil er beim Fußballspielen mit seinen Freunden „die Zeit vergessen" hat.

4 Dein dreijähriger Sohn matscht immer im Essen.

5 Deine vierzehnjährige Tochter kommt betrunken nach Hause.

Bearbeiter

EINSTIEGSAUFGABEN

- Entscheidet, wie ihr in den Situationen von **M17** jeweils reagieren würdet. Überlegt euch dazu vorab, was das Kind jeweils lernen soll.
- Begründet eure jeweilige Reaktion.

M18 Verschiedene Erziehungsstile

Du bist der Ansicht, dass Kinder Regeln ohne Widerspruch einhalten müssen. Tun sie das nicht, müssen sie bestraft werden. Als Erziehungsmittel empfiehlst du vor allem **Lob und Strafe**. Nicht so wichtig ist für dich, dass die Kinder die Regeln auch verstehen. Der Erziehungsstil heißt **autoritär**.

Beispiel:
Du machst jetzt sofort deine Hausaufgaben, Fernsehen ist für eine Woche gestrichen!

Du findest, man sollte dem Kind viele Freiheiten lassen. Grenzen setzt du sehr wenige. Deshalb musst du auch **nur selten zu Erziehungsmitteln** greifen. Dieser Erziehungsstil heißt **permissiv**.

Beispiel:
Geh ruhig fernsehen, deine Hausaufgaben kannst du ja irgendwann später machen.

Deiner Meinung nach gibt es klare Regeln, an die sich das Kind halten muss. Gleichzeitig versuchst du aber auch die Bedürfnisse des Kindes zu erfüllen. Dir ist es wichtig, dass das Kind die **Regeln versteht**. Daher erklärst du deine Regeln und lässt dich auch auf Diskussionen mit dem Kind ein. Wenn das Kind aber dauerhaft deine Regeln missachtet, bestrafst du es. Die **Strafe passt dabei meist zu der Regel**, an die sich das Kind nicht gehalten hat. Der Erziehungsstil heißt **autoritativ**.

Beispiel: Solange du deine Hausaufgaben nicht gemacht hast, kannst du auch nicht fernsehen.

Bearbeiter

M19 Erziehungspuzzle

Erziehung
Durch Erziehung lernen Kinder, wie sie sich in der Gesellschaft zurechtfinden. Dazu gehört, dass sie wichtige Werte lernen. Ein solcher Wert kann zum Beispiel Frieden sein. Auch Verhalten wie Pünktlichkeit oder Höflichkeit werden durch die Erziehung vermittelt. Eltern haben viele Möglichkeiten, ihre Kinder zu erziehen. Wie sie verschiedene Möglichkeiten nutzen, prägt ihren Erziehungsstil.

Reden (z. B. Erklären oder Besprechen)

Die Eltern hoffen, dass das Kind sich deshalb öfter so verhält, wie es die Eltern gut finden.

Die Eltern hoffen, dass das Kind die Gründe der Eltern nachvollziehen kann.

Strafe (z. B. Schimpfen oder Hausarrest)

Machen lassen (z. B. Beobachten)

Vorbild sein

Die Eltern hoffen, dass ihr Kind aus eigenen Fehlern lernt.

Belohnung (z. B. Lob oder Geschenke)

Die Eltern hoffen, dass sich ihr Kind bei ihnen das richtige Verhalten abschaut.

Die Eltern hoffen, dass ihr Kind sich nicht mehr so verhält.

Bearbeiter

F Aufgabe 2
- Teilt die Rollen aus M18 untereinander auf.
- Beobachtet die Rollenspiele.
- Kommentiert aus eurer Rolle eines Erziehungsberaters das Verhalten der Eltern.

AUFGABEN

1. Ordnet die Erziehungsmittel aus **M19** den jeweils passenden Erziehungsstilen der Eltern zu (**M18**).
2. a) Gestaltet zu einer der Situationen aus **M17** eine kurze Spielszene. In dieser sollt ihr zeigen, wie ihr die Situation lösen wollt.
   b) Diskutiert, welche Erziehungsziele man mit welchen Mitteln erfolgreich verfolgen kann.

Unterschiedliche Familien- und Lebensformen (···➔ M2)

Familienformen können danach unterschieden werden, welche Personen zur Familie gehören. Zu einer „traditionellen" (Kern-)Familie gehören zum Beispiel Vater, Mutter und Kinder. Die Kernfamilie ist auch heute noch die häufigste Form der Familie in Deutschland. Neben ihr sind allerdings eine Reihe von weiteren Lebens- und Familienformen etabliert. Auch durch die Aufgabenverteilung lassen sich Familien unterscheiden: Früher war es oft so, dass der Vater arbeiten ging und die Mutter sich als Hausfrau um die Kinder kümmerte. Heute haben auch Mütter häufiger einen Beruf und manche Väter bleiben dafür zu Hause.

Aufgaben der Familie in unserer Gesellschaft (···➔ M7, M9)

Die Familie übernimmt wichtige Aufgaben: Die Bereitstellung von Wohnung, Nahrung, Kleidung etc. für alle Familienmitglieder, die Entwicklung von emotionalen Bindungen und Vertrauen, Hilfestellung, den eigenen Platz in der Gesellschaft zu finden und die Sicherung des Fortbestehens unserer Gesellschaft, da sie neue Mitglieder hervorbringt.

Familie ist für alle wichtig (···➔ M9, M11)

Die Familie übernimmt in der Gesellschaft drei wichtige Funktionen: Reproduktion, Pflege und Erziehung. Unter Reproduktion versteht man, dass es in der Gesellschaft immer Nachwuchs gibt. Pflege heißt, dass man sich umeinander kümmert. Wenn die Schwachen in der Familie gepflegt werden, muss das nicht die ganze Gesellschaft leisten. Erziehung ist wichtig, damit ihr euch in der Gesellschaft bewegen könnt, ohne andere vor den Kopf zu stoßen. Am Ende profitieren alle. Ihr als Familienmitglieder und der Rest der Gesellschaft.

Rollenverteilung in der Familie (···➔ M14)

„Männer und Frauen sind gleichberechtigt." heißt es in Art. 3 des Grundgesetzes. Tatsächlich zeigt sich aber in unserer Gesellschaft, dass dies nicht immer zutrifft. In der Familie sind es immer noch hauptsächlich die Frauen, die für Erziehung und Haushalt zuständig sind. Zwar gehen viele Frauen nach der Geburt ihrer Kinder wieder arbeiten, allerdings meist nur in Teilzeit, während der Mann als Hauptverdiener in der Familie in Vollzeit arbeitet.

Kinder müssen gewaltfrei erzogen werden (···➔ M18)

Eltern bestimmen selbst, wie sie ihre Kinder erziehen wollen. Aber sie müssen sich an das Gesetz halten. Das garantiert jedem Kind eine „gewaltfreie" Erziehung. Abhängig von den Zielen und den Erziehungsmitteln der Eltern lassen sich Erziehungsstile unterscheiden. Ein autoritärer Erziehungsstil verlangt von den Kindern vor allem Gehorsam. Im Gegenteil dazu steht ein permissiver Erziehungsstil. Dieser setzt nur sehr wenige Grenzen. Dazwischen steht der autoritative Erziehungsstil. Hier bekommen die Kinder klare Grenzen gesetzt. Innerhalb dieser Grenzen dürfen sie aber frei entscheiden.

WAS WIR KÖNNEN

Gemeinschaft oder Familie – was ist den Jugendlichen und Deutschen wichtiger?

Gemeinschaft
Eine Gemeinschaft bezeichnet eine Gruppe, deren Mitglieder in bestimmten Eigenschaften, Verhaltensweisen oder Interessen übereinstimmen. So kann z. B. das Team eurer Handballmannschaft als Gemeinschaft bezeichnet werden.

Institutionalisierte und gefühlte Familie
Die institutionalisierte Familie meint die Form der Familie wie sie allgemein in der Gesellschaft anerkannt ist. Sie definiert den Begriff Familie über die Form des Zusammenlebens als Eltern und Kind in allen möglichen Formen. Die gefühlte Familie definiert Familie über die emotionale Bindung zwischen den Menschen. So können auch nicht verwandte Freunde eine Familie bilden, weil sie sich gegenseitig Halt und emotionale Stabilität bieten.

a) Shell Jugendstudie 2015: Wert der Familie ändert sich

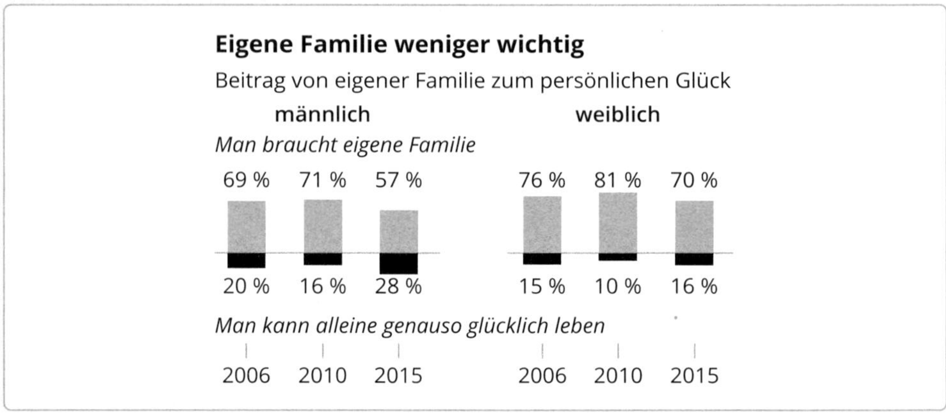

Quelle: Shell Jugendstudie, 2015

b) Werte-Index 2016: Welche Werte sind besonders wichtig?

Werte-Index 2016:
1. Gesundheit
2. Freiheit
3. Erfolg
4. Natur
5. Gemeinschaft
6. Familie
7. Sicherheit
8. Anerkennung
9. Gerechtigkeit
10. Nachhaltigkeit

Was sind die wichtigsten Werte der Deutschen? Auf den ersten drei Plätzen rangieren Gesundheit, Freiheit und Erfolg. Das war zwar schon [...] vor zwei Jahren der Fall. Geändert hat sich trotzdem etwas: Gesundheit bedeutet inzwischen nicht mehr nur die Abwesenheit von Krankheit, wie Trendforscher Peter Wippermann erklärt. „Es geht darum, einen gesunden Lebensstil zu haben. Es geht um Selbstoptimierung." [...] Und was verliert an Bedeutung? Die Familie. Sie liegt im Index inzwischen hinter der Gemeinschaft. „Die gefühlte Familie steht im Mittelpunkt und nicht die institutionalisierte", erklärt Wippermann. Demnach wandelt sich die Gesellschaft eher hin zu „gleichgesinnten Gemeinschaften", die sich oft auch über das Internet finden. [...] Das Gefühl, sich und seine Welt selbst gestalten zu können und dabei den Rückhalt in der eigenen Gruppe zu haben, zieht sich wie ein roter Faden durch den Werte-Index. Statt in der digitalen Welt zu vereinsamen, zieht sich der Einzelne zunehmend in die eigene Welt des Bekannten und der Gleichgesinnten zurück – dabei unterstützen ihn Apps und das mobile Internet.

dpa: Gemeinschaft statt Familie – Was ist den Deutschen wichtig?. In: www.merkur.de, 18.11.2015.

F Der „Werte-Index" wird regelmäßig alle zwei Jahre erhoben. Recherchiert online (→ Methodenglossar) die aktuellsten verfügbaren Daten und vergleicht diese mit den Zahlen des Werte-Index von 2016. Nennt mögliche Ursachen für diese Veränderungen und diskutiert daraus resultierende Folgen.

AUFGABEN

1. Beschreibt, wie sich die Bedeutung der Familie für die Menschen in Deutschland entwickelt hat.
2. Diskutiert, inwiefern die beschriebenen Veränderungen Vor- oder Nachteile für die Gesellschaft bedeuten.
3. Beurteilet folgende Aussage: „Die Familie ist auch im 21. Jahrhundert noch wichtig."

Ich kann...	Dazu benötige ich u. a. folgende Begriffe...	Das klappt schon...	Hier kann ich u. a. noch üben...
...erklären, womit sich das neue Fach „GRW" beschäftigt.	Gemeinschaft Gesellschaft Recht Wirtschaft		**Kap. 1.1** • M2-M4 • WWW S. 19
...den Begriff Politik definieren und begründen, warum Politik wichtig für unser Zusammenleben ist.	Politik Mitwirkung Konflikt		**Kap. 1.1** • M6, M7, M9 • WWW S. 19
...Mitwirkungsrechte in der Schule beschreiben.	Regeln Schulgesetz Klassensprecher Wahlgrundsätze		**Kap. 1.2** • M2, M5, M8, M11 • WWW S. 40
...Aufgaben der verschiedenen Organe der Schulselbstverwaltung nennen und erklären, wie an Schulen Entscheidungen getroffen werden.	Schülervertretung Schülerrat Schulkonferenz Klassenrat		**Kap. 1.2** • M6, M16, M21 • WWW S. 40
...beschreiben, warum es zu Konflikten in der Schule kommen kann und wie diese gelöst werden können.	Interessen Klassenklima Mediator Mobbing Lösung		**Kap. 1.2** • M20, M21 • WWW S. 40
...verschiedene Familienformen beschreiben und ihre Vor- und Nachteile diskutieren.	Traditionelle Familien Modernisierte Familien Sicherheit Freiheit Geborgenheit		**Kap. 1.3** • M2-M4 • WWW S. 55
...die Bedeutung von Familien für den Einzelnen und die Gesellschaft erläutern.	Bedürfnisse Entwicklung Anerkennung Erziehen Pflegen Reproduktion		**Kap. 1.3** • M7, M9 • WWW S. 55
...die Rollen- und Aufgabenverteilung zwischen den Geschlechtern in der Familie kritisch hinterfragen.	Gleichberechtigung Rollenverteilung Rollenbilder		**Kap. 1.3** • M14 • WWW S. 55
...eine Lösung für einen familiären Konflikt herbeiführen.	Erziehung Erziehungsstile Konfliktlösung		**Kap. 1.3** • M17, M18 • WWW S. 55

RATHAUS
WIR WOLLEN WÄHLEN:
Gebt den Kindern und Jugendlichen endlich eine Stimme!
Tempo 100 auf allen Autobahnen
Schluss mit dem Müll in den Straßen und auf den Wegen
TEMPO 30 AUF ALLEN STRAßEN IN UNSERER GEMEINDE
Ein Parlament für Kinder und Jugendliche!
KLIMA-KILLER haben bei uns nichts zu suchen
Öffnet endlich wieder unser Freibad
PRO SKATERBAHN – KONTRA EINKAUFS-ZENTRUM
Das Schulzentrum braucht ein neues Gebäude
Neue Toiletten für das Gymnasium
Mehr Geld in den öffentlichen Nahverkehr und nicht in den Ausbau der Straßen
Schul-beginn für alle um 9:00
KOSTENFREIE NUTZUNG DER STADTBIBLIOTHEK FÜR ALLE KINDER
Fahrradstraße vor dem Schulzentrum!
HUNDEBESITZER SOLLEN FÜR DIE ENTSORGUNG DER HUNDEHAUFEN ZAHLEN
Wir wollen gehört werden – wir wollen echte Mit-bestimmung in unserer Gemeinde!

Demokratie und Partizipationsmöglichkeiten in der Kommune

2

„Demokratie heißt, sich in die eigenen Angelegenheiten einzumischen", sagte der Schriftsteller Max Frisch. Und diese Angelegenheiten sind oft ganz nah, sie liegen vor der Tür und begegnen uns im Alltag: der Bürgersteig, der Radweg, das Schulgebäude, das Jugendzentrum oder die Müllabfuhr. In diesem Kapitel geht es um die Aufgaben der Gemeinde, wie hier Entscheidungen getroffen werden und wer daran beteiligt ist. Es geht auch darum, ob sich Kinder und Jugendliche – als „Experten für ihre eigenen Angelegenheiten" – in die Gemeindepolitik einmischen können.

KOMPETENZEN

Am Ende des Kapitels solltet ihr Folgendes können:

- Möglichkeiten beschreiben, die ihr jetzt und bei eurer Volljährigkeit habt, wenn ihr euch an Entscheidungen in eurer Gemeinde beteiligen möchtet
- erläutern, wie Bürgerinnen und Bürger Einfluss auf politische Entscheidungen nehmen können
- Aufgabenbereiche und Entscheidungsebenen in der Gemeinde darstellen
- eine Sitzung des Gemeindeausschusses simulieren
- bewerten, welche Formen der Demokratie das friedliche Zusammenleben in der Gemeinde fördern

WAS WISST UND KÖNNT IHR SCHON?

Toni hat zusammen mit Freunden einen Informationsstand mit politischen Forderungen vor dem Rathaus ihrer Gemeinde aufgebaut (→ S. 58).

1. Sammelt zunächst alleine die einzelnen Forderungen von Toni und seinen Freunden, die an, auf, neben und über dem Stand zu finden sind.
2. a) Legt in Kleingruppen eine Tabelle in euren Heften an:

Forderung	Wem nutzt die Forderung?	Eure Meinung: Aufgaben der Gemeinde – ja oder nein?

   b) Erweitert die Tabelle mit eigenen Forderungen, die ihr an eure Gemeinde richtet.
3. Urteilt spontan über die Frage: Können Kinder und Jugendliche die Politik in der Gemeinde mitbestimmen?

Partizipation
Das lateinische Wort *participare* bedeutet „teilnehmen", „teilhaben" oder „teilen". Mit „Partizipation" ist daher die politische Teilhabe gemeint. Die Teilnahme am politischen Prozess bedeutet, dass man sich an Entscheidungsprozessen beteiligt, von denen man in irgendeiner Weise selbst betroffen ist.

2.1 Partizipation in der Kommune

2.1.1 Jugendliche in der Gemeinde – sollte es für sie mehr Mitwirkungsmöglichkeiten geben?

Zum Thema: Kinder und Jugendliche sind oft „Experten", wenn es um Themen geht, die sie direkt betreffen. Sie haben sogar das Recht, ihre Meinung zu diesen Angelegenheiten zu äußern. Doch wie können Kinder und Jugendliche ihren Standpunkten in Gemeinden Gehör verschaffen? Wie dies gelingen kann, und, ob es dafür genügend Möglichkeiten gibt, erfahrt ihr in diesem Unterkapitel.

M1 Verfügen Kinder und Jugendliche über ausreichend Mitwirkungsmöglichkeiten in der Gemeinde?

Ein Teil von Familie Schmidt ist auf dem Weg zum Rathausplatz, auf dem Toni einen Informationsstand betreut, der auch über die Auswirkungen des Klimawandels in der Region aufklärt. Unterwegs kommt die Frage auf, ob es in der Gemeinde ausreichend Mitwirkungsmöglichkeiten für Kinder und Jugendliche gibt...

Mia *Jakob* *Oma Gisela* *Mutter Petra*

EINSTIEGSAUFGABEN

- Hängt die vier Auffassungen aus **M1** im Klassenraum auf.
- Stellt euch dann zu der Aussage, die ihr besonders überzeugend findet.
- Begründet eure Wahl.

M2 Partizipationsmöglichkeiten von Kindern und Jugendlichen in der Gemeinde

a) Beteiligungsrechte von Kindern und Jugendlichen

Kinder und Jugendliche haben laut UN-Kinderrechtskonvention das Recht auf eine angemessene Beteiligung am politischen und gesellschaftlichen Leben. So legt Artikel 12 Absatz 1 der UN-Kinderrechtskonvention fest:

„Die Vertragsstaaten sichern dem Kind, das fähig ist, sich eine eigene Meinung zu bilden, das Recht zu, diese Meinung in allen das Kind berührenden Angelegenheiten frei zu äußern, und berücksichtigen die Meinung des Kindes angemessen und entsprechend seinem Alter und seiner Reife."

UN-Kinderrechtskonvention
Der Begriff „Konvention" stammt aus dem Lateinischen (conventio). Er bedeutet „Übereinkunft" oder „Zusammenkunft". Die Kinderrechtskonvention der UN (United Nations = Vereinte Nationen) ist also eine nicht zwingend festgeschriebene Regel (Übereinkunft), einer Gruppe, hier die UN.

b) Wie können Kinder und Jugendliche in der Gemeinde mitwirken?

Seit dem 1. Januar 2018 ist in Sachsen auch die Beteiligung von Kindern und Jugendlichen bei Planungen und Vorhaben auf kommunaler Ebene geregelt. Auf Grundlage des §47a der Sächsischen Gemeindeordnung soll ihre Beteiligung in angemessener Weise dann erfolgen, wenn die Planungen und Vorhaben die Interessen von Kindern und Jugendlichen berühren. Mögliche Beteiligungsformen können sein:

1 Jugendorganisationen der politischen Parteien: Alle großen politischen Parteien haben eigene Jugendorganisationen. Die Mitgliedschaft in diesen ist in der Regel ab 14 Jahren möglich.

2 Wahlrecht: In Sachsen dürfen die Einwohner ab 18 Jahren den Gemeinderat und den Bürgermeister wählen.

5 Lokale Medien: Für Jugendliche gibt es häufig in der lokalen Presse eigene Seiten. Es gibt außerdem Kinder- und Jugendforen im Rundfunk und im Internet oder TV-Sendungen.

6 Vereine und Jugendverbände: Zum Beispiel in Sportvereinen, Umweltverbänden u. a. können Kinder und Jugendliche das Leben in der Gemeinde mitgestalten, Ämter übernehmen usw.

3 Jugendparlamente/Jugendgemeinderäte: In vielen Gemeinden gibt es sie. Jugendliche wählen Vertreter, die dann die Möglichkeit haben, bestimmte Entscheidungen im Gemeinderat zu beeinflussen.

4 Einwohnerantrag: Einwohner, die seit mindestens drei Monaten in der Gemeinde wohnen und das 16. Lebensjahr vollendet haben, können unter bestimmten Voraussetzungen (z. B. Anzahl der Unterzeichnenden) beantragen, dass der Rat über eine bestimmte Angelegenheit, für die er gesetzlich zuständig ist, berät und entscheidet.

7 Petition: In Deutschland hat jede/r das Recht, sich mit einer Beschwerde oder einem Vorschlag schriftlich an den Deutschen Bundestag, die Länderparlamente und die Gemeinderäte zu wenden. Ein Ausschuss muss sich mit dem Anliegen befassen und eine Rückmeldung geben.

8 Demonstrationen: Jeder hat unabhängig vom Alter das Recht, an einer öffentlichen Demonstration teilzunehmen. Das Demonstrationsrecht ist in Deutschland ein durch die Verfassung garantiertes Grundrecht.

Bearbeiterin

Gemeinde
Jeder von uns wohnt in einer Gemeinde (man sagt auch „Kommune"). Das kann ein Dorf sein oder eine Stadt. Im Grundgesetz steht in Artikel 28, dass die Gemeinden alle Angelegenheiten der Gemeinschaft, also der Menschen, die dort leben, selbst regeln dürfen.
Der Freistaat Sachsen besteht aus insgesamt 419 politisch selbständigen Gemeinden (Stand: 1. Januar 2019). Diese verteilen sich wie folgt: 169 Städte, darunter 3 kreisfreie Städte (Chemnitz, Dresden, Leipzig), 166 kreisangehörige Städte sowie 250 kreisangehörige sonstige Gemeinden. Das Dorf Rathen in der Sächsischen Schweiz mit seinen 348 Einwohnern ist die kleinste Gemeinde Sachsens, die größte Gemeinde ist die kreisfreie Stadt Leipzig mit rund 590.000 Einwohnern.

M3 Schülerinnen und Schüler engagieren sich in der Gemeinde

1 **Anne** (11) hat einen Leserbrief an die Zeitung geschrieben. Sie fordert ein besseres vegetarisches Essensangebot in der Schulmensa.

2 **Rico** (11) hat eine Petition im Stadtrat eingereicht. Seine Forderung: Wegebeleuchtung im Park.

3 **Luisa** (12) Mitglied im Kinder- und Jugendparlament ihrer Stadt. Ihre Anliegen: Gute Spielplätze und gute Busverbindungen.

4 **Sandro** (16) arbeitet in der Öffentlichkeitsabteilung der JG (Junge Gemeinde). Sein aktuelles Projekt: Interview mit dem Bürgermeister von Zwickau über „kinderfreundliche Stadtgestaltung".

5 **Sahra** (15) wurde als Vertreterin der Schule zu einem Gespräch mit der Stadträtin geschickt. Das Thema: Umbau einer großen Kreuzung, die auch Schulwege betrifft.

6 **Toni** (15) ist Mitglied der „Grünen Jugend" im Ortsverein seiner Stadt. Seine wichtigsten Themen: Klima- und Tierschutz in der Gemeinde.

Bearbeiterin

AUFGABEN

1. Informiert euch in **M2a** über die politischen Beteiligungsrechte von Kindern und Jugendlichen.
   a) Diskutiert in der Klasse, ob ihr diese Rechte bereits für umgesetzt haltet und inwiefern noch nicht.
   b) Formuliert Vorschläge für weitergehende Beteiligungsmöglichkeiten.
2. a) In **M2b** findet ihr Möglichkeiten, wie Jugendliche die Gemeinde mitgestalten können. Arbeitet zu zweit, wählt drei Möglichkeiten aus, die ihr für besonders wirkungsvoll haltet und begründet eure Auffassung.
   b) Tauscht euch im Anschluss daran in der Klasse aus.
3. Ordnet die Beispiele aus **M3** den Beteiligungsmöglichkeiten in **M2b** zu. Wenn ihr eigene Beispiele kennt, ordnet sie ebenfalls zu.
4. Verfasst eine Stellungnahme in Form einer E-Mail/eines Briefes an eure Gemeinde über die Aussage: „Kinder und Jugendliche haben in ihrer Gemeinde ausreichend Möglichkeiten, mitzuwirken."

F Führt mit einem Experten aus eurer Gemeinde anhand der folgenden Methode (→ S. 63 f.) ein Interview zum Thema „Partizipationsmöglichkeiten von Kindern und Jugendlichen in der Gemeinde" durch.

Eine Expertenbefragung durchführen

I. Worum geht es?

Zum Thema Partizipationsmöglichkeiten von Kindern und Jugendlichen in der Gemeinde gibt es viele Experten, die fachkundig Auskunft geben und Interessantes berichten können: (Ober-)Bürgermeister, (Jugend-)Gemeinderatsmitglieder, Vertreter der kommunalen Fraktionen und Parteien, Mitarbeiter der Verwaltung, Gründer von Bürgerinitiativen oder Bürger, die sich für ein bestimmtes kommunales Thema engagieren.
Das Gespräch bzw. die Befragung ermöglicht einen ganz konkreten und persönlichen Einblick in ein bestimmtes kommunales Aufgaben-, Arbeits- oder Themenfeld und ist eine interaktive Form der Informationsrecherche. Ihr könnt direkt nachfragen, wenn ihr mit einer Entscheidung in eurer Gemeinde/Stadt nicht einverstanden seid oder euch ein bestimmtes Thema besonders interessiert.

II. Geht dabei so vor:

1. Schritt: Themenfindung und Expertenauswahl

- Worüber wollt ihr euch informieren? Geht es um die konkrete Arbeit eines Bürgermeisters oder wollt ihr zu einem bestimmten Sachthema diskutieren?
- Wer ist als Experte für dieses Thema geeignet? Stellt zusammen, wer persönliche Kontakte hat, und schreibt Anfragen an die entsprechenden Stellen.
- Vereinbart Termin, Ort und Ablauf der Befragung.

2. Schritt: Vorbereitung in der Klasse

- Jeder Schüler formuliert im Vorfeld eine oder mehrere Fragen an den Experten.
- Diese werden zusammengetragen und sortiert.
- Macht vorher aus, wer die Fragen an den Experten stellt.
- Bereitet den Ablauf der Befragung vor:
  - Wo und in welcher Sitzordnung wird die Befragung durchgeführt?
  - Wie wird sie aufgezeichnet (per Video, Tonband oder Mitschrift)?

3. Schritt: Durchführung der Expertenbefragung/Gesprächsverlauf

- Begrüßt zunächst euren Gesprächspartner, erläutert Ziele und Ablauf des Gesprächs und stellt die Gesprächsteilnehmer kurz vor.
- Begrüßt zunächst euren Gesprächspartner, erläutert Ziele und Ablauf des Gesprächs und stellt die Gesprächsteilnehmer kurz vor.
  Nach den eröffnenden Fragen („*Wir interessieren uns für...*", „*Können Sie uns*

sagen...?") ist es wichtig, auch Fragen zum Überblick über das Thema (wer, wo, was, wann, wie, wie viel...) und zu genaueren Informationen (*„Können Sie das noch weiter ausführen?"*) zu stellen. Weitere Frageformen sind sogenannte offene Fragen (*„Warum/wie/wozu haben Sie das gemacht?"*), Einschätzungen betreffende (*„Was halten Sie von...?", „Welche Erfahrungen haben Sie damit gemacht?"*) und Bewertungen (*„Wie beurteilen Sie...?", „Was denken Sie...?"*). Wichtig ist, nachzufragen, wenn ihr etwas nicht verstanden habt.
- Bedankt euch am Ende der Befragung beim Gesprächspartner sowohl für sein Kommen als auch dafür, dass er sich Zeit für die Beantwortung eurer Fragen genommen hat. Ihr könnt auch ein kleines Geschenk überreichen oder einen Dankesbrief schreiben, wenn euch die Befragung sehr gut gefallen hat.

4. Schritt: Auswertung

Die Ergebnisse müssen zusammengefasst und bewertet werden. Hierbei helfen u. a. folgende Fragen:
- Welche Informationen wurden gegeben?
- Gibt es neue Erkenntnisse?
- Worüber wurde aus welchen Gründen nicht gesprochen?
- Bleiben Informationslücken und können diese geschlossen werden?

Tipp: Bürgersprechstunde

(Ober-)Bürgermeister und (Jugend-)Gemeinderatsmitglieder bieten für die Bürgerinnen und Bürger in regelmäßigen Abständen auch sogenannte „Bürgersprechstunden" an. Sowohl Erwachsene als auch Kinder und Jugendliche haben in diesem Rahmen die Gelegenheit, mit dem jeweiligen Mandatsträger direkt ein Gespräch zu führen.

Bearbeiterin

2.1.2 Mitmachen im Jugendparlament – eine gute Sache?

Zum Thema: Mitbestimmen und Mitgestalten bedeutet, dass ihr selbst aktiv werden müsst. Mitglieder von Jugendparlamenten versuchen Einfluss auf die Politik in der Gemeinde zu nehmen. Jugendparlamente gibt es nicht nur in Sachsen, sondern auch in anderen Bundesländern und im Ausland. Ihre Anzahl wächst, aber längst nicht jede Stadt oder Gemeinde hat ein solches Parlament. Am Beispiel des Delitzscher Jugendparlaments lernt ihr auf den folgenden Seiten Jugendliche kennen, die sich in ihrer Gemeinde als Jugendgemeinderäte engagieren.

M4 Eine WhatsApp aus Leipzig...

Franziska ist eine ehemalige Klassenkameradin von Mia. Kurz vor Weihnachten ist sie allerdings nach Leipzig gezogen. Trotzdem haben Mia und Franziska noch regelmäßigen Kontakt. Heute hat Mia eine Nachricht von Franziska erhalten...

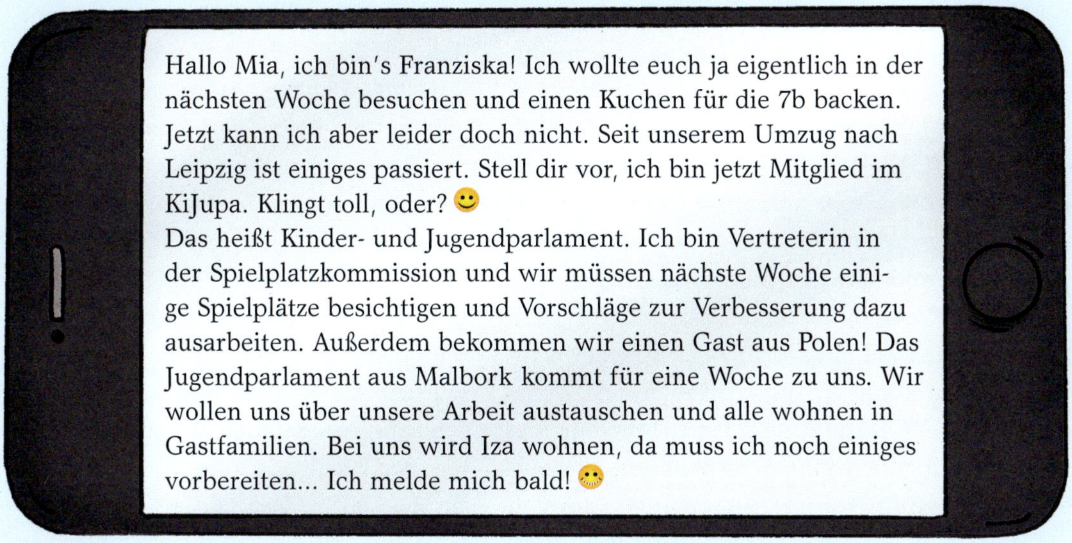

Bearbeiterin

EINSTIEGSAUFGABEN

- Lest Franziskas Nachricht an Mia (**M4**). Habt ihr auch ein Kinder- und Jugendparlament in eurer Stadt oder Gemeinde? Tauscht euch darüber aus.
- Verfasst in Kleingruppen eine Antwortnachricht für Mia an Franziska. Stellt dabei drei Fragen über Franziskas Kinder- und Jugendparlament, die euch am meisten interessieren.
- Sammelt alle Fragen in der Klasse auf einem Wandplakat (→ Methodenglossar) und hängt es gut sichtbar im Klassenraum auf.

M5 Das Jugendparlament Delitzsch

Diese jungen Leute vertreten elf Prozent der Delitzscher Bevölkerung.

Der zweite Dienstag des Monats. Es ist 17 Uhr. Das Jugendparlament kommt zu seiner Tagung zusammen. [...] Gut so. Es ist einiges ins Laufen zu bringen. Im vergangenen Herbst hat sich das erste Jugendparlament der Stadt konstituiert. Die Wahlbeteiligung Ende September war sehr verhalten. Wahlberechtigt war jeder Delitzscher, der am Wahltag bereits das 14., aber noch nicht das 24. Lebensjahr vollendet hatte. Theoretisch hätten Hunderte junge Delitzscher wählen können. Nach Angaben des Delitzscher Rechtsamtes lag die Beteiligung mit gerade einmal 91 Wählern aber unter fünf Prozent. Allerdings wurde auch kein Wählerverzeichnis geführt, können diese Angaben zur Wahlbeteiligung nicht konkretisiert werden. Und: Gewählt wurde im Rathaus. Die Jugendlichen hätten eine Wahl an den Schulen bevorzugt. Rachel Mokroß, Lea-Marie Pollok, Luisa Stolpe, Katharina Müller, Eric Nürnberger, Sascha Hempel, Nicholas Wiedling, Adrian Schneider, Franz Mühlig, Florian Bremer und Karl Zenker vertreten nun elf Prozent der Delitzscher Bevölkerung, das sind zirka 2.250 Jugendliche. Es gehe darum, die Meinung dieser Menschen kundzutun und deren Sicht zu vertreten, erläutern die Mitglieder des Parlaments. Die Teenager haben zum Beispiel bereits eine Stellungnahme zum möglichen Sportbad in der Sachsenstraße eingebracht, regelmäßig sind sie auch Gast im Stadtrat, bringen dort zum Beispiel in der Bürgerfragestunde ihre Fragen ein.

„Wir sind immer noch ein bisschen in der Anfangsphase", sagt Vorsitzender Karl Zenker. So muss zum Beispiel geklärt werden, ob und wie das Gremium eine feste E-Mail-Adresse bei der Stadt bekommt. Es muss sich um Fördermittel bemüht werden, Werbemittel werden gebraucht. Es ist viel zu organisieren und zu klären. An diesem Dienstag geht es dem Jugendparlament vor allem um die Beteiligung bei nahenden Veranstaltungen wie dem Stadtfest und „Delitzsch beacht" im August, wenn auf dem Markt Volleyball gespielt wird. Die geschätzten 500 Euro für den Auftritt mit einem Werbestand beim Peter&Paul würden ein Drittel des Budgets verschlingen. Sie müssen auf das Geld achten. Auch zielgerichtete Anträge stellen sie. So soll im Rahmen eines Pilotprojekts mehr zur Belebung der Delitzscher Ortsteile im Hinblick auf die jugendliche Zielgruppe getan werden. Die Jugendlichen favorisieren die Aufstellung von Tischtennisplatten. Die konkrete Ausformulierung des Antrags wird Adrian Schneider übernehmen, beschließen sie an diesem Nachmittag. Dann geht der Antrag zur Stadt und weiter in die Entscheidungsgremien.

Jacob, Christine: Jugendparlament Delitzsch vertritt elf Prozent der Bevölkerung. In: www.lvz.de, 14.03.2019.

M6 Antrag des Jugendparlaments zur Aufwertung des Delitzscher Ortsteils Brodau für Jugendliche

An:
- die Mitglieder des Jugendparlaments
- den Oberbürgermeister
- die Mitglieder des Stadtrats
- die Stadtverwaltung

Sehr geehrter Herr Dr. Wilde,

hiermit beantragen wir die Schaffung eines Sportgeräts, zum Beispiel einer Tischtennisplatte oder eines Basketballkorbes, im Ortsteil Brodau.
Das Sportgerät soll das Dorf für Jugendliche aufwerten und Möglichkeiten zur Freizeitgestaltung bringen. Dieser Antrag ergibt sich aus konkreten Wünschen aus dem Ortsteil, weshalb wir auch den notwendigen Bedarf vor Ort sehen.
Darüber hinaus setzen wir uns für die Aufwertung anderer Ortsteile für Jugendliche ein. Sportgeräte, wie eine Tischtennisplatte oder ein Basketballkorb, können beliebte Treffpunkte in den Orten darstellen, die für viele Jugendliche wichtig sind.

Mit freundlichen Grüßen
Vorsitzender Mitglied Mitglied Verfasser

Schneider, Adrian: Antrag des Jugendparlaments zur Aufwertung des Delitzscher Ortsteils Brodau für Jugendliche. In: www.delitzsch.de, 13.03.2019.

AUFGABEN

1. Beschreibt, welche Aufgaben ein Jugendparlament hat (**M5**, **M6**).
2. Erläutert, vor welchen Herausforderungen und Problemen das Delitzscher Jugendparlament in der Anfangsphase stand (**M5**).
3. a) Recherchiert online (→ Methodenglossar), ob es in eurem Ort ein Jugendparlament gibt.
   b) Falls dem so ist, ladet einen Vertreter zu einem Expertengespräch (→ Methode S. 63 f.) ein.
4. Verfasst eine WhatsApp-Sprachnachricht an Mia, in der ihr zu Kinder- und Jugendparlamenten in der Gemeinde Stellung nehmt.
   a) Beantwortet dabei zum einen die Fragen eures Wandplakats aus der Einstiegsaufgabe sowie
   b) die Frage, ob Kinder- und Jugendparlamente nur eine Spielwiese sind oder doch eine echte Beteiligungschance bieten, die Angelegenheiten in eurer Gemeinde mitzubestimmen?

2.1.3 Sollten Jugendliche bei den Kommunalwahlen mitentscheiden dürfen?

Zum Thema: In Sachsen darf man ab 18 wählen. Aber was ist mit den jüngeren Jugendlichen? Welche Bedeutung Wahlen haben, wer die gewählten Interessenvertreter sind und ob es wünschenswert wäre, dass Jugendliche schon früher an den Wahlen in Sachsen teilnehmen dürfen, sind in diesem Unterkapitel die Themen.

M7 Forderung der Grünen Jugend: Wahlrecht ab 16!

Kurz vor den Kommunalwahlen kommt Toni von einem Treffen der Grünen Jugend nach Hause. Er berichtet von der Forderung, dass alle Jugendlichen bereits ab 16 Jahren bei den Kommunalwahlen ein aktives Wahlrecht haben sollten. Während man in anderen Bundesländern (z. B. in Baden-Württemberg, Sachsen-Anhalt oder Thüringen) schon ab 16 Jahren bei Kommunalwahlen wählen darf, liegt das Wahlalter in Sachsen immer noch bei 18 Jahren.

EINSTIEGSAUFGABEN

- Was wisst ihr schon über Wahlen in den Städten und Gemeinden? Erstellt hierzu eine Mindmap (→ Methodenglossar).
- Antwortet spontan auf die Frage, ob es sinnvoll wäre, dass Jugendliche schon mit 16 Jahren wählen dürfen, indem ihr einen Zettel mit eurem Namen auf eine Positionslinie (→Methodenglossar) legt.

M8 Kommunalwahlen – was wird gewählt?

Ausgewählte Wahlplakate zur Kommunalwahl in Sachsen am 26. Mai 2019

Wenn von Kommunalwahlen gesprochen wird, geht es zum einen um die Wahlen der Mitglieder des Stadtrates oder des Gemeinderates und zum anderen um die Wahl der Bürgermeisterin bzw. des Bürgermeisters.

Der Gemeinderat ist als Vertretung der Bürgerinnen und Bürger das wichtigste politische Gremium einer Gemeinde. In diesen Räten sind die Parteien der Gemeinde, aber auch unabhängige Wählergemeinschaften vertreten, sofern sie genügend Stimmen bei der Wahl bekommen haben. Die Zahl der gewählten Vertreter richtet sich nach der Größe der Gemeinde. Die Gemeinderäte kommen zu regelmäßigen Sitzungen zusammen und bestimmen mit, ob zum Beispiel eine neue Umgehungsstraße gebaut wird oder neue Wohngebiete erschlossen werden. Gemeinderäte werden in Sachsen aller 5 Jahre gewählt.

Der Bürgermeister ist Chef der Gemeindeverwaltung. Er wird direkt von den wahlberechtigten Bürgern der Gemeinde in der Regel für 7 Jahre gewählt. Damit ist die Wahl des Bürgermeisters unabhängig von der Gemeinderatswahl. Man hat nur eine Stimme und kann damit auch nur einen Bewerber wählen. Gewählt ist, wer mehr als die Hälfte der gültigen Stimmen hat (absolute Mehrheit).

Bearbeiterin

Sitzverteilung im Dresdner Stadtrat – Ergebnis der Kommunalwahl 2019

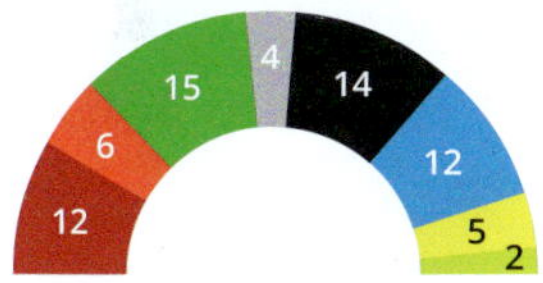

© Landeshauptstadt Dresden: Stadtrat. In: www.dresden.de (Abruf am 22.01.2020).

Der Dresdner Stadtrat besteht aus 70 Stadträten sowie dem Oberbürgermeister als Vorsitzendem.

M9 Kommunalwahl – wie wird gewählt?

Die Ratsmitglieder werden in allgemeiner, unmittelbarer, gleicher, freier und geheimer Wahl alle fünf Jahre nach den Grundsätzen einer personalisierten Verhältniswahl gewählt.

Das aktive Wahlrecht, d.h., dass man bei der Wahl seine Stimme abgeben kann, besitzt jeder EU-Bürger, der am Wahltag das 18. Lebensjahr vollendet hat. Wählbar in den Rat einer Gemeinde (passives Wahlrecht) ist jeder EU-Bürger, der am Wahltag das 18. Lebens-

„Was macht der Dresdner Stadtrat?" im Erklärfilm

Mediencode: 71081-03

jahr vollendet hat und seit mindestens drei Monaten vor dem Wahltermin mit seinem Hauptwohnsitz in der jeweiligen Gemeinde gemeldet war.

Bei der Wahl des Gemeinderates in Sachsen hat jeder Wahlberechtigte drei Stimmen: Hierbei können drei oder weniger Kandidaten eine bis drei Stimmen erhalten. Die Aufteilung der Stimmen auf mehrere Kandidaten verschiedener Parteien nennt man „panaschieren", die Bündelung von Stimmen auf einen Kandidaten nennt man „kumulieren".

Auf den Stimmzetteln sind die Wahlvorschläge der Gemeinde aufgelistet. Die Stimmzettel sind auch gültig, wenn weniger als drei Stimmen abgegeben werden. Eine Stimme muss jedoch mindestens abgegeben werden.

Bearbeiterin

M10 Muster-Stimmzettel zur Kommunalwahl in Sachsen 2019

Stimmzettel

für die Wahl des Gemeinderates am 26.05.2019 in Musterstadt
Sie haben drei Stimmen (⊗⊗⊗).

Sie können aber auch nur eine Stimme oder zwei Stimmen vergeben.
Sie können nur Bewerbern, die in diesem Stimmzettel aufgeführt sind, Stimmen geben.
Sie können einem Bewerber eine (⊗○○), zwei (⊗⊗○) oder drei (⊗⊗⊗) Stimmen geben.
Sie können Bewerbern desselben Wahlvorschlages oder verschiedener Wahlvorschläge Stimmen geben.
Nicht mehr als drei Stimmen insgesamt! Der Stimmzettel ist sonst ungültig.

1 Freie Wählervereinigung Musterstadt FWM		
1	Schmidt, Lisa Assistenzärztin	○○○
2	Thomas, Herbert Krankenpfleger	○○○
3	Funke, Wilfried Angestellter	○○○
4	Mann, Andreas Bildungsreferent	○○○
5	Dupont, Gerhard Diplom-Pädagoge	○○○
6	Dr. Abdul, Amir Fotograf	○○○
7	Mayer, Clemens Erzieher	○○○
8	Sommer, Kerstin Kriminalbeamtin	○○○
9	Knaps, Ronald Hausmann	○○○
10	Moll, Jutta Bibliothekarin	○○○

2 Christlich Demokratische Union Deutschlands CDU		
1	Schlei, Stefan Ergotherapeut	○○○
2	Dr. Eitel, Franziska Politikwissenschaft-lerin	○○○
3	Reusch, Miriam Studentin	○○○
4	Lammert, Niko Sonderschulleiter	○○○
5	Reiser, Linus Kaufmann	○○○
6	Dr. Helle, Fynn Arzt	○○○
7	Nyström, Nina Angestellte	○○○
8	Weiß, Hans Industriemeister	○○○
9	Schumacher, Marina Physiotherapeutin	○○○

3 Sozialdemokratische Partei Deutschlands SPD		
1	Dürr, Julia Richterin	○○○
2	Bauer, Hildegard Diplomverwaltungs-wirtin	○○○

4 DIE LINKE Linkspartei		
1	Wengenroth, Christina Erzieherin	○○○
2	Waida, Laura Lehrerin	○○○

5 BÜNDNIS 90/DIE GRÜNEN Grüne		
1	Willers, Frieda Logopädin	○○○
2	Kilper, Simon Angestellter	○○○
3	Dr. Albert, Emily Rechtsanwältin	○○○
4	Kriegbaum, Leon Sozialpädagoge	○○○

6 Alternative für Deutschland AfD		
1	Denninger, Joris Schreinermeister	○○○
2	Zimmermann, Anouk Studentin	○○○
3	Dr. Martin, Ingolf Akustiker	○○○
4	Hildebrand, Josef Sattler	○○○

Bearbeiterin

M11 Kommunales Wahlrecht ab 16: Vor- und Nachteile

1
„Es gibt immer mehr ältere Menschen, deren Einfluss auf Politik dadurch zunimmt…"

2
„Jugendliche sollten nicht zu früh mit Politik belastet werden, sondern genug Zeit für Schule und Freizeit haben…"

3
„Warum ist man mit 16 oder 18 plötzlich genug politisch gebildet, um wählen zu dürfen…?"

4
„Ältere Menschen gehen häufiger zur Wahl als jüngere…"

6
„Kinder und Jugendliche sind leicht beeinflussbar…"

7
„Wenn Jugendliche früher wählen dürfen, dann kann das ihr Interesse an Politik stärken…"

8
„Wahlen sind das ‚Herzstück' einer Demokratie. Das sollte man Jugendlichen nicht verweigern…"

9
„Politische Beteiligung muss erst geübt werden, dazu gibt es ja Wahlen in der Schule…"

5
„Wenn auch die Jüngeren an Kommunalwahlen teilnehmen, haben sie vielleicht auch mehr Interesse sich selbst einmal wählen zu lassen…"

Bearbeiterin

Kommunalwahl – wer wählt eigentlich?
Was entscheidet über den Ausgang der Wahl in Sachsen? Auf jeden Fall das Alter, geht aus aktuellen Zahlen hervor, die der MDR […] zusammengetragen hat. 43 Prozent der Wahlberechtigten sind demnach 60 Jahre oder älter. Die unter 30-Jährigen kommen gerade mal auf elf Prozent. Zur Wahrheit gehört aber auch, dass sich die Jungen oftmals selbst um ihre Stimme bringen. Bei vergangenen Wahlen ging nur jeder Dritte von ihnen an die Wahlurne.

MDR/dk: 43 Prozent der Wahlberechtigten in Sachsen sind älter als 60. In: www.mdr.de, 19.08.2019.

AUFGABEN

1. Prüft mithilfe von **M8-M10** eure Mindmap aus der ersten Einstiegsaufgabe und passt sie an bzw. ergänzt sie.
2. Recherchiert den Gemeinderat eurer Gemeinde:
   a) Wie viele Mitglieder hat der Gemeinderat eurer Gemeinde?
   b) Welche Parteien und Wählergruppen sind im Gemeinderat vertreten?
3. Führt in eurer Klasse eine Gemeinderatswahl durch. Füllt dazu einen Stimmzettel (**M10**) aus, indem ihr eure Stimmen kumuliert oder panaschiert. Bildet einen Wahlvorstand, der die Wahl überwacht, die Stimmen auszählt und das Ergebnis bekannt gibt.
4. Beschreibt die Situation, die in der **Randspalte** neben **M11** dargestellt wird und überlegt, welche Folgen sich daraus ergeben können.
5. Führt mithilfe von **M11** eine Pro- und Kontra-Diskussion (→ Methodenglossar) zur Frage „Sollen 16-Jährige in Sachsen wählen dürfen?" durch.
6. Nehmt abschließend persönlich Stellung zur Frage „Sollen 16-Jährige bei den Kommunalwahlen in Sachsen wählen dürfen?"

2.1.4 Brauchen wir mehr direkte Demokratie in der Gemeinde?

Zum Thema: Ihr kennt das sicherlich auch: In eurer Klasse sind heftige Diskussionen im Gange, beispielsweise darüber, wo der nächste Klassenausflug hingehen soll. Ihr stimmt dann vielleicht so darüber ab, dass jeder auf einen Zettel schreiben kann, wohin es gehen soll und die Mehrheit entscheidet in einer Abstimmung über euer Ausflugsziel. Ihr stimmt also direkt ab. Immer wieder wird auch in der Bevölkerung der Wunsch laut, über bestimmte Themen direkt abzustimmen zu dürfen. In Sachsen gibt es solche Möglichkeiten bereits. Welche dies sind, erfahrt ihr in diesem Unterkapitel.

M12 Windkraftgegner schreiben an den Ministerpräsidenten

Bürgerinitiative
Ein von Parteien und Verbänden meist unabhängiger Zusammenschluss von Bürgern, die sich zu einer Aktionsgruppe zusammenfinden, um ein gemeinsames Ziel zu verfolgen. Oft richtet sich eine Bürgerinitiative gegen ein verkehrspolitisches Projekt (Bau einer Straße oder eines Flughafens) oder gegen die Bebauung von Naturschutzgebieten.

Anke Jordan und ihre Mitstreiter von der Bürgerinitiative (BI) „Gegenwind Niederzwönitz-Dorfchemnitz" wollen endlich Klarheit: Dürfen bis zu 21 Windräder mit bis zu 200 Metern Höhe auf einer Fläche von 58 Hektar in der Nähe des Zwönitzer Autobahnzubringers an der Milchviehanlage errichtet werden? Oder wird es gesetzliche Einschränkungen geben, die das verhindern? [...].

„Beim Sachsengespräch am 21. Januar in Annaberg hat Kretschmer gesagt: ‚Wo die Bürger keine Windenergieanlagen wollen, werden keine Windenergieanlagen gebaut!'", sagt Anke Jordan. Um den sächsischen CDU-Chef [...] an sein Wahlversprechen zu erinnern, hat die BI ihm jetzt einen offenen Brief geschrieben [...]. „Es gibt außerdem ein naturschutzfachliches Gutachten. Dort wurden auf einigen hundert Seiten genügend Gründe für den Schutz von Natur und Umwelt dargelegt", sagt sie. Schließlich würde mit den Windenergieanlagen in Zwönitz ein wichtiges Brut- und Rasthabitat für unzählige Vögel in Gefahr gebracht. Es brüten [...] nahe des geplanten Gebietes für Windenergie unter anderem Schwarzstörche. Ihr Flugweg zur Futtersuche zum Stausee [...] und die angrenzenden Sumpfbiotope würden durch die möglichen Windkraftanlagen direkt gekreuzt und stellen somit eine unmittelbare Gefahr für das Leben und die Unversehrtheit dieser Tiere dar, argumentiert die BI.

Mehlhorn, Thomas: Windkraftgegner schreiben an Kretschmer. In: www.freiepresse.de, 27.11.2019.

EINSTIEGSAUFGABEN

- Beschreibt, worum es der Bürgerinitiative in **M12** geht.
- Positioniert euch ausgehend von **M12** spontan dazu, ob Bürgerinnen und Bürger in Sachsen eurer Meinung nach direkt über den Bau von Windkraftanlagen abstimmen dürfen sollten.

M13 Formen direkter Demokratie auf Gemeindeebene

Einwohnerversammlung
Auf Einwohnerversammlungen sollen „allgemein bedeutsame Gemeindeangelegenheiten" erörtert werden. Dazu soll der „Gemeinderat mindestens einmal im Jahr eine Einwohnerversammlung anberaumen". Gemeinderäte müssen bei den Versammlungen für Fragen zur Verfügung stehen. Außerdem können die Einwohner ihrerseits beantragen, dass eine Einwohnerversammlung einberufen wird. Der Antrag muss von mindestens zehn Prozent der Einwohner, die das 16. Lebensjahr vollendet haben, unterzeichnet sein.

anberaumen
ansetzen, einberufen

Einwohnerantrag
Mittels eines Einwohnerantrags können die Bürger einer Gemeinde dafür sorgen, dass der Gemeinderat innerhalb von drei Monaten eine Gemeindeangelegenheit behandeln muss. Dabei gelten bestimmte Bedingungen und Verfahren, wie zum Beispiel die Unterstützung des Antrags durch die Unterschriften von zehn (oder gegebenenfalls weniger und mindestens fünf) Prozent der Einwohner über 16 Jahren.

Bürgerbegehren
Ein Bürgerbegehren ist der Antrag der Bürgerinnen und Bürger einer Gemeinde an die Gemeindevertretung, einen Bürgerentscheid durchzuführen. Zehn Prozent der Stimmberechtigten einer Kommune (in Städten und Gemeinden auch fünf Prozent möglich) können ein Bürgerbegehren zu einem Vorschlag in Gang setzen.

Bürgerentscheid
Der Bürgerentscheid ist die Abstimmung der Bürger über eine kommunale Sachfrage. Der Bürgerentscheid ist verbindlich für die Gemeinde, wenn mindestens 25 Prozent der Wahlberechtigten mit Ja gestimmt haben.

Bearbeiterin

M14 Zwei Formen der Demokratie

Es gibt unterschiedliche Formen der Demokratie. Eine Form ist die **direkte Demokratie**, bei der das Volk (z. B. in Gestalt einer Volksversammlung) die Staatsgewalt unmittelbar (das heißt direkt) ausübt. Es entscheidet mit Volksabstimmungen („Plebiszit") über alle politisch wichtigen Anliegen, einschließlich der Wahl und Abwahl wichtiger Amtsträger in Staat und Gesellschaft.
Im Gegensatz zur direkten Demokratie wird die Herrschaft in der **repräsentativen Demokratie** mittelbar (das heißt indirekt) über vom Volk gewählte „Abgeordnete" ausgeübt. Diese sind „Repräsentanten" des Volkes und sollen für dieses in eigener Verantwortung zeitlich befristet handeln, wobei ihr Auftrag sich in regelmäßig stattfindenden Wahlen bewähren muss und erneuert werden kann.

Bearbeiterin

M15 Kontrovers diskutiert: direkte Demokratie

1

Demokratie heißt Regierung durch das Volk und für das Volk. Das Volk sollte also auch entscheiden können, wo es lang geht.

2

Aktuelle Stimmungslagen beeinflussen das Ergebnis. Was ist, wenn in einer Volksabstimmung kurz nach dem Bekanntwerden eines schweren Verbrechens die Einführung der Todesstrafe beschlossen wird?

3

Viele Leute sind überfordert mit der Entscheidung politischer Fragen. Sie haben nicht die Zeit, sich ausreichend zu informieren.

4

Volksabstimmungen reduzieren die Gefahr, dass die Politikerinnen und Politiker abheben und sich zu weit von den Bürgerinnen und Bürgern entfernen.

5

Wenn Bürgerinnen und Bürger selbst entscheiden (müssen) und dadurch direkt in die Verantwortung genommen werden, sind sie eher bereit, eventuelle negative Folgen zu ertragen.

6

Politische Probleme sind kompliziert, sie lassen sich oft nicht einfach in eine Ja/Nein-Abstimmungsvorlage pressen.

Rothfuß, Eva: Volksabstimmung Pro und Kontra. In: http://v2.jungeseiten.de (Abruf am 02.01.2020).

AUFGABEN

1. a) Entscheidet euch spontan für einen Demokratietyp (**M14**).
   b) Nennt das wichtigste Argument, das für eure jeweilige Entscheidung ausschlaggebend war.
2. Erklärt Gemeinsamkeiten und Unterschiede der verschiedenen Formen der direkten Demokratie (**M13**, **M14**).
3. a) Diskutiert ausgehend von **M15**, ob es mehr direkte Demokratie geben sollte.
   b) Positioniert euch im Anschluss der Diskussion auf einer Entscheidungslinie.
   c) Begründet abschließend eure Position.

F Recherchiert im Internet (→ Methodenglossar), welche politischen Fragen in Sachsen in letzter Zeit per Bürgerentscheid entschieden wurden. Beschreibt anschließend, worum es ging und wie die Entscheidungen der Bürgerinnen und Bürger jeweils ausfielen.

Politische Beteiligung von Jugendlichen (···→ M2, M3, M5)

Demokratie lebt vom Einsatz ihrer Bürgerinnen und Bürger. Auch Jugendliche haben daher Möglichkeiten, eigene Interessen zu formulieren und sich politisch einzubringen (Partizipation). Man kann dazu Gespräche mit Mitschülerinnen und Mitschülern, Freunden oder Eltern führen, Leserbriefe schreiben, Mitglied einer Partei oder eines Vereins werden, eine Bürgerinitiative gründen und vieles mehr. Viele Kommunen bieten auch speziell für Jugendliche besondere Beteiligungsmöglichleiten an: zum Beispiel ein Jugendparlament.

Kommunalwahlen (···→ M8-M10)

Die Kommunalwahlen zeichnen sich dadurch aus, dass die regionale Bekanntheit der Kandidaten eine große Rolle spielt. Daher stehen die zu wählenden Personen bei einer Kommunalwahl klar im Vordergrund und sind für viele Wählerinnen und Wähler wichtiger als die Parteien, die gleichzeitig zur Wahl stehen.
Bei sächsischen Gemeinde- bzw. Stadtratswahlen haben alle Wählerinnen und Wähler alle fünf Jahre je drei Stimmen, die sie an Kandidatinnen und Kandidaten oder Parteien verteilen können (kumulieren oder panaschieren). Wahlen gelten dabei als die wichtigste Form der (indirekten) politischen Einflussnahme, denn damit werden die Mehrheits- und Machtverhältnisse eines repräsentativen Gremiums (Rat oder Parlament) festgelegt. Zwar sind die Repräsentanten (Ratsmitglieder, Abgeordnete) in ihren Entscheidungen frei, sie müssen aber die Interessen ihrer Wählerschaft vertreten, wenn sie wiedergewählt werden wollen.
Bürgermeisterwahlen finden in Sachsen alle sieben Jahr statt. Hier können die Wählerinnen und Wähler ihrem favorisierten Kandidaten eine Stimme geben. Zum Bürgermeister bzw. zur Bürgermeisterin ist der Kandidat gewählt, der mehr als die Hälfte der abgegebenen gültigen Stimmen auf sich vereint.

Direkte Demokratie (···→ M13-M15)

Die Sächsische Gemeindeordnung (SächsGem) räumt den Bürgerinnen und Bürgern einige Möglichkeiten ein, direkt über politische Probleme abzustimmen.
Auf Einwohnerversammlungen sollen „allgemein bedeutsame Gemeindeangelegenheiten" erörtert werden. Der Einwohnerantrag zwingt den Rat einer Gemeinde dazu, bestimmte Angelegenheiten zu beraten. Mittels eines Bürgerbegehrens kann eine Gemeinde verpflichtet werden, die Bürgerinnen und Bürger über eine Sachfrage in einem Bürgerentscheid abstimmen zu lassen (Partizipation).
Grundsätzlich haben solche direktdemokratischen Elemente immer Vor- und Nachteile: So besteht z. B. einerseits die Gefahr, dass besonders gut organisierte Gruppen die politische Debatte zu einem Thema dominieren und damit die Entscheidung zu ihren Gunsten beeinflussen. Andererseits kann direkte Demokratie dazu beitragen, dass das Interesse an politischen Entscheidungen steigt und sich mehr Bürgerinnen und Bürger in ihrer Kommune engagieren.

2.2 Aufgaben und Entscheidungen in der Gemeinde

2.2.1 Gemeinden haben viele Aufgaben – betreffen sie auch Kinder und Jugendliche?

Zum Thema: An vielen Entscheidungen und Themen, die uns direkt betreffen, wird nicht auf der Ebene der „großen Bundespolitik" in Berlin gearbeitet, sondern im nahegelegenen Rathaus. Die Städte und Gemeinden haben ganz konkrete Aufgaben, die in der Gemeindeordnung gesetzlich festgelegt sind. Welche das sind und wie sie euch betreffen, erfahrt ihr in diesem Unterkapitel.

M1 Morgens bei Familie Schmidt: Was hat die Gemeinde mit dem Alltag der Familie zu tun?

1 6:30 Uhr, Mutter Petra Schmidt:
„Lisa, Toni, Jakob aufstehen!! Der Schulbus wartet nicht auf euch…!"

2 7:00 Uhr, Vater Karsten Schmidt:
„Tschüss zusammen, ich komme heute später – habe noch ein Treffen mit dem Ortsverein."

3 7:10 Uhr, Mutter Petra Schmidt:
„Ich muss auch los, damit ich meinen neuen Personalausweis noch vor dem großen Ansturm im Rathaus bekomme!"

4 7:15 Uhr, Mia:
„Seht mal, in der Zeitung steht, dass das Wiesenbad weiter geschlossen bleiben soll!"

5 7:20 Uhr, Jakob:
„Hier liegt ein Zettel, auf dem steht, dass wir die Mülltonnen noch vor der Schule herausstellen sollen. Ich bin nicht dran!"

6 7:35 Uhr, Toni:
„Mensch, wenn das mit den vielen Baustellenampeln so weiter geht, komme ich noch zu spät zu Physik!"

7 7:40 Uhr, Mia:
„Hoffentlich ist endlich bald das neue Schulgebäude fertig. Die engen Räume in den Containern gehen mir auf die Nerven! Und: Hoffentlich ist heute mal weniger Verkehr vor unserem Schulzentrum!"

8 7:45 Uhr, Toni:
„Bis heute Abend! Wir haben heute Nachmittag das Fußballspiel auf dem Sportplatz – das kann dauern!"

9 7:46 Uhr, Jakob:
„Ich komme auch später – wir treffen uns noch an den Tischtennisplatten im Park…"

Bearbeiterin

EINSTIEGSAUFGABEN

- Lest die einzelnen Kästchen in **M1** und stellt Vermutungen darüber an, wo die Mitglieder der Familie Schmidt mit der Gemeinde in Berührung kommen.
- Berichtet in der Klasse, wo ihr mit der Gemeinde in Berührung kommt.

M2 Wofür ist die Gemeinde zuständig?

Die Gemeinde sorgt für Wasser und Energie, für Verkehrswege und deren Beleuchtung, kümmert sich um ein öffentliches Angebot für den Personennahverkehr; sie beseitigt Abwässer und Müll, baut Schulen, Kindergärten und Seniorenheime, unterhält Krankenhäuser und Friedhöfe, Gemeindehallen und Museen, Volkshochschulen und Theater. Sie bietet Freizeiteinrichtungen wie Parks und Schwimmbäder an. Die Gemeinde erschließt Gewerbegebiete und versucht, Betriebe zu gewinnen, die sich ansiedeln wollen. Auf diese Weise kümmert sie sich auch um Arbeitsplätze. Sie baut auch selbst Wohnungen. Einige dieser Aufgaben muss die Gemeinde erfüllen, bei anderen Aufgaben kann sie selbst entscheiden, ob sie dies möchte. In der folgenden Tabelle findet ihr eine Übersicht über die Aufgabenbereiche einer Gemeinde.

<table>
<tr><th colspan="3">Aufgabenbereiche einer Gemeinde</th></tr>
<tr><th colspan="2">Pflichtaufgaben</th><th>Freiwillige Aufgaben</th></tr>
<tr><td colspan="2">Die Kommunen sind verpflichtet, die Grundversorgung der Bevölkerung mit öffentlichen Einrichtungen sicherzustellen. Zur Sicherstellung dieser Grundversorgung sind viele Aufgaben zu erledigen, die den Kommunen vom Bund oder dem Land gesetzlich auferlegt oder übertragen worden sind. Es gibt zwei Arten von Pflichtaufgaben:</td><td>Freiwillige Aufgaben sind Aufgaben, bei denen die Kommune selbst entscheidet, ob und in welcher Form sie tätig wird. Im Gegensatz zu den Pflichtaufgaben stellt sich die Kommune die freiwilligen Aufgaben selbst.</td></tr>
<tr><td>Die „weisungsfreien Pflichtaufgaben“, bei denen die Kommune nur darüber entscheiden kann, wie sie die Aufgaben erledigt.</td><td>Die Pflichtaufgaben zur „Erfüllung nach Weisung“, bei denen die Kommune keinen Entscheidungsspielraum hat, wie die Aufgaben erledigt werden sollen.</td><td></td></tr>
<tr><td>z. B. Verkehrswege, öffentl. Nahverkehr, Energie- und Wasserversorgung, Müllentsorgung, Katastrophenschutz…</td><td>z. B. Einwohnermelde-, Ausweis- und Passwesen oder die Durchführung von Wahlen</td><td>z. B. Beratungsstellen, Museen, Bibliotheken, Jugendeinrichtungen, Sportplätze, Freibäder, Freizeitangebote, Tierparks und vieles mehr</td></tr>
</table>

Bearbeiterin

Die Gemeinde betrifft uns

Jeder lebt in einer Stadt oder Gemeinde („Kommune“) und nimmt täglich ihre Leistungen in Anspruch. Ob wir mit dem Bus fahren, zur Schule gehen, das Schwimmbad oder die Bibliothek besuchen – die Gemeinden regeln alle Angelegenheiten der örtlichen Gemeinschaft. So steht es im Grundgesetz. Rechtlich werden Gemeinden als Gebietskörperschaften bezeichnet. Die Landtage erlassen die Gemeindeordnungen, in der die wichtigsten gesetzlichen Bestimmungen wie z. B. das kommunale Wahlrecht oder die Rechte der Gemeindevertretung festgelegt sind. Diese gelten auch für Städte. Nach dem Bund und den Ländern bilden die Gemeinden die kleinsten Verwaltungseinheiten.

M3 Welche Aufgaben übernimmt die Gemeinde?

Straßenreinigung

Museum

Fuß- und Radweg

Jugendzentrum

städtisches Freibad

Reisepass

AUFGABEN

1. Fasst mithilfe der **Randspalte** von **S. 77** und dem Text in **M2** zusammen,
   a) wofür die Gemeinden zuständig sind sowie
   b) wer die Gesetze erlässt, an die sich die Gemeinden halten müssen.
2. Ordnet die Bilder aus **M3** einzelnen Aufgabenbereichen aus der Tabelle in **M2** begründet zu.
3. Begründet ausgehend von **M3**, ob es eurer Meinung nach sinnvoll ist, dass die Gemeinde bei den freiwilligen Aufgaben selbst entscheiden kann, ob und in welcher Form sie tätig wird.
4. a) Recherchiert im Internet (→ Methodenglossar), welche Angebote es in euren Gemeinden für Kinder und Jugendliche gibt – z. B. ein Jugendzentrum.
   b) Erstellt in Gruppen anschließend Portraits von euren Gemeinden in Form eines Wandplakates (→ Methodenglossar).
5. Entwickelt einen 5-Punkte-Plan, was in eurer Gemeinde für Jugendliche noch verbessert werden kann.
6. Recherchiert aktuelle Entscheidungsprozesse in eurer Gemeinde. Führt dazu eine Ortsbegehung durch (→ Methode S. 79 f.).

Eine Ortsbegehung durchführen

I. Worum geht es?

In jeder Gemeinde gibt es immer wieder schwierige Situationen und Probleme zu lösen, die politische Entscheidungen notwendig machen. Dabei gibt es immer Befürworter und Gegner einer politischen Entscheidung mit ganz unterschiedlichen Motiven und Gründen. Trotzdem ist es oft so, dass sich die Stadt- oder Gemeinderäte im Sitzungssaal kein wirkliches Bild von der Gesamtsituation des Problems machen können. In diesen Fällen unternehmen sie dann eine Ortsbegehung.

II. Geht dabei so vor:

Es gibt verschiedene Methoden, um sich über ein Problem oder eine Sachlage zu informieren. Man kann Informationen aus Zeitungen, Magazinen, Berichten im Fernsehen oder dem Internet bekommen. Man kann Informationen aus Zeitungen, Magazinen, Berichten im Fernsehen oder dem Internet heranziehen, Menschen direkt befragen oder aber auch den Ort erkunden, der selbst das Problem darstellt – beispielsweise eine Mülldeponie, ein Freibad... Oft muss man sich etwas selber anschauen, um es sich besser oder überhaupt vorstellen zu können. Manche Untersuchungen können auch nur „vor Ort" gemacht werden. Ebenso wie Stadt- oder Gemeinderäte könnt auch ihr euch einen Überblick über einen aktuellen Entscheidungsprozess in eurer Gemeinde verschaffen. Ihr könnt die Sachlage des Problems erkunden und anschließend selbst nach einer geeigneten Lösung suchen bzw. diese finden. Eine solche Ortsbegehung muss aber natürlich vorbereitet werden.

1. Schritt: Klärung der Problemsituation

Zuerst müsst ihr euch darüber klar werden, was ihr erkunden bzw. untersuchen wollt. Geht es nämlich um die Bodenqualität, müsst ihr Proben entnehmen und euch damit befassen. Eure „fachliche" Vorbereitung wird dann eine andere sein, als zum Beispiel beim Ermitteln der Menge und der Qualität der Radwege in der Gemeinde.

2. Schritt: Genaue Planung

Zur Vorbereitung gehört, dass ihr über die Problemlage Bescheid wisst. Das heißt, ihr kennt die Argumente der Befürworter und der Gegner. Weiterhin müssen organisatorische Notwendigkeiten erledigt werden. Kümmert euch gleich zu Anfang um einen Termin für die Ortsbegehung. Auf jeden Fall sollte jede Gruppe eine Art Beobachtungsbogen erstellen, auf dem die einzelnen Punkte der Erkundung festgehalten und dann abgehakt werden können.

Diese Fragen solltet ihr klären:

- Welche Hilfsmittel werden benötigt?
- Wäre die Unterstützung eines Experten hilfreich?

- Welche Fragen sollten beantwortet werden?
- Wie sollen die Ergebnisse der Erkundung dokumentiert werden?
- Welche Gruppe untersucht welches Thema bzw. welche Fragen?
- Wer übernimmt in der Gruppe welche Aufgabe?

3. Schritt: Durchführung

Wenn ihr die Ortsbegehung gut vorbereitet habt, sollte alles nach Plan laufen.

- Achtet darauf, dass ihr eure Begehung protokolliert.
- Aussagekräftige Fotos oder ein Videofilm können für die spätere Auswertung von entscheidender Bedeutung sein.

4. Schritt: Auswertung

Die einzelnen Gruppen müssen ihre Ergebnisse vorstellen, damit für jeden Schüler der Klasse ein Gesamtbild entstehen kann. Schon hier sollte jede Gruppe ihre Ergebnisse mithilfe von Fotos, Skizzen oder sonstigem Material darstellen.
Im Anschluss an die Präsentation der Gruppenergebnisse solltet ihr in der Klasse gemeinsam folgende Fragen klären:

- Was hat die Ortsbegehung insgesamt an neuen Ergebnissen gebracht?
- Welche Konsequenzen müssen aus den Untersuchungsergebnissen gezogen werden?
- Welche Maßnahmen könnten/sollten/müssten ergriffen werden?

5. Schritt: Dokumentation

Ein toller Abschluss ist, wenn ihr die Ergebnisse eurer Arbeit für andere zugänglich macht. Informiert die Schülerinnen und Schüler eurer Schule, indem ihr eine Ausstellung ausrichtet oder eure Ergebnisse zusammengefasst auf eurer Schulhomepage ins Internet stellt. Wenn ihr zu einer Entscheidung bei dem Problem gekommen seid, schreibt einen Leserbrief an die Lokalzeitung, in dem ihr eure Meinung begründet darlegt.

Bearbeiterin

2.2.2 Viele Wünsche und manchmal knappe Kassen: Wie sollen die Gemeinden ihre Aufgaben finanzieren?

Zum Thema: Ob ein neuer Spielplatz gebaut oder die Schultoiletten saniert werden sollen, immer ist Geld dafür nötig. Doch woher kommt das Geld? Und wofür soll es ausgegeben werden? Wie die Finanzen einer Gemeinde organisiert werden und wie Entscheidungen darüber ablaufen können, erfahrt ihr in diesem Unterkapitel.

M4 Haushaltsplanung: Die Einwohner werden gefragt!

Herr Schmidt kommt mit der Zeitung in der Hand in die Küche und verkündet: Der Stadtkämmerer fordert die Einwohner dazu auf, Vorschläge für den Haushaltsplan des nächsten Jahres zu machen. Die Vorschläge sollen ernsthaft geprüft werden. Habt ihr Ideen? „Dazu müssten wir erst einmal wissen, was ein Haushaltsplan genau ist!", wendet Jakob ein. „Und was ist denn ein Stadtkämmerer?" will Mia wissen. „Der Haushaltsplan ist eine Art Übersicht über die Einnahmen und Ausgaben der Stadt. So etwas gibt es übrigens auch für das Land Sachsen und den Bund", weiß Toni. Und fügt hinzu: „Ich würde mir wünschen, dass im nächsten Jahr neue Instrumente in der Musikschule angeschafft werden." „Meinst du nicht, dass es da Dringenderes gibt?, entgegnet Jakob. „Die Schultoiletten zum Beispiel sind ziemlich abgewrackt." „Stimmt, und der Abenteuerspielplatz am Stadtpark ist auch in sehr schlechtem Zustand. Außerdem sollte das Wiesenbad endlich wieder eröffnet werden. Wie soll man sich da denn entscheiden? Es gibt doch sicherlich noch viel mehr zu tun und noch ganz andere Interessen!", meint Mia.

Bearbeiterin

Stadtkämmerer
Leiter der kommunalen Finanzverwaltung

EINSTIEGSAUFGABEN

- Lest das Gespräch der Familie Schmidt in **M4** durch und setzt euch mit Mias Frage auseinander, welche (Interessen)konflikte es bei der Haushaltsplanung geben kann.
- Stellt Vermutungen darüber an, wie die Gemeinden an Geld kommen können, um die Wünsche zu finanzieren.

M5 Woher bekommen die Gemeinden ihr Geld?

Pflichtaufgaben, freiwillige Aufgaben..., alles was in der Gemeinde gestaltet, gebaut und unterhalten werden soll, kostet Geld. Bezahlt werden müssen die Beschäftigten im Rathaus, in den Kindergärten, bei der Feuerwehr, in der Bibliothek usw. Dazu kommen die Zahlungen für Arbeitslose (Hartz IV-Anteil für Wohnen, Heizung, Bildung), die Kosten für die Gebäude, Fahrzeuge, Computer und vieles mehr. Woher nimmt die Gemeinde das Geld für die

Hartz IV-Regelsätze
Die Hartz IV-Regelsätze, das Geld, was Hartz IV-Bezieher für ihren Lebensunterhalt bekommen, werden vom Bund bezahlt.

vielfältigen Aufgaben? Einen Großteil davon erhält sie durch Steuern. Steuern sind allgemeine Abgaben der Bürger und Unternehmen, die nicht an einen speziellen Zweck gebunden sind. Manche dieser Steuern erhebt die Gemeinde selbst, wie zum Beispiel die Gewerbesteuer für Unternehmen, die Grundsteuer für Hausbesitzer oder die Hundesteuer für Hundehalter. Von anderen Steuern, die das Land oder der Bund erheben, bekommt die Gemeinde einen Anteil. Außerdem bekommt die Gemeinde Zuschüsse von Bund und Land für konkrete Projekte. Wenn ihr ins Schwimmbad geht und dort Eintritt bezahlt, zählt das auch zu den Einnahmen einer Gemeinde. Genauso wie die Gebühren für die Abwasserentsorgung und die Müllabfuhr.

Wenn die Gemeinde nicht genügend Geld hat, um alle Ausgaben zu finanzieren, kann sie auch einen Kredit aufnehmen, d. h. dass sie sich zusätzlich Geld z. B. von einer Bank leiht. Das hat aber zur Folge, dass sie dieses Geld mit Zinsen zurückzahlen muss.

Bearbeiterin

M6 Der Gemeindehaushalt: Einnahmen und Ausgaben müssen geplant sein

Um vernünftig planen zu können, erstellt der Kämmerer der Gemeinde für jedes Jahr eine Übersicht über die geplanten Ausgaben und die erwarteten Einnahmen. Dabei werden die Einnahmen und Ausgaben in Bereichen zusammengefasst. Diese Übersicht wird „Haushalt" genannt. Der Haushaltsplan muss dann vom Gemeinderat beschlossen werden. Einige Kommunen fordern ihre Einwohner dazu auf, sich zu beteiligen und zum Beispiel über das Internet Vorschläge für den Haushalt zu machen. In jeder Gemeinde können die Einwohner den Haushaltsplan einsehen und damit schwarz auf weiß erkennen, wofür die Gemeinde das Geld ausgibt. Die Pflichtaufgaben müssen dabei immer zuerst erfüllt werden. Das bedeutet, dass bei knapper Kasse wenig Geld für die freiwilligen Aufgaben übrig bleibt. Es wird dann immer schwieriger zu entscheiden, was dringend gemacht werden muss und auf was verzichtet werden soll.

Möglicher Haushaltsplan einer Gemeinde

Einnahmen	€	Ausgaben	€
Steuern (Grund-, Gerwerbe-, Vergnügungs-, Hundesteuer)		Rat, Ausschüsse, Verwaltung, Bürgerberatung etc.	
Anteil an der Einkommen- und Umsatzsteuer		Jugend, Soziales, Gesundheit	
Verwaltungs- und Benutzergebühren		Grundstücke, Gebäude, Abfallwirtschaft, Schulden, Stadtplanung, Wohnen	
Sonstige Einnahmen z. B. Verkaufserlöse aus Ferienkalendern		Ordnung, Recht, Umwelt	
Finanzhilfen von Bund und Land		Kultur, Bildung, Sport	
Insgesamt	**?**	**Insgesamt**	**?**

Bearbeiterin

M7 Ausgaben und Einnahmen einer Gemeinde

BEISPIELE FÜR AUSGABEN

- Personalkosten Ordnungsamt **1.900.000 €**
- Umbau Bahnhofsvorplatz **3.000.000 €**
- Erschließung Gewerbegebiet **1.700.000 €**
- Aufklärung Grippeimpfung **150.000 €**
- Maßnahmen zur Luftreinhaltung **280.000 €**
- Einrichtung einer Drogenberatung **300.000 €**
- Erhalt des Puppentheaters **150.000 €**
- Erhalt einer Stadtteilbibliothek **50.000 €**
- Förderung des Jugendzentrums **20.000 €**
- Neuer Abenteuerspielplatz **40.000 €**
- Renovierung Erlebnisbad **150.000 €**
- Neubau Schulmensa **300.000 €**

BEISPIELE FÜR EINNAHMEN

- Gebühren für Müllentsorgung **800.000 €**
- Einkommensteueranteil **1.800.000 €**
- Steuern der Gewerbebetriebe **2.500.000 €**
- Kindergartenbeiträge **800.000 €**
- Zuschüsse des Landes für Schulkantinen **250.000 €**
- Steuern für Grundstücke **900.000 €**
- Eintrittsgelder Hallenbad **250.000 €**
- Verkauf von Info-Broschüren des Tourismus-Büros **50.000 €**

Bearbeiterin

M8 Arme und reiche Gemeinden in Deutschland

In Sachsen und auch in den anderen Bundesländern gibt es „arme" und „reiche" Gemeinden. Viele Gemeinden sind hoch verschuldet. Diese Gemeinden können immer weniger ihrer „freiwilligen" Aufgaben erfüllen, was dazu führt, dass Jugendzentren und Theater geschlossen werden oder die Schulen und Straßen in sehr schlechtem Zustand sind. Für diese Unterschiede gibt es viele Gründe. Wenn zum Beispiel die Unternehmen schließen oder den Ort verlassen, dann kommt weniger Gewerbesteuer in die Gemeindekasse. Wenn es dann in einer Gemeinde viele Arbeitslose gibt, muss auch viel Arbeitslosenunterstützung zum Wohnen gezahlt werden.

Waldbad schließt mitten im Sommer

Höchste Pro-Kopf-Verschuldung in Sachsen: Rathen

Bücherei erweitert ihr Medienangebot und neuer Citybus kommt

Radebeul: Kämmerei rechnet mit einem Plus von 4,7 Millionen Euro

Stadtteilbibliothek muss geschlossen bleiben

Bearbeiterin

M9 Einnahmequelle der Gemeinde in der Karikatur

Karikatur: Jörg Schröder

AUFGABEN

1. Informiert euch in **M5** über die Einnahmequellen und Ausgaben eines Gemeindehaushalts. Ordnet die Beispiele aus **M5** den Bereichen (z. B. „Steuern") des Haushaltsplans in **M6** zu. Nennt auch noch weitere eigene Beispiele.
2. Lest **M6** und nennt mögliche Gründe, warum die Bürgerinnen und Bürger in einigen Gemeinden an der Haushaltsplanung beteiligt werden.
3. Ordnet die Einnahmen und Ausgaben aus **M7** den Bereichen im Haushaltsplan von **M6** zu. Berechnet die Summe der Einnahmen und Ausgaben. Welche Problemsituation entsteht und wie könnte sie gelöst werden?
4. Bildet Gruppen und versetzt euch in die Rolle von Ratsmitgliedern. Überlegt, welche Vorhaben in **M7** ihr streichen/kürzen wollt, damit sich die Einnahmen mit den Ausgaben decken. Berücksichtigt dabei, dass ihr als gewählte Ratsmitglieder für alle Einwohner verantwortlich seid. Ihr solltet euch daher um einen Ausgleich der unterschiedlichen Interessengruppen bemühen.
5. Die Gemeinden in Sachsen haben sehr unterschiedliche Einnahmen und sind teilweise hoch verschuldet.
   a) Lest **M8** und fasst zusammen, wodurch die Unterschiede entstehen.
   b) Diskutiert, inwiefern sich die finanzielle Situation einer Gemeinde auf den Alltag der Bürger und Einwohner auswirkt.
6. In **M9** hat ein Karikaturist Stellung zum Thema genommen. Analysiert die Karikatur (→ Methodenglossar).

F Aufgabe 5
Sammelt Ideen, wie den finanzschwachen Gemeinden geholfen werden könnte.

2.2.3 Entscheidungen in der Gemeinde: Soll die Zufahrtstraße zum Schulzentrum zur Fahrradstraße werden?

Zum Thema: „Die Bürgerinnen und Bürger entscheiden selbst über die Angelegenheiten in ihrer Gemeinde“, heißt es. Stimmt dies wirklich? Es sind doch eher die von der Gemeinde gewählten Vertreter (Repräsentanten), die entscheiden können. Anhand eines Verkehrsproblems am Schulzentrum, erfahrt ihr in diesem Unterkapitel, wie und ob auch nicht gewählte Bürgerinnen und Bürger Einfluss auf Entscheidungen im Gemeinderat ausüben können.

M10 Verkehrs-Chaos am Schulzentrum: Gefahr an der Theodor-Heuss-Straße...

Morgens und mittags geht es auf der Zufahrtstraße zum Schulzentrum äußerst turbulent zu. Viele Eltern haben wegen des hohen Verkehrsaufkommens Sorge um die Sicherheit ihrer Kinder und lassen sie deshalb nur ungern zu Fuß oder mit dem Fahrrad zur Schule kommen. Dadurch hat der Autoverkehr vor dem Schulzentrum noch weiter zugenommen.

„Oft stehen Autos in zwei Reihen oder auf den Gehwegen vor den Eingangsbereichen des Schulzentrums, um Kinder zu bringen oder abzuholen. Es wird oft so eng, dass Fußgänger und Fahrradfahrer ausweichen müssen.“

„Es ist sehr schlimm! Meine Kinder müssen sich täglich zu Fuß durch die Autokolonnen bewegen. Das geht nicht mehr. Es sind schon zwei Kinder verletzt worden. Ich mache mir Sorgen...“

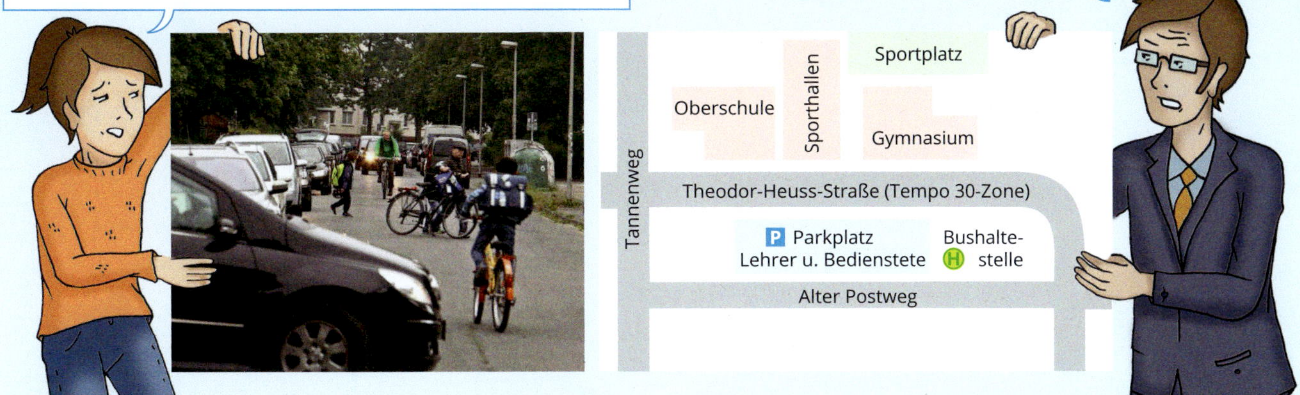

Mia

Vater Karsten Schmidt

EINSTIEGSAUFGABEN

- Fasst das Problem am Schulzentrum in eigenen Worten zusammen (**M10**). Vielleicht kennt ihr ähnliche Situationen in eurer Stadt oder Gemeinde. Vergleicht sie mit der geschilderten Situation.
- Sammelt erste Ideen für mögliche Lösungen des Problems.

M11 Wie wird in der Gemeinde entschieden?

In Deutschland haben alle Gemeinden das Recht, ihre örtlichen Angelegenheiten selbst zu regeln. Wie dies geschehen soll und wer an den Regelungen beteiligt ist, ist in der Gemeindeordnung festgelegt. Jedes Bundesland (z. B. das Land Sachsen) hat eine solche Gemeindeordnung, die für alle Gemeinden gültig ist.

Aufbau einer Gemeinde in Sachsen

Artikel 28 Grundgesetz
(2) Den Gemeinden muss das Recht gewährleistet sein, alle Angelegenheiten der örtlichen Gemeinschaft im Rahmen der Gesetze in eigener Verantwortung zu regeln.

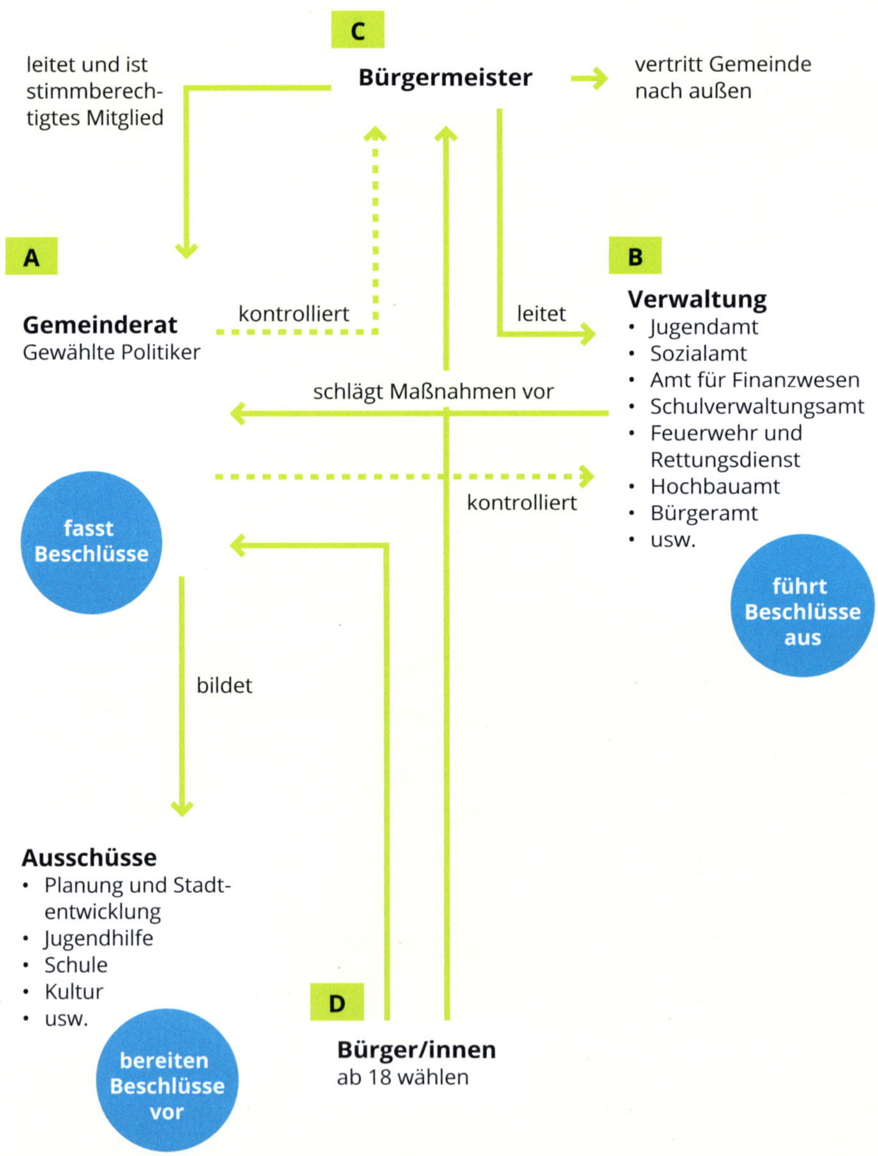

Bearbeiterin

A Der Gemeinderat

Alle wichtigen Entscheidungen trifft der von den Bürgerinnen und Bürgern gewählte Gemeinderat (oder Stadtrat). Die Ratssitzungen sind öffentlich.
Die Mitglieder des Gemeinderates (Mindestalter 18) werden von allen Bürgerinnen und Bürgern, die 18 Jahre oder älter sind, auf fünf Jahre gewählt. Die Kandidaten und Kandidatinnen treten dabei meistens für eine politische Partei an. Die gewählten Ratsmitglieder arbeiten ehrenamtlich, das heißt, sie üben weiterhin ihren Beruf aus und erhalten für ihre Tätigkeit im Rat eine kleine finanzielle Entschädigung. Der gewählte Rat trifft dann die Entscheidungen stellvertretend für alle Bürgerinnen und Bürger der Gemeinde. Außerdem erteilt der Rat Aufträge an die Verwaltung und er kontrolliert die Verwaltung. Eine besonders wichtige Aufgabe des Rates ist der Beschluss des „Haushaltsplans". In ihm wird festgelegt, mit welchen Einnahmen gerechnet werden kann und wie viel Geld für welche Aufgaben im Jahr ausgegeben werden soll. Zu wichtigen Themen wird häufig in speziellen „Ausschüssen" gearbeitet.

Was wird in den Ausschüssen geplant?
Beispielsweise wird im Schulausschuss geplant, wie viele Schulen in Zukunft gebraucht werden. Wenn ein stadtweites Fahrradverleihsystem eingerichtet werden soll, dann beschäftigt sich damit der Verkehrsausschuss. Er bereitet einen Beschluss vor, über den der Rat dann abstimmt.

Um was geht es in den Gemeinderatssitzungen?
Es geht zum Beispiel um die Anschaffung von neuen elektrisch betriebenen Stadtbussen, um die Einrichtung eines neuen Spielplatzes, den Ausbau von Fahrradwegen und vieles mehr.

„Früher wurde ich auch in den Gemeinderat gewählt. Die Arbeit war zwar manchmal zeitraubend, aber oft konnten wir viel bewirken. Damals haben wir zum Beispiel das heutige Schulzentrum meiner Enkelkinder bauen lassen."

Opa Günther

B Die Gemeindeverwaltung

Die Gemeindeverwaltung (oder Stadtverwaltung) ist in verschiedene Ämter unterteilt. Sie setzt die Beschlüsse, die im Rat gefasst wurden, um. Beispielsweise werden im Schulverwaltungsamt Hausmeister und Sekretärinnen der Schulen beschäftigt. Häufig kommen auch aus der Verwaltung Vorschläge für Beschlüsse und Veränderungen, über die im Gemeinderat abgestimmt werden muss. Eine weitere wichtige Aufgabe der Verwaltung besteht darin, den Bürgerinnen und Bürgern bei vielen behördlichen Angelegenheiten behilflich zu sein, beispielsweise wenn ein neuer Ausweis benötigt wird, wenn jemand heiraten möchte, wenn jemand umgezogen ist usw. Dabei müssen sich die Bürger dann an das zuständige Amt (z. B. Einwohnermeldeamt) wenden. Auch das Ordnungsamt ist ein Teil der Gemeindeverwaltung.

Wofür ist das Ordnungsamt zuständig?
Es ist zum Beispiel dafür zuständig, dass nachts nicht zu viel Lärm gemacht wird, Müll nicht falsch entsorgt wird oder nicht unzulässig geparkt wird. Dazu kann es auch Bußgelder verhängen, die vom Gemeinderat beschlossen werden.

C Die Bürgermeisterin/der Bürgermeister

Die Bürgermeisterin oder der Bürgermeister wird von allen mindestens 18 Jahre alten Bürgerinnen und Bürgern für sieben Jahre gewählt. Ein Bürgermeister muss mindestens 18 Jahre alt sein. In kreisfreien Städten sowie großen Kreisstädten gibt es einen Oberbürgermeister, in kleineren Städten und Gemeinden einen Bürgermeister. Der Bürgermeister ist der Vorsitzende des Rates. Er leitet die Sitzungen des Rates und legt die Tagesordnung fest. Er eröffnet die Sitzung und erteilt den Ratsmitgliedern das Wort oder – wenn nötig – entzieht er ihnen das Wort auch wieder. Als Bürgermeister ist er auch Chef der Verwaltung. Er ist dafür verantwortlich, dass die Stadtverwaltung funktioniert. Als Leiter der Verwaltung ist der (Ober-) Bürgermeister auch der Vorgesetzte aller städtischen Mitarbeiter.

Wie repräsentiert die Bürgermeisterin oder der Bürgermeister die Gemeinde?
Der Bürgermeister ist natürlich auch das „Aushängeschild" oder besser der „Repräsentant" der Stadt oder Gemeinde. Bei vielen wichtigen Anlässen wird der Bürgermeister gefragt, ob er dabei sein kann, um den Anlässen eine besondere Bedeutung zu verleihen. Für ganz besondere Anlässe legt der Bürgermeister seine Amtstracht an, zu der auch eine besondere Kette gehört.

D Die Bürgerinnen und Bürger

In einer Gemeinde haben die Bürgerinnen und Bürger die „Macht". Sie sind es, die den Rat und den Bürgermeister wählen. Sie sind es auch, die im Gemeinde- oder Stadtrat als gewählte Ratsmitglieder die Bürgerinnen und Bürger der Stadt vertreten. Wählen darf, wer mindestens 18 Jahre alt ist, die deutsche Staatsangehörigkeit oder die eines EU-Mitgliedslandes hat. Alle Einwohner können sich mit Anfragen, Bitten oder Beschwerden an den Rat, die Verwaltung oder den Bürgermeister wenden. Ab 16 Jahren können Einwohner einer Gemeinde einen schriftlichen „Einwohnerantrag" stellen. Darin fordert man den Rat auf, sich mit einem bestimmten Thema zu beschäftigen.

Die Bürgerinnen und Bürger können auch beim Rat beantragen, selbst über wichtige Angelegenheiten zu entscheiden. Für einen solchen „Bürgerentscheid" gibt es aber einige Voraussetzungen, wie zum Beispiel eine bestimmte Menge an Unterschriften. Der Rat kann auch selbst einen Bürgerentscheid beschließen. Dann stimmen die Bürger einer Stadt direkt darüber ab, ob zum Beispiel ein neues Sportzentrum gebaut werden soll oder nicht. In die Ausschüsse des Gemeinderates können auch Einwohner mit beratender Stimme eingeladen werden. Ihre Meinung als Betroffene oder Experten wird dann berücksichtigt.

Was ist der Unterschied zwischen Bürgern und Einwohnern?
Es wird unterschieden zwischen Bürgern, die wahlberechtigt sind, und Einwohnern, die in der Gemeinde wohnen, aber (noch) nicht wahlberechtigt sind.

Bearbeiterin

M12 Im Verkehrsausschuss: Soll die Theodor-Heuss-Straße zur Fahrradstraße werden?

Karsten Schmidt hat sich zusammen mit einigen anderen Eltern abgesprochen und eine Beschwerde an den Verkehrsausschuss des Stadtrates geschrieben. Heute will sich der Verkehrsausschuss damit beschäftigen. Herr Schmidt teilt hier nochmals seine Forderung mit.

„Wir Eltern fordern eine Änderung der Verkehrsregelung vor dem Schulzentrum. Und wir fordern die Umwandlung der Straße in eine „Fahrradstraße". Denn dort dürfen auf der Fahrbahn nur Fahrräder fahren. Fußgänger gehen weiterhin auf den Gehwegen."

Vater Karsten Schmidt

Durch ein zusätzliches Schild ist es möglich, Autos von Anwohnern zu erlauben oder Autoverkehr nur in eine Richtung zuzulassen. Dabei darf das Tempo 30 nicht überschritten werden. Die Fahrradfahrer haben jedoch immer Vorrang.

AUFGABEN

1. Die Verkehrsregelung ist eine Angelegenheit der Gemeinde. Arbeitet aus **M11** mithilfe eines Gruppenpuzzles (→ Methodenglossar) heraus, wie in einer Gemeinde entschieden wird und wer daran beteiligt ist.
   a) Bildet Stammgruppen, in denen ihr jeweils einen der Texte A-D genau lest. Schreibt die wichtigsten Stellen heraus und bereitet euch darauf vor, den Inhalt eures Textes anderen zu erläutern.
   b) Bildet nun Expertengruppen, in denen jeweils ein Experte/eine Expertin für die Texte A-D vertreten ist. Erläutert euch gegenseitig die Inhalte.
   c) Fertigt zusammen ein Schaubild mit dem Titel „Wer entscheidet in einer Gemeinde?" an. Ihr könnt dazu die Grafik aus **M11** nutzen und mit den wichtigsten Informationen aus euren Texten ergänzen.
2. Zeigt mithilfe der Grafik über den Gemeindeaufbau (**M11**) Möglichkeiten auf, wie das Problem am Schulzentrum (**M10**) in der Gemeinde bearbeitet und gelöst werden könnte.
3. Lest **M12**. Simuliert anschließend mithilfe der folgenden Methode (→ S. 90 f.) eine Ausschusssitzung.
4. Eure Klasse ist nun der Gemeinderat: Stimmt über die Empfehlung des Verkehrsausschusses aus Aufgabe 3 über die Frage ab: „Soll die Theodor-Heuss-Straße in eine Fahrradstraße umgewandelt werden?"

WAHLBEREICH

Eine aktuelle Kontroverse in der Kommune

Eine Simulation des Verkehrsausschusses zur Frage „Soll die Theodor-Heuss-Straße in eine Fahrradstraße umgewandelt werden?" durchführen

I. Worum geht es?

In der nächsten Sitzung des Verkehrsausschusses soll der Vorschlag von Karsten Schmidts Elterngruppe (**M12**) bearbeitet werden. Neben den gewählten Ausschussmitgliedern wurde auch die Schülersprecherin des Gymnasiums in die Sitzung eingeladen. Am Ende der Sitzung soll eine Empfehlung formuliert werden, über die im Stadtrat abgestimmt wird.

II. Geht dabei so vor:

1. Schritt: Gruppen- und Rollenaufteilung

a) Teilt die Klasse in sechs gleich große Gruppen auf.
b) Jede Gruppe wählt eine Rolle aus Schritt 2 aus und bereitet diese vor.
c) Baut eure Rollen und die darin beschriebenen Positionen noch weiter aus.

2. Schritt: Vorbereitung mithilfe der Rollenkarten

Hinweis für die Ausschussvorsitzende
Achte darauf, dass alle gleichmäßig zu Wort kommen, sich gegenseitig zuhören und aufeinander eingehen.

1 **Andrea Wolter** *(Rechtsanwältin), Ausschussvorsitzende:* Du leitest die Sitzung. Begrüße alle Anwesenden und erkläre kurz worum es heute gehen soll. Bitte dann alle Ausschussmitglieder, ihre Meinung zu sagen und zu begründen. Am Ende soll eine Empfehlung formuliert werden. Das kann auch ein Kompromiss sein. Wenn es zu keiner Einigung kommt, dann führe eine Abstimmung durch. Du selbst hast auch ein Stimmrecht.

2 **Ralph Steck** *(Kaufmann), Ausschussmitglied:* Du bist selbst Vater von schulpflichtigen Kindern und kennst die Situation. Du bist gegen eine Fahrradstraße, weil du auch sie für zu gefährlich hältst. Anwohner und Lehrer müssten weiterhin durchfahren dürfen und dann kann es zu gefährlichen Situationen kommen. Außerdem gibt es auch Fälle, in denen Eltern ihre Kinder bis vor die Tür bringen sollten (Verletzungen, Behinderung etc.). Du kannst dir aber vorstellen, dass die Straße nur in einer Richtung befahren werden darf.

3 **Lino Belkner** *(Software-Entwickler), Ausschussmitglied:* Du bist für die Einrichtung einer Fahrradstraße, weil sie weniger gefährlich ist und dem Umwelt- und Klimaschutz nützt. Wenn durch die Fahrradstraße mehr Schüler dazu gebracht werden, Fahrrad zu fahren, dann hat das viele Vorteile. Wichtig ist dir, dass auch Fußgänger einen breiten Gehweg bekommen, so dass Konflikte zwischen Fahrradfahrern und Fußgängern vermieden werden.

4 **Anna Loos** *(Förderschullehrerin), Ausschussmitglied:* Du bist für die Einrichtung einer Fahrradstraße, weil sie weniger gefährlich ist und die Gesundheit fördert. Dabei dürfte es auch keine Ausnahmen für Anwohner oder Lehrer geben. Der Lehrerparkplatz kann auch über den „Alten Postweg" erreicht werden. Dir ist besonders wichtig, dass Kinder, die zu Fuß oder mit dem Fahrrad zur Schule kommen, schneller selbstständig werden und morgens viel wacher sind. Dafür ist die Fahrradstraße ein guter Anreiz.

5 **Oliver Czernik** *(Biologe), Ausschussmitglied:* Du bist gegen die Einrichtung der Fahrradstraße vor dem Schulzentrum, weil sie das Problem für dich nicht richtig löst. Du stellst dir vor, dass Eltern ihre Kinder einfach vorher aussteigen lassen werden. Der Verkehr ballt sich dann in den angrenzenden Straßen und es können noch mehr gefährliche Stellen entstehen. Du findest eine Kampagne für weniger „Eltern-Taxis" in der gesamten Stadt nützlicher. Außerdem sollte es viel mehr Radwege geben, sodass Schüler den gesamten Schulweg sicher mit dem Fahrrad zurücklegen können.

6 **Viktoria Saal** *(Schülersprecherin Gymnasium), Gast im Ausschuss:* Du bist für die Einrichtung einer Fahrradstraße. Dir geht es vor allem darum, dass alle Schülerinnen und Schüler gleich sicher zur Schule kommen. Wenn einige bis vor die Tür gebracht werden, müssen dafür sehr viele andere die schlechte Luft atmen und höllisch aufpassen. Außerdem findest du es richtig, dass der Fahrradverkehr gestärkt wird. Du siehst auch noch Bedarf bei der Einrichtung von guten und überdachten Abstellmöglichkeiten für Fahrräder.

3. Schritt: Durchführung der Ausschusssitzung

a) Bestimmt in euren Gruppen jemanden, der die Rolle im Ausschuss übernimmt.
b) Die Gruppenvertreter kommen zusammen und simulieren die Ausschusssitzung (ca. 10-15 Minuten).

4. Schritt: Empfehlung aussprechen

Stimmt im Ausschuss über eine Empfehlung ab, die ihr dem Gemeinderat (eure Klasse, → Aufgabe 4 auf S. 89) zur Beschließung vorlegen wollt.

Bearbeiterin

WAS WIR WISSEN

Aufgaben der Gemeinde (··→ M2, M3)

Schulen, Kulturveranstaltungen, Freizeiteinrichtungen und auch die Abfallentsorgung – die Aufgaben einer Gemeinde sind umfassend. Zu unterscheiden ist zwischen

- freiwilligen eigenen Aufgaben (Schwimmbäder, Jugendzentren...),
- pflichtigen eigenen Aufgaben (Schulträgerschaften, Feuerwehr...) und
- Weisungsaufgaben (Auftragsverwaltung: Meldewesen, Standesamt...).

Finanzen der Gemeinde (··→ M5, M8)

Die Einnahmen der Gemeinden setzen sich zusammen aus Steuereinnahmen (z. B. Gewerbesteuer, Grundsteuer und einen Anteil an der Einkommensteuer), Gebühren und Beiträgen (Schwimmbad, Müllabfuhr...) sowie Finanzzuweisungen von Bund und Land.

Haushaltsplan der Gemeinde (··→ M6, M7)

Damit die Einnahmen und Ausgaben der Gemeinde übersichtlich dargestellt werden können, wird vom Rat ein Haushaltsplan beschlossen. Im Ergebnishaushalt werden die Erträge (Einnahmen) der Gemeinde aufgeführt. Gleichzeitig werden die Aufwendungen (Ausgaben) und die Abschreibungen (zukünftige Ausgaben) der Gemeinde dargestellt. Addiert man alle Erträge und alle Aufwendungen, so kann man über den Ergebnishaushalt feststellen, ob eine Gemeinde Schulden macht oder einen Überschuss erwirtschaftet.

Entscheidungen in der Gemeinde (··→ M11)

Alle Gemeinden haben das Recht, ihre Angelegenheiten selbst zu regeln. Wie dies geschehen soll und wer beteiligt ist, ist in der in der Sächsischen Gemeindeordnung geregelt. Der Gemeinderat (das „Parlament" der Gemeinde) ist das Hauptorgan der Gemeinde. Er entscheidet über wichtige die Gemeinde betreffende Fragen. Der Bürgermeister ist Vorsitzender des Gemeinderats und leitet die Gemeindeverwaltung. Die Bürgerinnen und Bürger können beim Rat beantragen, selbst über wichtige Angelegenheiten zu entscheiden. Für einen solchen „Bürgerentscheid" gibt es aber einige Voraussetzungen, wie zum Beispiel ein erfolgreiches Bürgerbegehren.

Entscheidungen in der Gemeinde beeinflussen

I. Worum geht es?

In diesem Kapitel habt ihr gelernt, dass Entscheidungen in eurer Gemeinde auf unterschiedlichen Wegen zustande kommen können. Nutzt dieses Wissen und Können, um in eurer Gemeinde ein derzeit politisches Thema in eurem Sinne zu beeinflussen.

II. Geht dabei so vor:

1. Schritt: Themenfindung

Einigt euch in der Gruppe, welches aktuell diskutierte Thema in eurer Gemeinde euch am meisten interessiert bzw. welches Thema ihr gerne in eurem Sinne beeinflussen möchtet.

↓ ↓ ↓

2. Schritt: Recherche

Recherchiert mithilfe der im Kapitel vorgestellte Methode „Eine Ortsbegehung durchführen" (→ S. 79 f.) zu eurem gewählten Thema verschiedene Standpunkte und Interessenslagen in den verschiedenen Institutionen eurer Gemeinde.

↓ ↓ ↓

3. Schritt: Umsetzung

1. Klärt in der Gruppe, wie ihr bei eurem Thema Einfluss auf die Entscheidungsfindung nehmen könnt (Anhörung, Unterschriftenliste, Petition, Bürgerinitiative, Demonstration...)
2. Einigt euch auf die Partizipationsformen, die euch am geeignetsten erscheinen, um den Entscheidungsprozess bei eurem Thema zu euren Gunsten zu beeinflussen.
3. Klärt, wer von euch welche Organisationsschritte übernimmt.

↓ ↓ ↓

4. Schritt: Auswertung

Erstellt ein Wandplakat (→ Methodenglossar) über euer Vorgehen und eure Ergebnisse.

Bearbeiterin

WAS WIR KÖNNEN

Würfelspiel: Rathausrallye

1) Organisiert eine Radwanderkarte, eure Großeltern kommen zu Besuch.
2) Für das Schulfest wollt ihr Plakate in der Stadt aufhängen. Besorgt euch eine Genehmigung im Ordnungsamt.
3) Erkundigt euch, wann das Sommer-Open-Air-Konzert stattfindet.
4) Besorgt euch Wertstoffsäcke im Bürgerbüro.
5) Ihr geht zum Geld verdienen für eure älteren Nachbarn einkaufen. Erkundigt euch, ob ihr dafür einen Gewerbeschein benötigt.
6) Ihr habt einen kleinen Hund aus dem Tierheim geholt. Fragt bei der Kämmerei nach der Höhe der Hundesteuer.
7) Die Läuse sind wieder an eurer Schule! Fragt nach, wie man sie am besten bekämpft.
8) Einer eurer Freunde hat großen Streit mit seinen Eltern. Erkundigt euch, wie ihr ihm helfen könnt.
9) Reserviert einen Hochzeitstermin im nächsten Jahr.
10) Hinterlasst nach eurem Umzug eure neue Adresse.
11) Besucht das Sozialamt und findet heraus, ob und wie man einen Zuschuss für die Klassenfahrt bekommen kann.
12) Fragt, ob euer Schlüssel abgegeben wurde.

Bearbeiterin

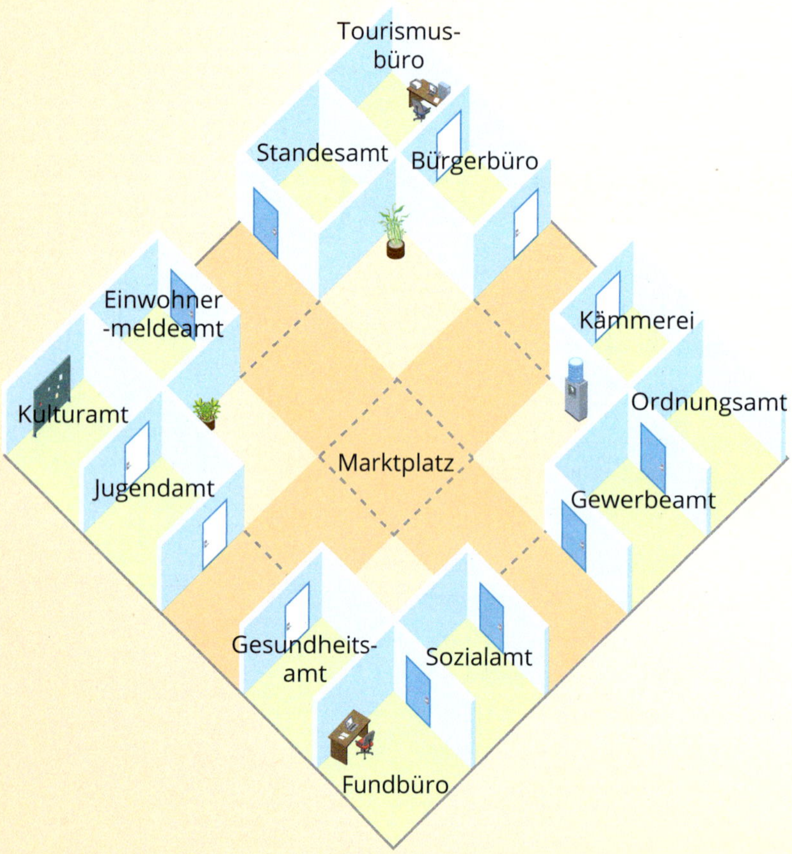

AUFGABE

Bildet gleich große Gruppen. Jede Gruppe stellt eine Spielfigur auf den Marktplatz. Die Gruppe mit dem jüngsten Mitspieler beginnt, würfelt und rückt in eine beliebige Richtung vor. In dem Büro oder Amt, in dem ihr stehen bleibt, könnt ihr in der nächsten Runde einen Auftrag erledigen. Zunächst würfelt aber die nächste Gruppe. Bis ihr wieder an der Reihe seid, lest ihr euch die Aufträge durch. Sucht den Auftrag, für das das Amt zuständig ist, in dem ihr steht. Ein Auftrag ist erledigt, wenn ihr eine 5 oder eine 6 würfelt. Das Spiel ist zu Ende, wenn alle Aufträge erledigt sind. Diejenige Gruppe, die am meisten erledigt hat, hat gewonnen.

SELBSTDIAGNOSE

Ich kann...	Dazu benötige ich u. a. folgende Begriffe...	Das klappt schon...	Hier kann ich u. a. noch üben...
...Möglichkeiten der Mitwirkung von Kindern und Jugendlichen in der Gemeinde beschreiben.	Partizipation Vereine Jugendverbände Jugendparlament Jugendgemeinderat Lokale Medien Expertenbefragung		**Kap. 2.1** • M2, M3, M5 • Methode S. 63 f. • WWW S. 75
...beschreiben, wie eine Kommunalwahl funktioniert.	Gemeinderat Stadtrat Bürgermeister Panaschieren Kumulieren		**Kap. 2.1** • M8-M10 • WWW S. 75
...die Beteiligungsmöglichkeiten der Bürgerinnen und Bürgern in der Gemeinde beschreiben.	Direkte Demokratie Repräsentative Demokratie Einwohnerversammlung Einwohnerantrag Bürgerbegehren Bürgerentscheid		**Kap. 2.1** • M12-M14 • WWW S. 75
...Aufbau und Aufgaben einer Gemeinde darstellen.	Freiwillige Ausgaben Pflichtaufgaben		**Kap. 2.2** • M2 • Randspalte S. 77 • WWW S. 92
...Einnahmequellen und Ausgabenschwerpunkte einer Gemeinde nennen.	Haushaltsplan Steuern Gebühren Finanzhilfen		**Kap. 2.2** • M5-M8 • WWW S. 92
...einen kommunalen Konflikt analysieren.	Bürgermeister Gemeinderat Gemeindeverwaltung Ausschüsse Ortsbegehung		**Kap. 2.2** • M11, M12 • Methoden S. 79 f., 90 f. • WWW S. 92

1
7,–
Primark

2
79,90
Tommy Hilfiger

3
2,50
Second Hand

Jugendliche als Marktteilnehmer

3

Jeden Tag treffen Menschen sehr viele Entscheidungen, die zum großen Bereich des Wirtschaftens, der Ökonomie, gehören. Was kann ich mir vom nächsten Taschengeld leisten? Soll ich sparen oder Geld ausgeben? Welches Produkt soll ich kaufen? Wie alles aus eurer Sicht als Marktteilnehmerinnen und Marktteilnehmer zusammenhängt, erfahrt ihr in diesem Kapitel.

KOMPETENZEN

Am Ende des Kapitels solltet ihr Folgendes können:

- erklären, warum wir wirtschaften
- Einkommensquellen und Möglichkeiten der Einkommensverwendung beschreiben
- einen einfachen Wirtschaftskreislauf erklären
- verschiedene Einflüsse auf Kaufentscheidungen kennen und eine verantwortliche Kaufentscheidung treffen
- Funktionen von Märkten beschreiben und verschiedene Marktformen unterscheiden
- die Preisbildung mithilfe des Marktmodells erläutern
- Möglichkeiten des Verbraucherschutzes beschreiben und dessen Notwendigkeit beurteilen

WAS WISST UND KÖNNT IHR SCHON?

1. Überlegt zunächst für euch alleine: Welches Hemd (→ S. 96) würdet ihr persönlich kaufen? Notiert eure wesentlichen Gründe.
2. Tauscht euch mit einer Partnerin oder einem Partner aus: Stimmen eure Entscheidungen überein? Vergleicht eure Begründungen und prüft, ob ihr bei eurer Wahl bleiben wollt.
3. Stimmt in der Klasse über die Frage aus Aufgabe 1 ab. Sammelt im Anschluss eure Begründungen (z. B. an der Tafel).

3.1 Was heißt Wirtschaften?

3.1.1 Bedürfnisse und ihre Dringlichkeit – sind alle Wünsche gleich?

Zum Thema: Was wünscht ihr euch? Wie bedeutsam und dringlich sind eure Bedürfnisse? Es sollte doch möglich sein, diese Fragen zu beantworten, indem eure Bedürfnisse in eine Rangfolge gebracht werden. In diesem Unterkapitel erfahrt ihr, wie dies mithilfe eines einfachen Modells gelingen könnte.

M1 Was Mia sich alles wünscht…

Mia

EINSTIEGSAUFGABE

Analysiert Mias Bedürfnisse (**M1**) und versucht sie nach ihrer Wichtigkeit zu ordnen.

M2 Maslows „Bedürfnispyramide“

Der US-amerikanische Psychologe Abraham Maslow (1908 – 1970) ging der Frage „Was braucht der Mensch wirklich?“ nach. Bei seinen Untersuchungen stellte er fest, dass sobald ein Bedürfnis befriedigt ist, der Mensch nach einem höher angesiedelten Bedürfnis strebt. Je höher das Bedürfnis, desto später in der Entwicklung einer Person entsteht es und desto weniger wichtig ist es für das reine Überleben, denn es kann leichter aufgeschoben werden. So kann man die verschiedenen Bedürfnisse nach ihrer Dringlichkeit in eine Reihenfolge bringen. Wie in einer Pyramide, in der die grundlegendsten Bedürfnisse unten stehen. Auch wenn deine Wunschliste lang ist, so gibt es demzufolge doch Unterschiede und nicht alle deine Bedürfnisse sind gleich dringend.

Physiologische Grundbedürfnisse: biologische Bedürfnisse, wie die Notwendigkeit zu atmen, zu trinken, zu essen und zu schlafen.

Soziale Bedürfnisse: nach Liebe, Zuneigung und Zugehörigkeit etwa zu einer Gruppe, einer Clique oder auch Geborgenheit in einer Familie.

Bedürfnisse nach Geltung und Wertschätzung: Wunsch nach Beachtung, Anerkennung oder gar Bewunderung durch andere.

Bedürfnisse nach Selbsterfüllung oder Selbstverwirklichung: so zu sein und zu handeln, wie es eurem inneren Drang entspricht, z. B. einem erfüllenden, sinnhaften Beruf nachzugehen.

Sicherheitsbedürfnisse: Schutz vor Gefahr oder die Vorsorge für die Zukunft etwa durch Sparen. Angst und Furcht vor Bedrohungen sind die Auslöser dieser Bedürfnisse.

Bearbeiterin

AUFGABEN

1. Erstellt ein Schaubild von Maslows „Bedürfnispyramide“ (**M2**):
   a) Ordnet dazu die fünf Bedürfniskategorien aus **M2** in euer Schaubild an der richtigen Stelle ein. Beginnt mit der eurer Meinung nach dringlichsten Bedürfniskategorie ganz unten. Vergleicht eure Lösungen anschließend mit einer Partnerin oder einem Partner.
   b) Ordnet nun Mias (**M1**) oder eure Bedürfnisse in euer Schaubild der Bedürfnispyramide ein.
2. Wilhelm Busch, der Zeichner, Dichter und Erfinder von Bildergeschichten wie Max und Moritz, schrieb in einem seiner Gedichte: „Ein jeder Wunsch, wenn er erfüllt, kriegt augenblicklich Junge!“ Erklärt dieses Zitat mithilfe von Maslows Bedürfnispyramide (**M2**).
3. Wir stellen Maslows Modell auf den Prüfstand: Überprüft dazu die beiden Fälle aus der **Randspalte S. 99** in eurer Klasse.

Grenzen von Maslows Modell

Fall 1:
Der mittellose Künstler, der sich völlig auf seine Kunst konzentriert und seinen Grundbedürfnissen kaum Aufmerksamkeit widmet. Wie passt er in Maslows „Bedürfnispyramide“?

Fall 2:
Haben wir in unserer Überflussgesellschaft nicht alle genug Schuhe oder Elektrogeräte und kaufen nicht aus Mangel, sondern weil wir etwas noch Besseres wollen?

3.1.2 Das Grundproblem der Knappheit – wie gehen wir damit um?

Zum Thema: Experten meinen, Primark & Co. seien bei Jugendlichen auch deshalb so beliebt, weil sie mit kleinem Taschengeld einen Großeinkauf möglich machen. Doch meist reichen eure im Alltag begrenzten Mittel Geld und Zeit nicht für alle eure Konsumwünsche aus. Ihr müsst klug und vernünftig wirtschaften, um mit diesem Problem umzugehen. Mehr dazu erfahrt ihr im folgenden Unterkapitel.

M3 Ist am Ende des Monats noch was vom Taschengeld übrig?

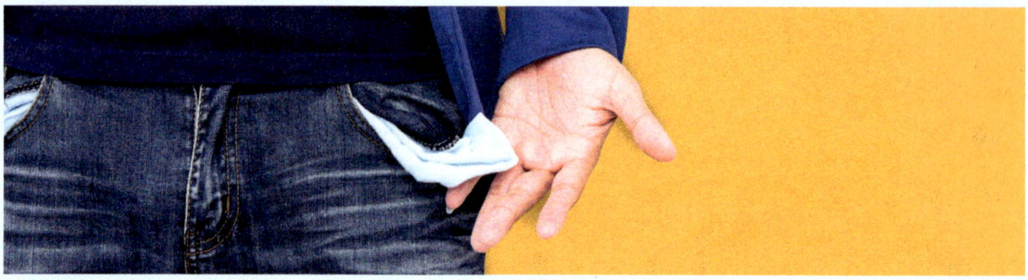

Schon wieder leere Taschen…

EINSTIEGSAUFGABE

Erklärt das in **M3** dargestellte Problem an einem selbstgewählten Beispiel aus eurem Alltag.

M4 Das ökonomische (wirtschaftliche) Grundproblem

Sicher kennt ihr das Problem: Hausaufgaben erledigen, für Klassenarbeiten lernen, zu Hause im Haushalt helfen und natürlich auch noch Zeit zum Chatten, Chillen oder Shoppen mit Freunden haben. Für euer Wunschprogramm fehlt euch die Zeit und ihr bräuchtet eine Limousine mit Chauffeur, um alle Termine einhalten zu können. Ach ja, neue Turnschuhe hättet ihr auch gerne und ein neues Smartphone wäre längst fällig. Dazu bräuchtet ihr aber viel mehr Geld. Dauernd stellt ihr fest: Eure Bedürfnisse, so nennen Psychologen diese Empfindungen eines Mangels verbunden mit dem Wunsch diesen Mangel zu beseitigen, sind viel größer als eure Mittel. Etwa die euch zur Verfügung stehende Zeit oder euer Taschengeld, um den aktuellen Mangel beseitigen zu können. Ihr habt ein Knappheitsproblem, so nennen das Wirtschaftswissenschaftler (Ökonomen) und damit seid ihr nicht allein: Fast alle Menschen wollen immer mehr von Irgendetwas. So ist die Knappheit der Güter im Verhältnis zu den unbegrenzten Bedürfnissen das ökonomische Grundproblem. Aber es gibt leider nur wenige Güter, die frei verfügbar und fast unbegrenzt vorhanden sind (etwa Wind oder Meerwasser) und kein Geld kosten. „Wirtschaftliche Güter" verursachen dagegen in der Herstellung Kosten und haben einen Preis. Wie man euer Problem und das eurer Mitmenschen am besten lösen oder wenigstens entschärfen kann, das ist Thema von Wirtschaft (Ökonomie) und von diesem Kapitel. Ohne es zu merken, befasst ihr euch eigentlich täglich mit Wirtschaft. Denn wenn ihr eure knappen Mittel wie Zeit und Geld möglichst sparsam einsetzt und eure Bedürfnisse bestmöglich erfüllt, dann handelt ihr „wirtschaftlich" nach dem ökonomischen Prinzip.

Bearbeiterin

Wirtschaftlich Handeln
Angesichts des Knappheitsproblems gibt es zwei Möglichkeiten, „wirtschaftlich" zu handeln: Mit vorgegebenen Mitteln, etwa mit eurem Taschengeld, soll ein möglichst großer, „maximaler" Nutzen oder Ertrag erreicht werden – **Maximalprinzip:**

Ein vorgegebenes Ziel soll mit dem geringstmöglichen Aufwand bzw. mit „minimalen" Kosten, z. B. mit möglichst wenig von eurem Taschengeld, erreicht werden – **Minimalprinzip:**

M5 Welche Güter gibt es?

Nur sehr wenige Güter sind unbegrenzt vorhanden, d. h. frei verfügbar. Zu diesen freien Gütern zählen Wind, Sonnenlicht oder Meerwasser. Sie kosten kein Geld.
Im Gegensatz zu den freien Gütern ist die große Mehrheit der Güter, die wir zum Leben brauchen, knapp. Man nennt sie wirtschaftliche Güter, weil ihre Herstellung Kosten verursacht. Sie haben einen Preis. Bei den wirtschaftlichen Gütern gilt es zwischen Sachgütern, Dienstleistungen und Rechten zu unterscheiden. Sachgüter sind dingliche Güter (Waren), die zur Herstellung anderer Güter (Produktionsgüter) benötigt werden oder ge- und verbraucht (Konsumgüter) werden können. Dienstleistungen können wir nicht sehen oder anfassen. Wir nehmen sie in Anspruch, wenn wir zum Frisör gehen oder auf der Bank Geld abheben. Auch für Rechte müssen wir bezahlen, z. B. für das Recht, eine Serie im Internet jederzeit anschauen zu können.

Bearbeiterin

M6 Wirtschaftliches Handeln im Alltag

1 Damian hat 500 € für seinen Urlaub gespart und sucht nun im Internet nach einem Angebot, das ihm einen möglichst langen Urlaub in einem möglichst weit entfernten Land ermöglicht.

2 In einer Jeans-Fabrik werden Bluejeans hergestellt. In der Fertigungsabteilung wird versucht, möglichst viele Jeansteile aus den Stofflagen auszuschneiden. Die unterschiedlichen Teile und Größen werden daher mithilfe eines Computers zu einem optimalen Gesamtschnittbild zusammengestellt.

3 Eine Werft benötigt für die Produktion seiner Schiffe sehr viel Strom, da die meisten Maschinen relativ alt sind. Die Unternehmensleitung beschließt gemeinsam mit den Mitarbeitern, neue Maschinen zu kaufen, die bei gleicher Leistung weniger Strom als die alten Maschinen benötigen.

4 Die Bahnstrecke zwischen Erfurt und Leipzig soll zu einem möglichst niedrigen Preis ausgebaut werden, um sie mit einer Höchstgeschwindigkeit von 250 km/h befahrbar zu machen.

Bearbeiterin

M7 Das ewige „Mehr“

Das Verlangen nach „Mehr“ kann sich bspw. durch ein ausgeprägtes Konsumverhalten äußern.

Immer mehr zu wollen, ist ein Phänomen unserer Zeit, ein Spiegelbild unserer Lebensweise, und doch ist es etwas, das selten als Phänomen erkannt wird. Es prägt unser Verhalten, ohne, dass wir es begreifen. Wir nehmen gar nicht wahr, dass dies oft unseren Emotionen und Handlungen vorausgeht. In unseren Gefühlen und Erfahrungen nimmt das Verlangen nach „Mehr“ überhand. Vielleicht gehört dieses Phänomen von Natur aus zum Menschsein. Oft organisieren wir unser Leben rund um dieses Verlangen und messen den Erfolg unseres Lebens daran, wie erfolgreich wir darin sind, uns immer mehr zu verschaffen, von was auch immer wir in einem bestimmten Moment wollen.

Zudem leben wir in der Angst, nicht noch mehr zu erreichen. Wenn wir mit der Familie oder mit Freunden sprechen, dreht sich vieles darum, mehr zu bekommen: Wer hat mehr hiervon, wer mehr davon? In den USA wird „Mehr“ als kultureller Wert gefeiert. Man will mehr Zimmer in seinem Haus oder einen besser durchtrainierten Körper oder Autos mit mehr PS oder mehr Status, mehr Geld, mehr Kleidung, mehr Bildung – die Liste ist endlos.

Moffitt, Phillipp: Mehr!. In: www.52wege.de (Abruf am 27.01.2020); übersetzt von: Peter Brandenburg.

AUFGABEN

1. a) Gliedert die einzelnen Güterarten (**M5**) in einer übersichtlichen Struktur (z. B. mithilfe einer Mindmap → Methodenglossar).
   b) Nennt jeweils ein weiteres Beispiel.
   c) Auch Dienstleistungen lassen sich nach Konsum- und Produktionsgütern unterscheiden. Findet Beispiele dafür.
2. a) Erläutert, nach welchem ökonomischen Prinzip in **M6** jeweils gehandelt wird (**M4**, **Randspalte S. 101**).
   b) Findet weitere Beispiele für das Handeln nach dem Maximalprinzip und Minimalprinzip aus eurem Alltag.
3. Immer mehr zu wollen, erscheint ein Phänomen unserer Zeit zu sein:
   a) Überprüft, ob euer wirtschaftliches Verhalten vom Verlangen nach „Mehr“ bestimmt wird (**M7**).
   b) Diskutiert in eurer Klasse, ob wirtschaftliches Verhalten vom Verlangen nach „Mehr“ ausgerichtet sein soll (**M7**).

In Modellen denken – der Homo Oeconomicus

I. Worum geht es?

Weil unsere Welt so komplex ist, entwickeln Wissenschaftler Theorien und vereinfachende Modelle, etwa um Einsichten in das Verhalten von Menschen in Knappheitssituationen zu bekommen. In diesem ökonomischen Verhaltensmodell (auch Modell des Homo Oeconomicus genannt), gehen Ökonomen in ihren vereinfachenden Grundannahmen zunächst unter anderem davon aus, dass Menschen immer rational (vernünftig) und zum eigenen Vorteil handeln. Das macht für die Modellierung vieles einfacher: Menschen werden folglich Entscheidungen unter Knappheit nach sorgsamer Abwägung von Kosten und Nutzen treffen. Sie werden nur das tun, was ihnen den größten persönlichen Vorteil bringt und diese Entscheidung dann durchhalten. Mithilfe von verhaltensökonomischen Experimenten kann man diese Grundannahmen des Homo Oeconomicus-Modells genauer überprüfen und kritisch hinterfragen.

II. Geht dabei so vor:

1. Schritt: Vorbereitung eines ökonomischen Experiments – das Ultimatumspiel

Dir werden gemeinsam mit einem Mitschüler 100 Euro geschenkt. Teilt das Geld untereinander auf:

Spieler A

1. Du bist in der Rolle von Spieler A und musst Spieler B ein Angebot (Ultimatum) machen. Wie viel soll er erhalten? Schreibe deine Aufteilung auf einen Zettel (z. B. Ich: 90 Euro, Du: 10 Euro).
2. Spieler B kann dem Angebot zustimmen oder es ablehnen. Wenn Spieler B zustimmt, wird das Geld dem Vorschlag entsprechend aufgeteilt. Lehnt er ab, geht ihr beide leer aus.
3. Die Regeln sind sehr streng: Ihr dürft nicht miteinander sprechen. Feilschen ist also unmöglich.

Spieler B

1. Du bist in der Rolle von Spieler B. Spieler A muss dir ein Angebot (Ultimatum) machen, wie viel du erhalten sollst. Er reicht dir dazu einen Zettel mit einer vorgeschlagenen Aufteilung.
2. Du kannst dem Angebot zustimmen (✓) oder es ablehnen (x). Wenn du zustimmst, wird das Geld dem Vorschlag entsprechend aufgeteilt. Lehnst du ab, geht ihr beide leer aus.
3. Die Regeln sind sehr streng: Ihr dürft nicht miteinander sprechen. Feilschen ist also unmöglich.

2. Schritt: Durchführung und Auswertung des Ultimatumspiels

1. Führt das Experiment in Partnerarbeit mit fünf verschiedenen Aufteilungen durch.
2. Wertet die Ergebnisse aus. Welche Aufteilung wurde häufig, welche selten gewählt?
3. Spieler B: „Ein Euro ist besser als kein Euro – auch wenn der Partner fast alles bekommt." Wirtschaftlich denkende und handelnde Menschen müssten sich doch eigentlich immer rational verhalten und auch kleinste Beträge annehmen. Begründet, warum die Spieler B gewisse Aufteilungen nicht mehr angenommen haben.
4. Erörtert, was man aus dem Experiment über Kosten-Nutzen-Entscheidungen und die Grundannahmen des ökonomischen Verhaltensmodells vom Homo Oeconomicus lernen kann.

Bearbeiterin

3.1.3 Mit Geld umgehen – wie den Überblick behalten?

Exkurs: „Geschäftsfähigkeit"

Mediencode: 71081-04

Zum Thema: Für eine Vielzahl an Dingen geben Jugendliche laut Umfragen eine Menge Geld aus. Fragt ihr euch daher auch manchmal, wo euer Geld eigentlich genau hingeht? Zu eurer Beruhigung, das geht fast allen Menschen so. Wie ihr bislang mit Geld umgeht und wie ihr eure Einnahmen und Ausgaben im Blick behalten könnt, erfahrt ihr in diesem Unterkapitel.

M8 Selbstversuch – wofür verwendet ihr 50 Euro?

Eure Großeltern schenken euch 50 Euro. Wofür gebt ihr das Geld aus?

Süßigkeiten

Weggehen und Kino

Kosmetika

Handyzubehör

Zeitschriften

Computerbedarf

Snacks und Fast Food

Bücher

Klamotten

Getränke

Musik

...eure Kategorien

Bearbeiterin

EINSTIEGSAUFGABE

Führt den Selbstversuch **M8** durch und analysiert eure Ausgaben (Ich kaufe für... Euro).

M9 Jakob braucht einen Plan

Die Taschengeldtabelle der Jugendämter

Mediencode: 71081-05

„Ich habe mein Taschengeld meist schon Mitte des Monats komplett ausgegeben. Mein Geld reicht nie. Dabei will ich mir doch mein Traum-Longboard kaufen. Das kostet aber 180 Euro. Kann ich mir das überhaupt leisten?

Bearbeiterin

M10 Einen Haushaltsplan erstellen

Um stets den Überblick über eure Finanzen zu behalten, empfiehlt sich die Erstellung eines Haushaltsplans.
Dazu müsst ihr in einer Tabelle die Einnahmen und die Ausgaben gegenüberstellen. Zieht ihr dann von euren Einnahmen eure Ausgaben ab, so erhaltet ihr euren Saldo. Ist dieser positiv, habt ihr einen Überschuss erwirtschaftet. Ist dieser negativ, habt ihr ein Defizit.

Muster-Haushaltsplan – ein Beispiel für eine Einnahmen-Ausgaben-Rechnung

Zeitraum (Woche, Monat)

Einnahmen (Einnahmequellen)	**Betrag** (Euro)	**Ausgaben** (Ausgabeposten)	**Betrag** (Euro)
Taschengeld		Süßigkeiten/Snacks	
Schülerjob		Handy	
Geldgeschenke		Weggehen	
		Kleidung	
...		...	
Gesamtsumme		Gesamtsumme	

Saldo (Einnahmen – Ausgaben)

Bearbeiterin

Hinweis:
Jährlich anfallende Ausgaben müsst ihr auf die Bezugsgröße eures Haushaltsplans (Woche, Monat) umrechnen. Dasselbe gilt auch für Geburtstagsgeschenke oder andere einmalige Einnahmen (Beispiel: 60 Euro zum Geburtstag, macht dann in einem Monatsplan 5 Euro (60:12 = 5).

M11 Jakobs Einnahmen und Ausgaben

Jakob hat ein wenig den Überblick verloren und braucht eure Hilfe. Immerhin hat er euch eine erste Liste mit seinen Einnahmen und Ausgaben zusammengestellt:

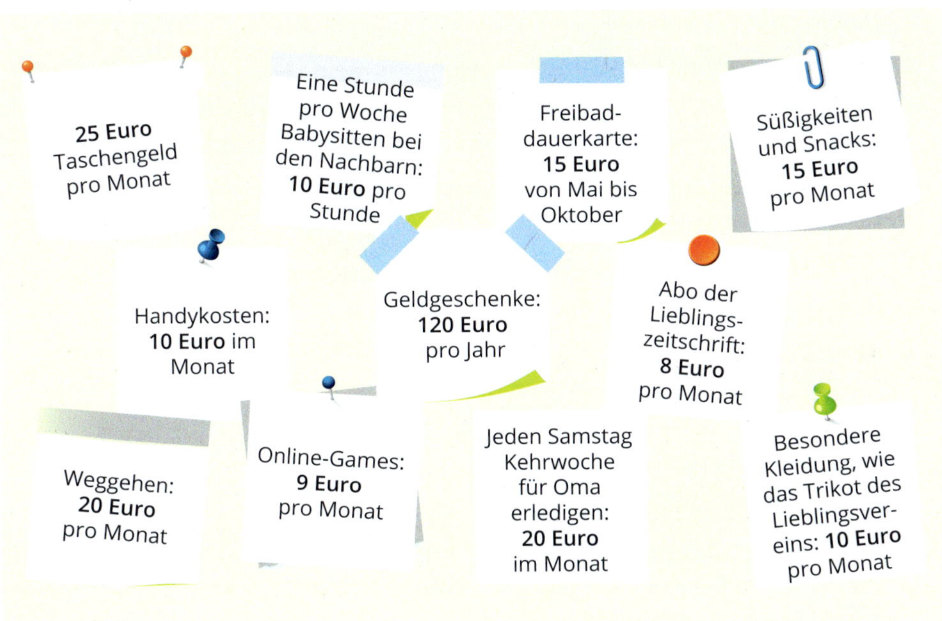

Bearbeiterin

Tipp:
Keine Ahnung, wofür ihr wie viel Geld ausgebt? Führt doch für einige Zeit ein Haushaltsbuch, in das ihr alle eure Einnahmen und Ausgaben eintragt. Der Aufwand lohnt, nach wenigen Wochen bekommt ihr einen guten Überblick über eure Finanzen.

Kehrwoche
Bezeichnung für die Reinigung gemeinschaftlich benutzter Räumlichkeiten

M12 Woher kommt das Geld der Familie Schmidt?

Familie Schmidt hat verschiedene Einkommensquellen: Vater Karsten Schmidt arbeitet als Ingenieur für einen großen bayerischen Automobilhersteller am Standort Leipzig und bezieht daraus Lohneinkünfte. Außerdem hält er Aktien seiner Firma und erhält daraus einen Anteil am erwirtschafteten Unternehmensgewinn, was man Dividende nennt, sowie eine Erfolgsbeteiligung, wenn die Geschäfte gut laufen. Einen Teil davon zahlen Herr und Frau Schmidt auf ein Tagesgeldkonto ein und bekommen, als Gegenleistung dafür, dass sie der Bank vorübergehend ihr gespartes Geld überlassen haben, Zinsen. Mutter Petra Schmidt ist Ärztin und arbeitet in einer orthopädischen Privatklinik. Da beide auch Zeit für ihre Kinder Mia, Jakob und Toni haben möchten, arbeiten sie jeweils 80 %-Teilzeit. Mutter Petra Schmidt hat von ihren Eltern vor einigen Jahren eine Wohnung vererbt bekommen, welche sie vermietet hat. Daraus bezieht sie Mieteinkünfte. Mia gibt Mitschülern Nachhilfeunterricht. Familie Schmidt bezieht somit Einkünfte aus allen drei volkwirtschaftlichen Produktionsfaktoren: dem Faktor Arbeit, dem Faktor Boden und dem Faktor Kapital. Als weitere Einkommensquelle beziehen die Schmidts noch Einkünfte aus Transferleistungen vom Staat, etwa das Kindergeld für Mia, Jakob und Toni.

Bearbeiterin

Produktionsfaktoren
Alle zur Leistungserstellung im Produktionsprozess eingesetzten Sachgüter und Dienstleistungen. Volkswirtschaftlich unterscheidet man zwischen Arbeit (Arbeitskraft), Boden (Natur, Rohstoffe) und Kapital (Betriebsmittel, als abgeleitete Folge der Verbindung von Arbeit und Boden). Die Betriebswirtschaft unterscheidet drei Elementarfaktoren: Arbeitsleistung, Betriebsmittel und Werkstoffe.

Brutto- und Nettolohn
Vom Bruttolohn, der im Arbeitsvertrag festgelegt wurde, werden verschiedene Beträge abgezogen. Etwa Steuern und Sozialabgaben (das sind z. B. Sozialversicherungen wie Renten-, Arbeitslosen- Kranken- und Pflegeversicherung), sodass der dem Arbeitnehmer zur Verfügung stehende Nettolohn (nach Abzügen) niedriger als der Bruttolohn ist.

AUFGABEN

1. Analysiert die Taschengeldtabelle der Jugendämter (**Randspalte S. 104**) im Hinblick auf empfohlene Einnahmen von Jugendlichen.
2. Welche Einstellung habt ihr zum Umgang mit Geld? Ausgeben, sparen oder noch was leihen, um sich alle Wünsche sofort erfüllen zu können? Überlegt, was für diese Varianten jeweils spricht und diskutiert sie in eurer Klasse.
3. Jakob möchte herausfinden, ob er sich das neue Longboard leisten kann. Erklärt, wie er vorgehen kann (**M9**).
4. a) Stellt Jakobs monatliche Einnahmen und Ausgaben (**M11**) in einem Haushaltsplan (**M10**) dar.
   b) Beurteilt anhand von Jakobs Saldo und seiner Ausgabenstruktur seine finanzielle Situation. Überprüft dabei auch, ob er sich seinen Wunsch vom neuen Longboard (**M9**) erfüllen kann.
5. Entwickelt in Partnerarbeit Vorschläge, wie Jakob seinen Traum früher wahr werden lassen kann.
6. Erstellt ein Schaubild zu den Einkommensquellen der Familie Schmidt (**M12**). Verwendet dabei eine Farbe für Einkünfte und eine andere für die Faktoren Arbeit, Boden und Kapital.

„Gesetzliche Sozialversicherung" im Erklärfilm

Mediencode: 71081-06

3.1.4 Der Wirtschaftskreislauf – wie hängt alles zusammen?

Zum Thema: Wenn Einkommen für Konsum und den Kauf von Produkten ausgegeben werden, setzt dies einen Geld- und Güterkreislauf in Gang, der Wirtschaftskreislauf genannt wird. In diesem Kapitel erfahrt ihr mehr über dieses wirtschaftliche Kreislaufmodell.

M13 Was passiert mit unserem Geld?

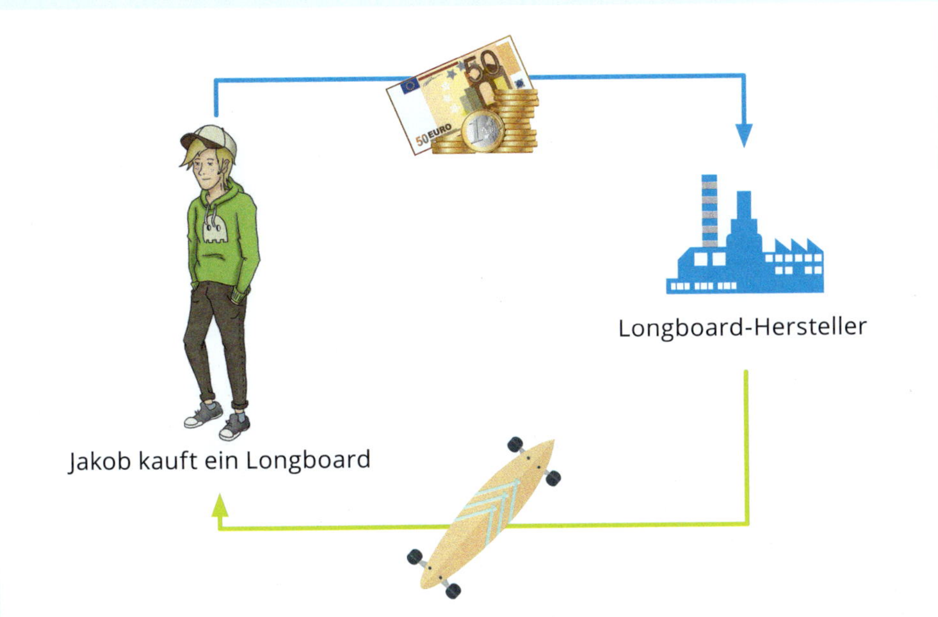

Bearbeiterin

EINSTIEGSAUFGABE

Was passiert, wenn Jakob sein Geld (Einkommen) für ein Longboard (Konsumausgaben) ausgibt? Erläutert diesen Sachverhalt am Beispiel von **M13**.

M14 Der einfache Wirtschaftskreislauf

Schauen wir uns den **Geld- und Güterkreislauf** genauer an: Um die Vielzahl der wirtschaftlichen Verflechtungen in einer Volkswirtschaft überschaubar darzustellen, fasst man zunächst die Akteure zu **Sektoren** (Wirtschaftseinheiten) zusammen. So wird das Ganze viel übersichtlicher: Familie Schmidt gehört z. B. zum Sektor private Haushalte. Die Arbeitgeber von Jakobs Eltern zählen zum Sektor Unternehmen. Sowohl Haushalte als auch Unternehmen haben Einnahmen und Ausgaben. Die Einkommen der Haushalte,

„Wirtschaftskreislauf" im Erklärfilm

Mediencode: 71081-07

etwa aus Lohnzahlungen der Unternehmen, fließen nun in Konsumausgaben und sind dann die Einnahmen der Unternehmen, die diese Güter (Waren oder Dienstleistungen) auf den Märkten anbieten. So ergibt sich ein einfaches Kreislaufmodell einer Volkswirtschaft.

Bearbeiterin

M15 Einfaches Kreislaufmodell einer Volkswirtschaft

Im einfachen Kreislaufmodell wird davon ausgegangen, dass die Haushalte ihr Einkommen vollständig für den Konsum ausgeben und die Unternehmen ihre Gewinne vollständig für Löhne und Gehälter.

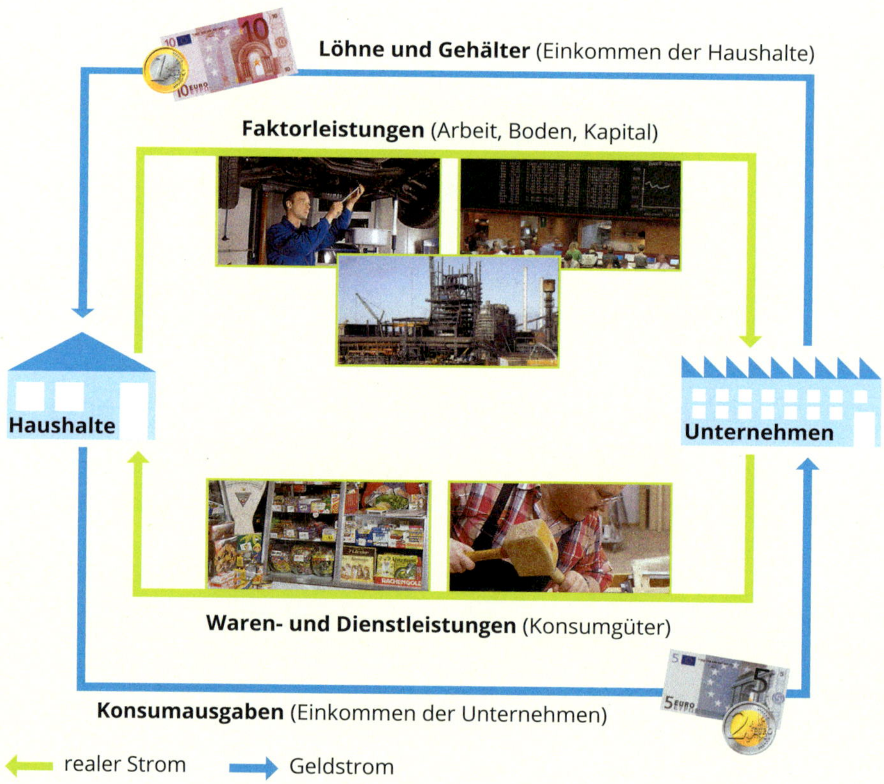

Bearbeiterin

AUFGABEN

1. Erklärt mithilfe von **M14** die Beziehungen zwischen den Haushalten und den Unternehmen. Wendet dazu das Beispiel von Jakobs Mutter (**M12**, **S. 106**) an, die als Ärztin in einer Privatklinik arbeitet.
2. Überprüft, inwieweit bereits das Modell des einfachen Wirtschaftskreislaufs von der Realität abweicht (**M14**, **M15**).
3. Nehmt eine mögliche Erweiterung des einfachen Wirtschaftskreislaufs durch zusätzliche Akteure wie den Staat oder eine Bank vor.

H Aufgabe 3
→ S. 197

Wirtschaftlich handeln – das ökonomische Prinzip (··→ M4)

Wenn knappe Mittel (wie z. B. Zeit und Geld) nicht verschwendet, sondern möglichst sparsam eingesetzt und die Bedürfnisse bestmöglich erfüllt werden, dann handelt man „wirtschaftlich" nach dem **ökonomischen Prinzip**.

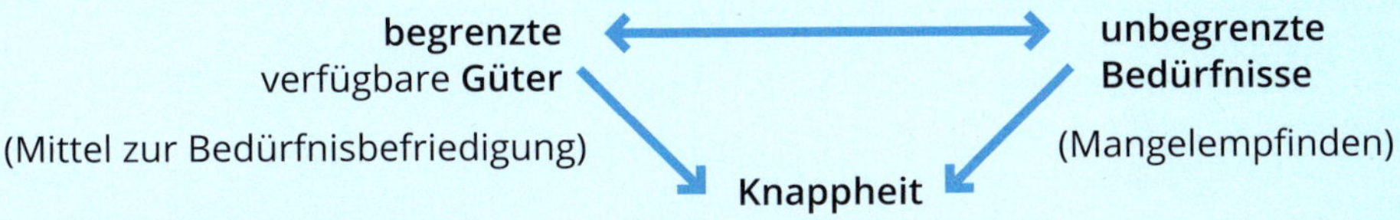

Dabei gibt es zwei Varianten:

1. Beim **Maximalprinzip** soll mit **gegebenen Mitteln** möglichst viel, ein „maximaler" Nutzen oder Ertrag erreicht werden. So wird z. B. das Taschengeld so eingesetzt, dass man sich möglichst viele Wünsche erfüllen kann.
2. Beim **Minimalprinzip** soll ein **gegebenes Ziel** mit dem geringstmöglichen Aufwand oder mit möglichst wenigen Mittel erreicht werden, d. h. die Kosten sollen möglichst gering sein und „minimiert" werden, etwa der Kauf eines Getränkes zu einem möglichst geringen Preis.

Unsere Bedürfnisse sind nicht alle gleich (··→ M2)

Der Psychologe Abraham Maslow versuchte die unzähligen Bedürfnisse in fünf Bedürfnisgruppen zu ordnen. Stellt man diese in eine Rangfolge, so ergibt sich eine **Bedürfnispyramide**. So muss z. B. das Bedürfnis Essen gestillt sein, bevor wir ans Sparen denken. Ein überzeugend einfaches, jedoch nicht immer zutreffendes Modell.

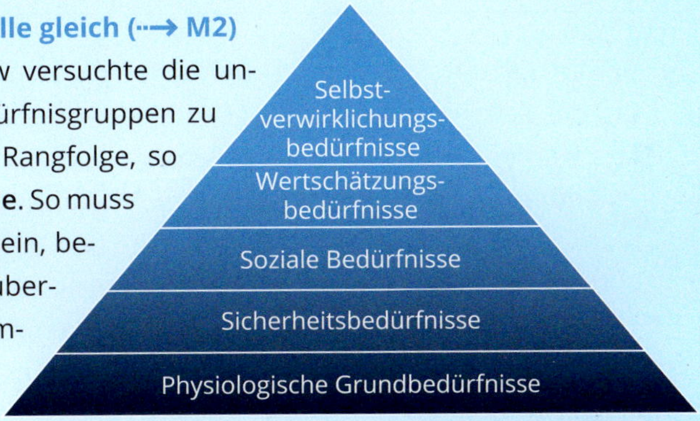

Güter lassen sich unterscheiden (··→ M5)

Neben Bedürfnissen lassen sich auch Güter untergliedern. So unterscheidet man Güter u. a. nach ihrer Gegenständlichkeit: Sachgüter haben materiellen Charakter. Dienstleistungen hingegen haben immateriellen Charakter. Güter lassen sich außerdem nach ihrem Verwendungszweck unterscheiden: Konsumgüter werden vom Verbraucher gekauft und selbst verbraucht bzw. verwendet. Investitionsgüter dienen hingegen der Produktion von anderen Gütern.

Das Modell des Homo Oeconomicus (··→ METHODE)

Das **Modell des Homo Oeconomicus** ist ein Modell für die Erklärung menschlichen Verhaltens in Entscheidungssituationen. Es geht in seinen vereinfachenden Grundannahmen davon aus, dass der Mensch rational seinen eigenen Nutzen maximiert. Zahlreiche verhaltensökonomische Experimente (z. B. das Ultimatumspiel) haben jedoch gezeigt, dass Menschen keineswegs immer rational handeln.

WAS WIR WISSEN

Einkommensquellen und Einkommensverwendung (··➔ M10-M12)

In diesem Kapitel standen der Umgang mit Geld und damit **ökonomische Konsumrisiken** im Mittelpunkt. Grundlegend ist dabei das Verständnis für **Salden** sowie Einnahmen und Ausgaben.

Um den Überblick über die eigenen Finanzen zu behalten, ist es ratsam, seine Ausgaben in einem Haushaltsbuch zu dokumentieren. Damit man besser mit seinem vorhandenen Geld auskommt oder wenn man eine teurere Anschaffung plant, hilft ein **Haushaltsplan (Einnahmen-Ausgaben-Rechnung)**, sich einen Überblick zu verschaffen, wie viel Geld einem im Monat zur Verfügung steht. Hier werden die Einnahmen den Ausgaben gegenübergestellt und so der aktuelle **Saldo** ermittelt.

Der Wirtschaftskreislauf als Modell (··➔ M14, M15)

Um die vielschichtigen Vorgänge in einer Volkswirtschaft besser verstehen zu können, werden die Abläufe in Modellen einfacher dargestellt, als sie in Wirklichkeit sind. Im **einfachen Wirtschaftskreislauf** werden dazu die verschiedenen Wirtschaftsakteure zu den **Sektoren** private Haushalte und Unternehmen zusammengefasst und die wesentlichen Tauschvorgänge zwischen ihnen als **Geld- und Güterströme** dargestellt. Im **erweiterten Wirtschaftskreislauf** kommen die Akteure Staat, Banken und Ausland hinzu. Damit kann man auch Einkommensquellen und Möglichkeiten der Einkommensverwendung beschreiben.

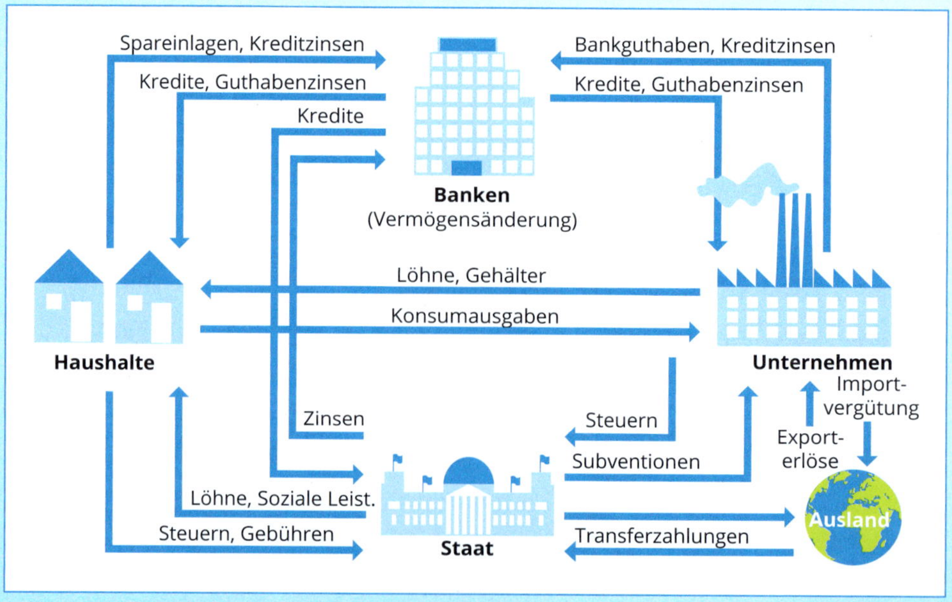

Nach: Schmitz, Udo/Weidtmann, Bernd: Handbuch der Volkswirtschaftslehre. Klett 2000, S. 66 f.

H **Transferzahlungen**
→ S. 197

3.2 Konsum unter der Lupe

3.2.1 Die Qual der Wahl – wie trifft man überlegte Kaufentscheidungen?

Zum Thema: In diesem Unterkapitel werdet ihr die spannenden Fragen, warum ihr kauft und was bei euren Konsumentscheidungen eigentlich alles eine Rolle spielt, ganz genau unter die Lupe nehmen.

M1 Welcher Laufschuh soll es sein?

Laufschuhe vom Discounter

Crivit PRO* Laufschuh

- Obermaterial in modernem Design aus leichtem, atmungsaktivem Mesh
- 3 Phylon-Zwischensohlen in unterschiedlichen Shore-Härtegraden
- Zusätzliche Dämpfungselemente im Vor- und Rückfußbereich
- Abriebfeste Laufsohle mit Traction Control für verbesserten Grip im Rückfußbereich
- Dämpfende Blown-Rubber-Laufsohle mit Grip Motion im Vorfußbereich
- Reflektierende Elemente für bessere Sichtbarkeit

** Anm. d. Red.: Das Bild zeigt keinen Crivit PRO Laufschuh.*

Lidl E-Commerce International GmbH & Co. KG: CRIVIT®PRO Damen Laufschuhe. In: www.lidl.de (Abruf am 18.05.2017).

Laufschuhe aus dem Fachgeschäft

Ultra Boost ST Laufschuh

- adidas Primeknit Obermaterial umschließt den Fuß passgenau und sorgt so für Halt und ultraleichten Komfort
- ultrabequeme boost™ Zwischensohleboost™ für eine reaktionsfreudige Dämpfung
- TORSION® SYSTEM ermöglicht eine optimierte Bewegungsfreiheit von Rück- zu Vorfuß
- Ergonomische Struktur im Fersenbereich für zusätzlichen Halt
- Außensohle aus Continental™ Gummi für optimalen Grip bei allen Bedingungen; STRETCHWEB Gummiaußensohle für ein natürliches Abrollverhalten

adidas International Trading B.V.: Ultra Boost ST Schuh. In: www.adidas.de (Abruf am 18.05.2017).

EINSTIEGSAUFGABEN

- Ihr möchtet neue Laufschuhe kaufen. Begründet, für welchen Laufschuh ihr euch jeweils entscheidet (**M1**).
- Sammelt anschließend in der Klasse die vorgebrachten Argumente an der Tafel.

M2 Was bestimmt den Kauf? Die Bestimmungsfaktoren der Nachfrage und die Rolle des Angebots

Die Grundlage jeglichen Kaufs sind individuelle Bedürfnisse, die durch den Kauf befriedigt werden. Bedürfnisse können nur befriedigt werden, wenn dafür ausreichend Mittel zur Verfügung stehen. Jeder Konsument verfügt über ein bestimmtes Budget für den Konsum. Teure Markenlaufschuhe kann sich nur leisten, wer genügend Geld hat oder bereit ist, dafür mehr Geld auszugeben. Wer nur 30 Euro für Sportschuhe ausgeben kann (**Budgetgrenze**), kann sich keine teuren Markenschuhe kaufen. Wer 180 Euro zur Verfügung hat, muss sich überlegen, ob es seinen Bedürfnissen entspricht, sein gesamtes Budget für die Markenschuhe auszugeben (**Opportunitätskosten**). Hier wird die große Bedeutung des Preises deutlich. Der Preis des Sportschuhs und damit **das Angebot** werden maßgeblich durch die Produktionskosten und den zu erzielenden Gewinn bestimmt. In die Produktionskosten fließen die Kosten für die **Produktionsfaktoren** ein. Da sich mit dem Markenkauf häufig die Vorstellungen von Qualität (**Qualitätsvermutung**) und den neuesten Modetrends verbinden, können diese Bedürfnisse beim Kauf befriedigt werden. Der Kauf von Markenartikeln ist darüber hinaus auch häufig ein **Prestigekauf**. Kaufentscheidungen werden nämlich grundsätzlich stark vom sozialen Umfeld bestimmt, z. B. von Freunden, der Peergroup, Eltern oder Geschwistern. Markenschuhe zu kaufen, kann in einer Clique, die nur Markenschuhe trägt, angesagt sein, um das **Zugehörigkeitsgefühl** zu stärken. Laut einer Studie kaufen 8 Prozent der Jugendlichen Dinge, um bei Freunden Eindruck zu machen, 19 Prozent achten darauf, dass die Güter, die sie kaufen, auch von Freunden positiv bewertet werden. Für 27 Prozent sind Konsumartikel Mittel zur Selbstdarstellung, 38 Prozent wollen stets über Produkte und Marken auf dem Laufenden sein, 43 Prozent bevorzugen Markenprodukte. Das soziale Umfeld ist auch eng verbunden mit dem **Lebensstil**, welcher nicht zuletzt durch das verfügbare Einkommen geprägt wird.

Bearbeiterin

M3 Wie der Lebensstil den Kauf prägt – wie ticken Jugendliche?

Die familien- und heimatorientierten Bodenständigen mit Traditionsbewusstsein und Verantwortungsethik haben den Wunsch an der bewährten gesellschaftlichen Ordnung festzuhalten; [...] haben eine geringe Lifestyle-Affinität und Konsumneigung und kein Interesse, sich über Äußerlichkeiten zu profilieren; [...] stellen die Erwachsenenwelt nicht infrage.

Die freizeitorientierte Unterschicht mit ausgeprägten markenbewussten Konsumwünschen sind sehr konsum- und markenorientiert: Kleidung, Schuhe und Modeschmuck sind ihnen äußerst wichtig, weil sie Anerkennung in ihren Peer-Kontexten garantieren; [...] möchten Spaß und ein „gechilltes Leben" haben; Shoppen, Party und Urlaub gelten als die coolsten Sachen der Welt.

Peergroup
Clique

Umfrage unter Adidas-Kunden in Deutschland zum Vorrang von Markenbewusstsein oder Preisbewusstsein beim Kauf von Sportschuhen
Im Jahr 2019 achteten rund 64,1 Prozent der Adidas-Käufer (Sportbekleidung, Badebekleidung oder Sportschuhe) beim Kauf von Sportschuhen eher auf die Marke als auf den Preis. [...] Basis der Erhebung ist jeweils die deutschsprachige Bevölkerung ab 14 Jahren.
© Statista 2020

Opportunitätskosten (Alternativkosten)
sind die Kosten, die entstehen, weil unter Knappheit eine andere Alternative gewählt wurde. Diese bestehen in dem entgangenen Nutzen der nicht realisierten Alternative, auf die man verzichten muss. Kurz gesagt: Was euch entgeht, wenn ihr euch für das Fußballtraining und gegen Eis essen gehen entschieden habt.

Affinität
Nähe

profilieren
auffallen, sich abheben

urbane, kosmopolitische Hipster (→ S. 113)
Personen, die dem eigenen Verständnis nach wissen, was angesagt ist und sich äußerlich bewusst städtisch und weltoffen präsentieren.

Die nachhaltigkeits- und gemeinwohlorientierten Jugendlichen mit sozialkritischer Grundhaltung und Offenheit für alternative Lebensentwürfe betonen Demokratie, Gerechtigkeit, Umweltschutz und Nachhaltigkeit als zentrale Pfeiler ihres Wertegerüsts; sind sehr [...] am Gemeinwohl orientiert; [...] distanzieren sich von materialistischen Werten; halten Verzicht nicht für einen Zwang, sondern für ein Gebot; kritisieren die Überflussgesellschaft.

Die um Orientierung und Teilhabe bemühten Jugendlichen mit schwierigen Startvoraussetzungen und Durchbeißermentalität haben von allen Jugendlichen die schwierigsten Startvoraussetzungen (meist bildungsfernes Elternhaus, häufig Erwerbslosigkeit der Eltern, Familieneinkommen an oder unterhalb der Armutsgrenze etc.); [...] haben eine eher geringe Affinität zum Lifestyle-Markt.

Die erfolgs- und lifestyle-orientierten Networker sehen sich selbst als urbane, kosmopolitische „Hipster"; bezeichnen sich als interessant, einzigartig, eloquent [= redegewandt] und stilsicher; möchten sich von der „grauen Masse abheben"; haben ein ausgeprägtes Marken- und Trendbewusstsein.

Calmbach, Marc u. a.: Wie ticken Jugendliche? Lebenswelten von Jugendlichen im Alter von 14 bis 17 Jahren in Deutschland. In: www.sinus-akademie.de (Abruf am 26.02.2018).

M4 Das Angebot – wie setzen sich die Kosten eines Sportschuhs zusammen?

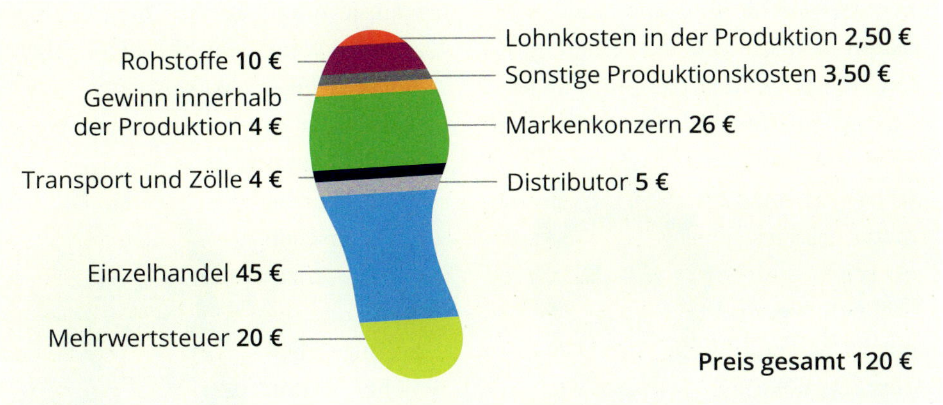

SÜDWIND

Distributor
Zwischenhändler

Gewinn innerhalb der Produktion
Gewinn des ausländischen Produzenten

Markenkonzern
Kosten für Werbung (Marketing), Entwicklung und Forschung und Gewinn

AUFGABEN

1. a) Erklärt am Beispiel von Sportschuhen, welche Faktoren den Kauf bestimmen können (**M2**).
   b) Erstellt hierzu ein Schaubild mit dem Titel: „Wovon die Nachfrage abhängt".
2. Ordnet den in **M3** aufgeführten Lebensstilen jeweils begründet zu, welcher Sportschuh aus **M1** vermutlich gekauft werden würde.
3. Warum kostet der Crivit PRO Laufschuh in **M1** nur ein Sechstel des Markenschuhs? Analysiert die Kostenstruktur des Sportschuhes (**M4**) unter dieser Fragestellung.
4. Beurteilt abschließend, ob ihr euch beim Kauf eher für ein Marken- oder No-Name-Produkt entscheiden würdet. Prüft dazu eure aus den Einstiegsaufgaben formulierten Begründungen.

F Aufgabe 1
Ergänzt in diesem Zusammenhang die Bedeutung von Werbung.

F Diskutiert, ob einheitliche Schulkleidung (Schuluniform) ein Weg sein könnte, um dem „Markenterror" zu entgehen.

3.2.2 Bestimmt Werbung unseren Kaufwunsch und unsere Kaufentscheidung?

Zum Thema: Im Alltag ist es nicht immer möglich, rationale Kaufentscheidungen zu treffen. Werbung, die gezielte Beeinflussung durch Produkthersteller und den Handel, um euch zum Kauf zu bewegen, erschwert euch das noch zusätzlich. Offensichtlich scheint es einigen Firmen gelungen zu sein, ihre Werbeslogans in eurem Gedächtnis verankert zu haben. Doch wie wirkt Werbung eigentlich konkret und was ist davon zu halten? Dies erfahrt ihr im folgenden Unterkapitel.

M5 Werbung – zwei Meinungen

Paolo (16)

„Werbung informiert einen darüber, was gerade „hip" und „cool" ist. Damit können wir uns einen guten Überblick über das Marktangebot verschaffen. Werbung fördert den Wettbewerb der Anbieter. Sie ist oft schön und originell gemacht und die Sprüche sind manchmal sehr lustig, sodass wir gut unterhalten werden. Die Werbebranche bietet zahlreiche interessante Arbeitsplätze und durch die Einnahmen aus Werbung finanzieren sich zahlreiche Medien. Viele Arbeitsplätze können deshalb erhalten oder neu geschaffen werden."

Marja (13)

„Werbung setzt einen unter Druck, weil sie einem das Gefühl gibt, blöd zu sein, wenn man ihr nicht folgt. Sie will einem vorschreiben, was schön oder gut für einen ist. Werbung wurde erfunden, um Menschen Dinge anzudrehen, die sie eigentlich nicht brauchen oder wollen. Werbung versucht uns also zu manipulieren. Die Werbung gaukelt uns eine heile Welt vor und weckt bei uns Illusionen. Unternehmen schlagen die Kosten für Werbung auf die Produktpreise drauf, sodass die Produkte teurer werden."

Bearbeiterin

EINSTIEGSAUFGABE

Paolo und Marja schätzen die Bedeutung von Werbung in **M5** unterschiedlich ein. Vergleicht ihre Argumentationen. Stimmt in der Klasse ab, welcher Meinung ihr euch anschließen könnt.

M6 Warum gibt es Werbung?

Ob an Plakatwänden, in Schaufenstern, in Zeitungen und Zeitschriften, im Radio, im Fernsehen oder im Internet, überall bewerben die Unternehmen ihre Produkte. Sie geben mehrere Milliarden Euro aus, um euch von einem Kauf zu überzeugen. Die Menge an Werbung hat dramatisch zugenommen. Ging man noch vor wenigen Jahren davon aus, dass wir 3.000 Werbebotschaften am Tag ausgesetzt werden, gehen Schätzungen heute sogar von 10.000 pro Tag aus. Alleine durch das Internet hat sich die Werbemenge fast verdoppelt und oft ist Werbung kaum oder nur schwer noch als solche zu erkennen und wahrzunehmen. Durch das Sammeln von Kundendaten können Werber auch immer gezielter Konsumenten ansprechen. Aber warum gibt es Werbung? Ziel der Unternehmen ist es, mit Werbung ihr Produkt bekannt zu machen und die Verkaufszahlen zu steigern. Ihr sollt als Kunden über das neue Produkt und dessen Eigenschaften informiert und von der Notwendigkeit eines Kaufs überzeugt werden. Die Werbung soll euch als Kundinnen und Kunden zunächst auf das Produkt aufmerksam machen (→ AIDA-Prinzip, S. 118). Dazu muss die Werbebotschaft so gemacht sein, dass sie euch im Gedächtnis bleibt. Es soll ein Kaufwunsch entstehen, indem ihr als Umworbene mit der Ware positive Gefühle verbindet, die durch die Werbung vermittelt werden. Gute Werbung ist in der Regel kreativ und nicht langweilig. Nicht zu vergessen ist, dass Werbung ein wichtiger Wirtschaftszweig ist, in dem deutschlandweit rund 900.000 Menschen arbeiten. Außerdem finanzieren sich Medien (v.a. Internetangebote) zu einem erheblichen Teil durch Werbeeinnahmen. Unternehmen wie Red Bull investieren z.T. Millionen als Sponsoren in Trendsportarten und ohne Werbung wäre die Auswahl im Supermarkt wohl auch nicht so bunt und groß wie mit ihr.

Bearbeiterin

Ausgewählte Werbeslogans

NICHTS IST UNMÖGLICH.

HAVE A BREAK, HAVE A...

...MACHT KINDER FROH UND ERWACHSENE EBENSO.

NICHT IMMER, ABER IMMER ÖFTER.

VORSPRUNG DURCH TECHNIK.

QUADRATISCH, PRAKTISCH, GUT.

DIE SCHÖNSTEN PAUSEN SIND LILA.

...UND DER HUNGER IST GEGESSEN.

M7 Product Placement: Schminktipps auf Youtube durch Influencer

Im Internet [...] kennen ihre Fans sie unter den Namen Dagi Bee und Bibi. [...] [Sie] zeigen in den wenige Minuten langen Filmen, wie sie morgens vor dem Spiegel stehen und sich schminken – und wie sie sich abends wieder abschminken. [...] Viele junge Mädchen zwischen 10 und 16 Jahren sehen sich die Videos von Dagi Bee und Bibi an. Oft werden sie innerhalb einer Woche jeweils über eine Million Mal angeklickt. [...] Bibi, Dagi Bee und andere Youtuber machen das nicht nur zum Spaß. Sie verdienen viel Geld mit ihren Videos. Das ist erst einmal ganz normal. Auch Zeitungen und Fernsehsender wollen Geld verdienen. Deshalb zeigen sie Werbung auf ihren Seiten oder in Werbepausen. Die muss jedoch deutlich als Werbung zu erkennen sein, das ist vorgeschrieben. In den Videos von Bibi gibt es auch Werbung. Nur ist das meist nicht leicht zu erkennen. Wenn Bibi sich in einem Video schminkt, lobt sie die Marke des Lippenstifts. Sie hält ihn in die Kamera, damit man ihn gut sehen kann. In dem Video wird dann ein Satz eingeblendet: „Unterstützt durch Produktplatzierun-

Product Placement
[= Produktplatzierung] Produkte, Dienstleistungen oder Logos werden gegen entsprechendes Entgelt bspw. bei TV-Sendungen oder Kinofilmen in die Handlung integriert und gut sichtbar in die Kamera gezeigt.

Influencer
Bezeichnung für Personen, die aufgrund ihrer starken Präsenz und ihres hohen Ansehens in sozialen Netzwerken als Träger für Werbung und Vermarktung in Frage kommen.

gen". Das heißt, dass Bibi von der Lippenstift-Firma Geld bekommt. Aber das wissen viele Fans nicht. Nur den Lippenstift wollen sie haben. Denn durch ihre coole und lustige Art ist Bibi so etwas wie eine Freundin aus dem Internet. Und ein Vorbild. [...] Also kaufen sie sich mit ihrem Taschengeld all die Dinge, die Bibi empfiehlt. [...] Doch für Bibi sind die Empfehlungen nicht bloß ein Freundschaftsdienst, sondern ein riesengroßes Geschäft. [...] In Drogerie-Geschäften gibt es mittlerweile auch einen Bibi-Duschschaum zu kaufen, in Elektronikmärkten ein Bibi-Handy. Bibi erlaubt den Herstellern, ihren Namen und ihr Gesicht für die Produkte zu benutzen. Wie viel sie damit verdient, weiß man nicht. Denn über Geld spricht Bibi in ihren Videos nicht.

Dorner, Christoph: Youtube-Stars – Kohle und Kajal. In: www.sueddeutsche.de, 11.01.2016.

Bianca Claßen (geb. 1993) alias „Bibi" ist die Betreiberin des deutschen Youtube-Kanals BibisBeautyPalace. Hier präsentiert sie ihre Einkäufe, gibt Mode- und Stylingtipps und reist für einen Reiseveranstalter durch die Welt.

M8 Darf Werbung alles?

Zentralverband der deutschen Werbewirtschaft ZAW e.V./Deutscher Werberat: Werbekodex. In: www.werberat.de (Abruf am 12.11.2019).

AUFGABEN

1. Ordnet die Werbeslogans in der **Randspalte** von **S. 115** den einzelnen Produkten/Unternehmen zu. Nennt weitere Slogans, die ihr kennt.
2. In **M6** wird die große Bedeutung von Werbung dargestellt. Beschreibt die Funktionen der Werbung für die Unternehmen und für die Kunden.
3. Neben klassischer Werbung wird Onlinewerbung immer wichtiger:
   a) Erläutert anhand von **M7**, wie diese Art der Werbung funktioniert.
   b) Beurteilt die Wirksamkeit und die Gefahren solcher Werbeformen für euch als Konsumenten.
4. Überprüft, ob ihr gegen die Werbeplakate in **M8** beim Deutschen Werberat (**Randspalte S. 117**) Beschwerde einlegen würdet.
5. Arbeitet im Think-Pair-Share-Verfahren (→ Methodenglossar): Entwickelt für einen kritischen Verbraucher eine Liste mit Ratschlägen für eine überlegte Kaufentscheidung.

Auch Werbung hat Grenzen
Dies regelt zum einen das Gesetz gegen den unlauteren Wettbewerb (UWG) oder auch das Jugendschutzgesetz (JuSchuG), das etwa an Kinder und Jugendliche gerichtete Werbung einschränkt. Beschweren können sich Konsumenten auch über die Verbraucherzentralen. Zudem hat sich die Werbeindustrie mit dem Deutschen Werberat Selbstverpflichtungen auferlegt: Bei Beschwerden von Konsumenten (etwa per E-Mail) kann der Werberat Rügen (eine Missbilligung) androhen und aussprechen, infolgedessen die Werbung dann in der Regel nicht mehr veröffentlicht bzw. eingestellt wird.

METHODE

Werbung analysieren

I. Worum geht es?

Werbeanzeigen haben eine Wirkung, ohne dass uns immer bewusst wird, wie diese Wirkung entsteht. Obwohl Werbung sehr vielfältig und häufig kreativ ist, werden immer wieder gleiche oder ähnliche Mittel verwendet. Wer die Methoden der Werbemacher durchschaut, kann besser selbst entscheiden, ob er oder sie sich beeinflussen lassen will oder nicht.

II. Geht dabei so vor:

1. Schritt: Vorbereitung

Bildet Gruppen (3-4 Personen). Sammelt anschließend gemeinsam Werbeanzeigen und bringt diese mit in den Unterricht. Alternativ könnt ihr auch eine Werbeanzeige aus **M8** analysieren.

Oft verwendet Werbung das AIDA-Prinzip
Es besteht aus vier Stufen, die der Kunde durchlaufen sollte, um dann auch zu Kaufen.
1. **A (Attention):** Wahrnehmung eines Produktes;
2. **I (Interest):** Steigerung des Interesses am Produkt;
3. **D (Desire):** Eine positive Einstellung und ein Verlangen (engl. „desire") nach dem Produkt erzeugen;
4. **A (Action):** Zur Handlung, zum Kauf und zur Verwendung des Produktes bewegen.

2. Schritt: Analyse der Werbung

1. Arbeitet zunächst alleine. Lasst die Werbeanzeige auf euch wirken. Übertragt die Tabelle in eure Hefte und macht euch Notizen zu allen Fragen.
2. Vergleicht nun gemeinsam in der Gruppe eure Ergebnisse und vervollständigt die Tabelle. Wenn ihr euch nicht bei allen Antworten einig werdet, notiert die jeweiligen Vorschläge stichpunktartig.

Tabelle zur Analyse von Werbeanzeigen

Fragen	Antworten
Für welches Produkt wird geworben?	
Wie wird das Produkt präsentiert (Personen, Text, Farben, Aufmachung, Gestaltung)?	
Welche Zielgruppe soll das Bild ansprechen?	
Welche Bedürfnisse und Gefühle werden angesprochen?	Ins Heft
Wie lautet die Werbebotschaft, die vermittelt werden soll?	
Spricht euch die Werbung an?	
Wie beurteilt ihr die Werbung? (Kriterien: originell, witzig, informativ...)	

3. Schritt: Präsentation der Ergebnisse

Stellt eure Ergebnisse in der Klasse vor, indem ihr die Anzeige und die ausgefüllte Tabelle präsentiert und erläutert. Holt euch eine Rückmeldung aus den anderen Gruppen darüber, ob eure Analyse vollständig und treffend war.

Bearbeiterin

Mit dem Smartphone einen Werbespot drehen

I. Worum geht es?

Werbespots sind in der Regel 30 Sekunden dauernde Filme, die ein bestimmtes Produkt in ein besonders positives Licht rücken, um es für die Konsumenten attraktiv und begehrenswert erscheinen zu lassen. Mithilfe eines Werbespots sollen die Konsumenten über das Produkt informiert und zum Kauf motiviert werden. Weiter zielt ein Werbespot darauf ab, die Konsumenten in ihrer Kaufentscheidung zu bestärken und gleichzeitig so zu unterhalten, dass „wegzappen" verhindert wird.

Aufgabe

Durch eure Werbeanalyse der voranstehenden Schulbuchseite kennt ihr bereits zentrale Kriterien funktionierender Werbung. Entwickelt in Gruppen in einem von eurer Lehrkraft zu bestimmenden Zeitraum einen eigenen Werbespot zu einem Produkt aus eurem Alltag. Führt euch anschließend die selbst gedrehten Werbespots gegenseitig vor und entlarvt die jeweils verwendeten Tricks und Prinzipien, um die Aufmerksamkeit der Konsumenten zu gewinnen.

II. Geht dabei so vor:

1. Schritt: Zielbestimmung

- Fragt euch, was die Konsumenten wissen sollen, nachdem sie euren Werbespot gesehen haben. Was möchtet ihr durch euren Werbespot erreichen?
- Konzentriert euch dabei auf ein oder zwei Punkte des Produkts, das ihr „verkaufen" möchtet.
- Die besten Werbespots sind lustig, einprägsam und interessant. Denkt euch daher in Form eines einprägsamen Spruchs oder Reims einen Werbeslogan für euer Produkt aus.
- Je besser euch der Werbeslogan gelingt, desto stärker wird er sich in den Köpfen der Konsumenten festsetzen und in ständiger Erinnerung bleiben.
- Wenn ihr euren Werbespot dreht, dann versucht nicht, die Werbung bekannter Unternehmen zu kopieren. Eure Werbespots sollen kreativ und einzigartig sein, um dadurch einen eigenen Charme bzw. Charakter zu entwickeln.

2. Schritt: Planung, Vorbereitung und Durchführung

- Wenn ihr euch für ein bestimmtes Produkt entschieden habt, welches ihr bewerben möchtet, solltet ihr zunächst schriftlich festhalten, was ihr alles benötigt, um „eure Geschichte" erzählen zu können.
- Für euren Werbespot kann es hilfreich sein, wenn ihr eure Ideen zunächst durch eine Reihe von Bildern mit Anmerkungen darstellt, so wie bei einem Comicbuch.

- Der Drehort eures Werbespots muss frühzeitig vorbereitet werden. Innenbereiche sind für den Dreh oft sicherer, da ihr die Umgebung, das Licht und die Nebengeräusche besser kontrollieren könnt. Wenn ihr draußen filmt, habt ihr es hingegen bspw. mit der allgemeinen Öffentlichkeit, dem Sonnenlicht und Verzögerungen aufgrund des Wetters zu tun.
- Klärt, wer von euch welche Rolle(n) innerhalb der Filmcrew federführend übernimmt:
  a) Der Regisseur gibt dem Kameramann und den Darstellern Hilfestellungen und Hinweise. Er achtet bspw. darauf, dass der Kameramann bei der Kameraführung bzw. beim Filmen mit dem Smartphone nicht über ein Hindernis stolpert oder gibt den Darstellern Handzeichen, wenn deren Einsatz bevorsteht.
  b) Darsteller: Je mehr Personen das Produkt im Werbespot aktiv bewerben, desto mehr Arbeit habt ihr. Versucht also, so wenig Darsteller wie möglich in den Werbespot einzubinden. Am besten nur ein bis zwei Personen.
  c) Filmeditor: Wenn ihr alle Szenen abgedreht habt, gilt es, die Rohfassung eures Werbespots zu bearbeiten. Die einzelnen Szenen müssen evtl. gekürzt oder zusammengeschnitten werden. Unterschiedliche Filter bzw. Helligkeitsstufen oder Effekte wie Zeitlupen bzw. Zoom etc. können euren Werbespot unter Umständen noch interessanter machen.

3. Schritt: Der Werbespotdreh – Dreh- und Schnitttechniken

Mithilfe des folgenden Medien- bzw. QR-Codes könnt ihr in Form von kurzen Erklärfilmen auf gebündelte Informationen zu den Themen
- Grundlagen beim Filmen • Drehen mit dem Smartphone
- Tricks für spannende Bilder • Tipps für guten Ton
- Zubehör fürs Smartphone • Die Vorbereitungen vor dem Schnitt sowie
- Effekte und Blenden beim Schnitt

zugreifen:

Mediencode: 71081-08

Weitere allgemeine Praxistipps für das Drehen eigener Filme findet ihr über den folgenden Medien- bzw. QR-Code:

Mediencode: 71081-09

Nach: wikiHow: Einen Werbespot drehen. In: https://de.wikihow.com (Abruf am 03.08.2018).

Was den Kauf bestimmt – Bedürfnisse, Preise, Budgetgrenzen, Marken, Peergroups, Lebensstil, Werbung (→ M2, M3)

Vor allem für Jugendliche spielt die Marke beim Kauf eine wichtige Rolle. Denn Markenprodukte sind auch Statussymbole. Der Nutzen des Gebrauchs der Güter tritt in den Hintergrund zugunsten des Nutzens, welcher z. B. aus der Anerkennung in der Gruppe (Peergroup) gewonnen wird. Verbunden damit ist ein Lebensstil, der eher konsumfreudig oder konsumkritisch ist. Die Befriedigung von Bedürfnissen auf dem Markt stößt immer auf Budgetgrenzen jedes Einzelnen.

Werbung und Marketingstrategien (→ M6, M7, METHODE)

Gerade Jugendliche stehen als Zielgruppe der Werbestrategen immer mehr im Mittelpunkt. Dies nicht zuletzt, weil sie u. a. noch keine festen Kaufgewohnheiten haben, spontaner handeln und sich gegenüber Neuem oft unkritischer verhalten. Werbung kann unsere Bedürfnisse und unser Kaufverhalten stark beeinflussen. Ziel der werbenden Unternehmen ist es, ihre Produkte und deren Vorzüge bekannt zu machen, sodass sie vom Kunden gekauft werden und Umsatz und Ertrag der Unternehmen steigen. Einerseits dient Werbung dazu, über Angebote und deren Eigenschaften zu informieren. Andererseits entwickeln die Unternehmen ausgefeilte Werbestrategien, Bedürfnisse nach einem Produkt bei Kunden „künstlich" zu erzeugen. Bei Onlinewerbung im Internet sind Werbebotschaften oft nicht auf den ersten Blick als solche zu erkennen, wenn bspw. auf einem Youtube-Kanal Schminktipps weitergegeben und scheinbar beiläufig Kosmetikartikel einer bestimmten Firma empfohlen werden.
Hersteller und Verkäufer versuchen, Konsumenten mit einer cleveren Marketingstrategie durch verschiedene Werbemaßnahmen zum Kauf zu bewegen. Auch am Ort des Kaufs sind wir Tricks ausgesetzt, die uns zum Kauf bewegen wollen. Wenn wir unsere Kundendaten herausgeben, können Werber uns zielgerichtete Werbung z. B. online präsentieren. Wenn wir verstehen wie Werbung funktioniert, können wir besser damit umgehen, die Vorteile davon, etwa Informationen über neue Produkte und deren Eigenschaften, nutzen, aber auch die Fallen erkennen. Der Gesetzgeber hat zusätzlich Werbung mit der Datenschutzgrundverordnung (DSGVO), dem Gesetz gegen unlauteren Wettbewerb (UWG) oder dem Jugendschutzgesetz (JuSchuG) Grenzen gesetzt.

Deutscher Werberat (→ RANDSPALTE S. 117)

Der Deutsche Werberat sorgt seit 1972 dafür, dass sich Werbung an gewisse, selbst auferlegte Leitlinien hält. Konkret können sich Beschwerdeführer aus der Bevölkerung an den Werberat wenden, wenn ihnen beispielsweise sexistische oder anderweitig zu provokante Werbung auffällt. Das Gremium des deutschen Werberats besteht aus derzeit 15 Mitgliedern. Zu seinen Hauptaufgaben zählen:

- Missstände bei Werbung mit Blick auf Inhalt, Aussage und Gestaltung deutlich zu machen und zu beseitigen.
- Grauzonen zu ermitteln, die aufgrund mangelhafter Gesetzgebung entstanden sind, und anstößige oder unerträgliche Darstellungen zum Schutze der Umworbenen abzustellen.

3.3 Das Marktmodell – bestimmt der Preis den Kauf?

3.3.1 Was sind Märkte und was leisten sie?

Zum Thema: Jeder von euch kennt Märkte, z. B. Wochenmärkte, Supermärkte oder Flohmärkte. Hier werden einerseits Waren angeboten und andererseits Waren gekauft. Durch das Zusammentreffen von Angebot und Nachfrage reguliert sich der Preis. Wie das genau geschieht, erfahrt ihr auf den folgenden Seiten.

M1 Vielfalt von Märkten

Einkaufsstraße

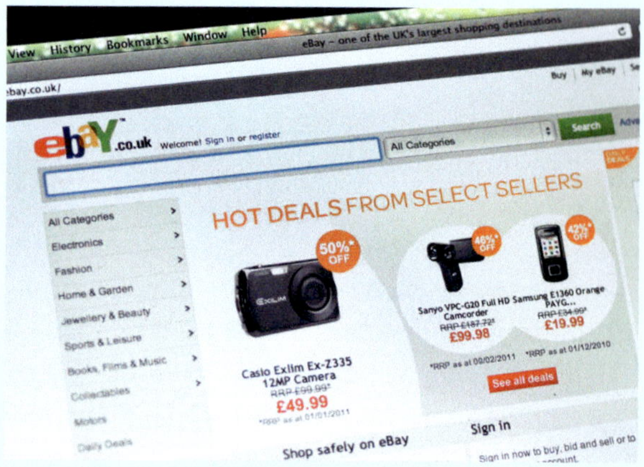

Virtueller Marktplatz

Börse in Frankfurt

Wochenmarkt

EINSTIEGSAUFGABE

Die Bilder in **M1** zeigen verschiedene Märkte. Beschreibt die Gemeinsamkeiten und Unterschiede.

M2 Wie gelingt der Ausgleich der unterschiedlichen Interessen von Anbietern und Nachfragern auf Märkten?

Auf allen Märkten treffen Verkäufer (Anbieter) und Käufer (Nachfrager) von Gütern zum **Tausch** aufeinander. Die am Markt auftretenden Anbieter und Nachfrager haben spezielle Interessen und Ziele, die oft sehr unterschiedlich sind. Denn die Anbieter wollen am Markt ihre Waren zu einem hohen Preis verkaufen, um einen möglichst hohen Gewinn zu erzielen. Da alle Anbieter dieses Ziel verfolgen, stehen diese am freien Markt im Wettbewerb zueinander. Die Nachfrager wollen die Güter, die sie zur Befriedigung ihrer Bedürfnisse benötigen, zu möglichst niedrigen Preisen einkaufen. Der Ausgleich der unterschiedlichen Interessen von Anbietern und Nachfragern wird am Markt durch den Preis erreicht.

Bearbeiterin

M3 Das Modell des vollkommenen Marktes

Merkmale des vollkommenen Marktes

Markttransparenz
Der Kunde hat einen Gesamtüberblick über das Angebot auf dem Markt (Preise und Qualität).

Homogenität der Güter
Alle Produkte sind gleich in Bezug auf die Qualität, Aufmachung und Verpackung.

vollkommener Markt

Einheit von Raum und Zeit
Alle Nachfrager und Anbieter kommen zur gleichen Zeit am gleichen Ort zusammen. D. h., unterschiedliche Lieferfristen spielen keine Rolle, genauso wenig wie günstigere Standorte für ein Geschäft.

Rationalität
Die Käufer lassen sich allein vom Preis lenken. Sie handeln somit vollkommen rational. Persönliche Vorlieben (wie Sympathie, ansprechende Werbung) spielen bei der Kaufentscheidung keine Rolle.

Bearbeiterin

Vollkommener Markt
Um die Zusammenhänge zwischen Angebot, Nachfrage und Preisbildung besser veranschaulichen und untersuchen zu können, geht man in der Wirtschaftstheorie vom Modell des vollkommenen Marktes aus. In der Realität findet man allerdings kaum Märkte, die alle Merkmale eines vollkommenen Marktes erfüllen. Das Modell dient lediglich als Bezugspunkt, um die in der Wirklichkeit vorherrschenden unvollkommenen Märkte zu untersuchen.

AUFGABEN

1. Vervollständigt in Partnerarbeit folgenden Satz: „Als ‚Markt' bezeichnet man..." (**M1**, **M2**).
2. Erklärt an einem Beispiel, inwiefern Anbieter und Nachfrager auf dem Markt Konkurrenten sind (**M2**).
3. „Der Ausgleich der Interessen von Anbietern und Nachfragern wird am Markt durch den Preis erreicht" (**M2**). Erläutert dies am Beispiel eines Kaufs auf dem Flohmarkt.
4. Analysiert mithilfe von **M3**, ob es sich bei den Märkten in **M1** um „vollkommene Märkte" handelt.

H Aufgabe 1
→ S. 197

F Aufgabe 4
Erläutert, warum man vom vollkommenen Markt als Modell ausgeht, obwohl seine Merkmale in Wirklichkeit nicht alle zutreffen.

Modellbildung: Wie bildet sich der Preis auf freien Märkten? Das Preis-Mengen-Diagramm

Gemüseburger in der Schulkantine – die Nachfrageseite

Um das Prinzip der Preisbildung zu verstehen, bedient man sich eines Modells. In diesem Modell wird angenommen, dass sich Angebot und Nachfrage unabhängig voneinander bilden. Betrachten wir also zunächst die Nachfrageseite: Für Schülerinnen und Schüler und Lehrkräfte einer Schule soll ein Mittagessen angeboten werden. Jeden Donnerstag sollen Gemüseburger verkauft werden. Lehrkräfte und Schülerinnen und Schüler stellen die Nachfrage auf dem Gemüseburgermarkt dar. Natürlich unterscheiden sich die Nachfrager: Manche haben mehr, manche weniger Hunger, einige haben mehr Geld für den Mittagstisch zur Verfügung als andere, nicht alle mögen Gemüseburger, für viele ist es ihr Leibgericht. Wie könnte sich also die Nachfrage nach den Bratlingen entwickeln? Nehmen wir an, 100 Schülerinnen und Schüler und Lehrkräfte wären bereit, 3 € für ihren Gemüseburger auszugeben. Bei einem niedrigeren Preis von 2 € wären schon weitere 100 Schülerinnen und Schüler und Lehrkräfte geneigt, den Mittagssnack zu kaufen. Nochmals 100 Schülerinnen und Schüler und Lehrkräfte würden die Burger nachfragen, wenn der Preis dafür nur 1 € betragen würde. Es ist einleuchtend, dass die Schülerinnen und Schüler und Lehrkräfte, die bereit gewesen wären, 2 oder 3 € für den vegetarischen Burger auszugeben, auch für 1 € kaufen würden. Sie freuen sich lediglich, dass sie ihn so günstig bekommen. Wie man erkennen kann, ist die Nachfrage bei einem niedrigen Preis höher. Umgekehrt ist die Nachfrage geringer, wenn der Preis hoch ist. Deshalb addiert sich die Nachfrage der einzelnen Käufer mit abnehmendem Preis. Im Modell spricht man von der aggregierten (zusammengefassten) Nachfrage. Sie lässt sich grafisch so darstellen:

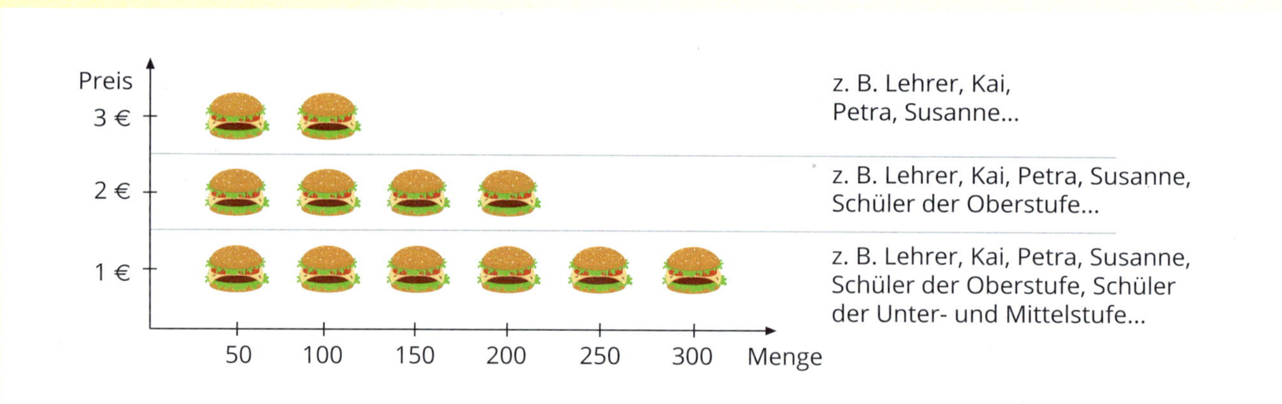

Ein gezeichneter Burger steht für 50 „echte" Burger.

Gemüseburger in der Schulkantine – die Angebotsseite

Betrachten wir nun die Angebotsseite: Hausmeister, Eltern und ein Catering-Service wären bereit, die Gemüseburger anzubieten. Der Hausmeister, so nehmen wir an, könnte mit seiner Frau 100 vegetarische Bratlinge für 1 € verkaufen. Die Eltern könnten zusammen 100 Gemüseburger für 2 € anbieten, da ihr Herstellungsaufwand etwas größer wäre. Sie müssten sich abstimmen, wer wie viele Burger produziert, und den Transport zur Schule organisieren. Der Catering-Service mit hohen Personalkosten könnte weitere 100 Burger für 3 € anbieten. Selbstverständlich würden Hausmeister und Eltern auch für 3 € ihre Gemüseburger anbieten können. Hier addiert sich also das Angebot bei steigendem Preis. Man spricht vom aggregierten (zusammengefassten) Angebot. Je höher der Preis, desto größer ist die angebotene Menge. Je niedriger der Preis, desto geringer das Angebot, weil nur wenige Anbieter in der Lage sind, zu diesem Preis zu produzieren. Anbieter, die bei einem niedrigeren Preis nicht mehr gewinnbringend produzieren können, werden einfach vom Markt verdrängt. Die Angebotsseite im Beispiel lässt sich grafisch so darstellen:

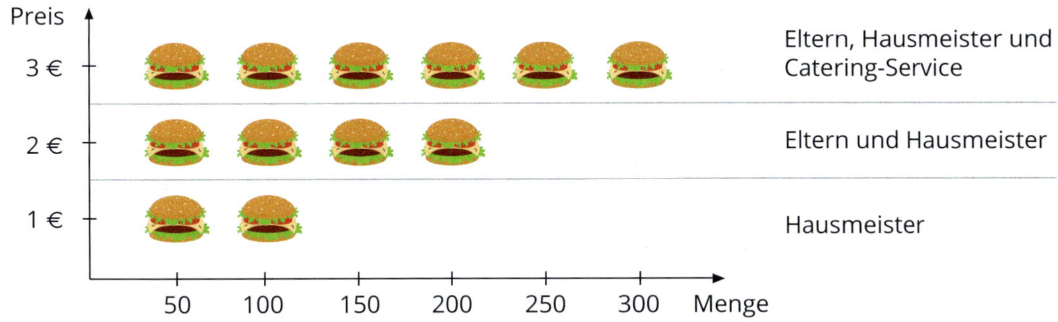

Ungleichgewicht von Angebot und Nachfrage

Zum Preis von 3 € pro Gemüseburger beträgt die Nachfrage in der Schulkantine nur 100 Stück, angeboten würden jedoch 300 Burger. Die Differenz bezeichnet man als Angebotsüberschuss. Konkret bleiben diese Burger einfach übrig. Da sie nicht haltbar sind, werden die Anbieter sich überlegen, ob sie ihre Preispolitik (oder ihre Mengenpolitik) ändern. Sobald aber klar ist, dass diese Menge nur zu einem erheblich niedrigeren Preis verkäuflich ist, wird sich der Catering-Service zurückziehen. Für weniger als 3 €/Stück kann er seine Kosten nicht mehr decken. Das Angebot geht zurück, es bleiben Eltern und Hausmeister, die den Gemüseburger auch für einen Verkaufspreis von 2 € rentabel produzieren können.

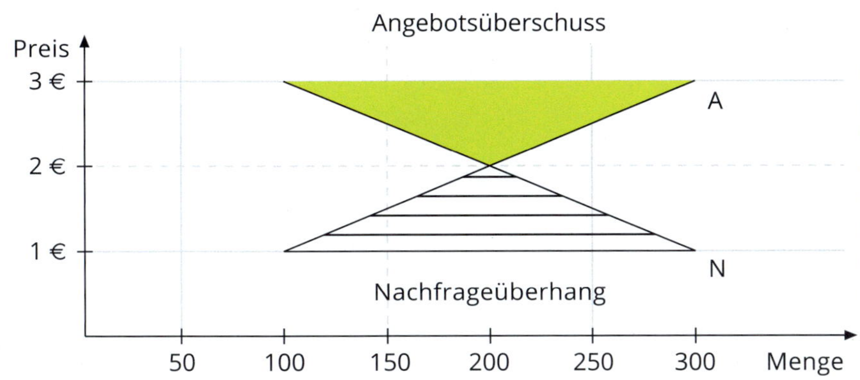

Ist der von den Anbietern festgesetze Preis höher als der Gleichgewichtspreis, so kommt es zu einer Nachfragelücke bzw. zu einem Angebotsüberschuss. Ist der Preis niedriger als der Gleichgewichtspreis, so kommt es zu einem Nachfrageüberhang.

Bearbeiterin

AUFGABEN

1. Übertragt die Werte aus den ersten beiden Grafiken und zeichnet die Nachfragekurve (Liniendiagramm → S. 206) und die Angebotskurve (Liniendiagramm) in ein Koordinatensystem ein.
2. Der Gleichgewichtspreis ist der Preis, zu dem sich die Geraden schneiden. Hier ist der Umsatz (Menge x Preis) am höchsten. Bestimmt den Gleichgewichtspreis und berechnet den Höchstumsatz.
3. Fasst in Gruppenarbeit in einer Tabelle zusammen, von welchen Faktoren die Bereitschaft, Gemüseburger zu kaufen und zu verkaufen, abhängig ist.
4. Erklärt anhand der letzten Grafik, was man unter einem Angebotsüberschuss bzw. Nachfrageüberhang versteht.

„Gleichgewichtspreis" im Erklärfilm

Mediencode: 71081-10

3.3.2 Marktformen und Marktmacht – ist der Kunde wirklich König?

Zum Thema: Habt ihr manchmal auch das Gefühl, dass der Kunde gar nicht wirklich König ist? Welche Macht hat der Kunde eigentlich und welche Rolle spielt dabei die Menge der verschiedenen Anbieter für ein Produkt auf dem Markt? An die Beantwortung dieser Fragen macht sich das folgende Unterkapitel.

M4 Kaufentscheidungen im Supermarkt

Die Firma Wiesenhof schlachtet pro Sekunde sieben Hähnchen. Das sind 4,5 Millionen Hähnchen pro Woche. Während der 30-tägigen Aufzucht haben die Tiere kaum Platz, und ihre Knochen sind manchmal so schwach, dass sie unter dem eigenen Gewicht brechen. Nur 10.000 von ihnen sind privilegiert. Die Bio-Hähnchen haben mehr Platz und mehr Zeit zum Wachsen. Sie haben ein besseres Leben. Das Problem ist nur: Kaum einer will sie kaufen. Darum schlachtet Wiesenhof nur 10.000 Hähnchen pro Woche. Fragt man allerdings die Deutschen, ob sie bereit wären, mehr Geld für Fleisch auszugeben, wenn es dadurch weniger Massentierhaltung gäbe, stimmen mehr als 70 Prozent zu.

Braun, Maria: Die Macht des Verkäufers im Supermarkt. In: www.welt.de, 27.11.2011.

EINSTIEGSAUFGABE

Können Verbraucher mit ihrem Kaufverhalten bewirken, dass Unternehmen ihre Produktionsweisen verändern? Positioniert euch ausgehend von **M4** zu dieser Frage entlang einer gedachten Linie (→ Methodenglossar) im Klassenraum und begründet eure Meinung.

M5 Marktformen und Marktmacht

„Marktformen" im Erklärfilm

Mediencode: 71081-11

Wenn es nur einen Anbieter für ein Produkt oder eine Dienstleitung auf dem Markt gibt, spricht man von einem **„Monopol"**. Der Anbieter kann den Preis und die Qualität für sein Produkt alleine bestimmen. Wenn dieses Angebot dem Käufer nicht gefällt oder es ihm zu teuer ist, hat er dennoch keine Wahl: er muss dieses Produkt wie angeboten erwerben oder sich gegen einen Kauf entscheiden. Je dringender der Verbraucher das Produkt benötigt, umso höher kann der Monopolist den Preis ansetzen. Außerdem kann er die Produktqualität verringern, indem er bspw. günstiger produziert und damit mehr Gewinn erzielen kann. Hohe Preise und eine schlechtere Qualität könnten aber auf lange Sicht andere Anbieter auf den Markt locken, die sich bei solchen verbraucherfeindlichen Bedingungen als konkurrenzfähig ansehen. Gibt es auf dem Markt nur wenige Anbieter, bezeichnet man die Marktform als **„Oligopol"**. Diese ist dadurch gekennzeichnet, dass sich eine Preisveränderung durch einen Anbieter auf alle anderen Anbieter bzw. Nachfrager nach ihren Produkten auswirkt. Ist dagegen eine Vielzahl von Anbietern auf dem Markt vorhanden (z. B. auf dem Wochenmarkt), spricht man von einem **„Polypol"** (vollständige Konkurrenz). In diesem Fall ist der Wettbewerbsdruck zwischen den Anbietern groß: Sie müssen ihre Produkte laufend weiterentwickeln und verbessern, damit sich der Kunde für ihre Produkte entscheidet. Außerdem müssen sie ihren Preis der Wettbewerbssituation anpassen. Die Konsumenten haben eine große Auswahl an Produkten und Dienstleistungen und können das Preis-Leistungs-Verhältnis verschiedener Anbieter miteinander vergleichen. Dies setzt aber voraus, dass die Verbraucher über die jeweiligen Produkteigenschaften ausreichend informiert sind (Markttransparenz). Da hier aber ein Machtungleichgewicht zwischen Anbietern und Verbrauchern besteht, weil Anbieter und Nachfrager nicht über die gleichen Produktinformationen verfügen, übernehmen der Staat und private Verbraucherschutzorganisationen die Aufgabe, die Verbraucher zu informieren und dadurch zu schützen. So kann die Position der Verbraucher gegenüber den Anbietern gestärkt werden.

Bearbeiterin

Konsumentensouveränität
Verbraucher (Konsumenten) können durch ihre Konsumentscheidungen Art und Umfang der Produktion steuern. Dies bedeutet, dass die Konsumenten durch ihre wohl überlegten Konsumentscheidungen bestimmen, wie viel von welchen Gütern hergestellt bzw. Dienstleistungen angeboten werden. Dadurch nehmen die Konsumenten auch Einfluss auf die Qualität der Produkte.

M6 Flixbus dominiert den Fernbusmarkt

Wer mit öffentlichen Verkehrsmitteln durch Deutschland reisen will, ist seit 2013 nicht mehr nur ausschließlich auf die Bahn angewiesen. Grund dafür ist das durch die Bundesregierung geänderte Personenbeförderungsgesetz. Seitdem dürfen Fernbusse der Bahn Konkurrenz machen. Viele Anbieter drängten in diesen neuen Markt. Flixbus war eines der ersten Fernbusunternehmen, welches sich nach der Liberalisierung des Fernbusverkehrs in Deutschland im Jahr 2013 am Markt etablierte Die Passagierzahlen und die Zahl der angebotenen Strecken steigt stetig. Doch der Wettbewerb unter den Fernbusanbietern ist hart. Nur wenige können mit der Preispolitik des Markführers Flixbus mithalten. Inzwischen hat das Unternehmen die meisten Mitanbieter aufgekauft und Flixbus dominiert den deutschen Fernbusmarkt mit einem Marktanteil von rund 95 Prozent. Seit dem Jahr 2018 ist das Unternehmen mit der Marke Flixtrain auch im Eisenbahnfernverkehr tätig. Seit Juli 2019 bekommt Marktführer Flixbus aber auch Konkurrenz. BlaBlaBus schickt Fernbusse durch Deutschland und Europa.

Bearbeiterin

Produzentensouveränität
Unterlegene Stellung der Konsumenten gegenüber dem Angebot und den Interessen der Produzenten

Doppeldeckerbus von Flixbus

M7 Preisvergleich von Bahn, Bus und Flugzeug

Strecke: Dresden – Berlin; Datum: 08.12.2019

Flixbus	BlaBlaBus	Bahn	Flug
Preis: 7,99 Euro	Preis: 5,99 Euro	Preis: Sparangebot für 38,90 Euro	Preis: billigstes Angebot 273,00 Euro

Quelle: Recherchen der Bearbeiterin

mono (griechisch)
allein, einzig

oligoi (griechisch)
wenige

polys (griechisch)
viele

M8 Unterscheidung der Marktformen

Bei der Aufteilung der Marktformen wird auf die Menge von Anbietern und Nachfragern sowie auf dessen Mengen-Verhältnis zueinander geachtet.

	ein Anbieter	wenige Anbieter	viele Anbieter
ein Nachfrager	**„zweiseitiges Monopol"** Beispiel Panzer: einziger Rüstungskonzern – Bundeswehr	**„beschränktes Angebots-Monopol"** Beispiel Banknoten: wenige Banknotendruckereien – Zentralbank	**„Nachfrage-Monopol"** Beispiel Druck von Gesetzesblättern: Alle Druckereien – der Gesetzgeber (Staat)
wenige Nachfrager	**„beschränktes Nachfrage-Monopol"** Beispiel Spezialmedikament: einziger Arzneimittelhersteller – wenige an der speziellen Krankheit Erkrankte	**„zweiseitiges Oligopol"** Beispiel Kerosin: Fluggesellschaften – Mineralölkonzerne	**„Angebots-Oligopol"** Beispiel Militärsocken: Alle Sockenhersteller – die drei Teilstreitkräfte (Heer, Marine, Luftwaffe) der Bundeswehr
viele Nachfrager	**„Angebots-Monopol"** Beispiel kommunale Müllabfuhr: Gemeinde – alle Einwohnerinnen und Einwohner der Gemeinde	**„Angebots-Oligopol"** Beispiel Autos: Autohersteller – private Haushalte	**„Polypol"** Beispiel Brot: Bäckereien – private Haushalte

Bearbeiterin

AUFGABEN

1. a) „Ein Monopolist beherrscht den Markt." Erläutert diesen Satz mithilfe von **M5**.
   b) Begründet, warum der Wettbewerb zwischen Anbietern auf dem Markt dem Verbraucher nützt.
2. Beschreibt den Fernbusmarkt in Deutschland mithilfe von **M6** und **M7**. Leitet Schlussfolgerungen für den Verbraucher ab.
3. Ordnet die folgenden Beispiele den jeweiligen Marktformen zu (**M8**): Mineralölgesellschaften – Autofahrer; Hersteller eines biologischen Spezialgerätes – Labor; Aktienmarkt: Käufer – Verkäufer; Hersteller von Tornado-Kampfflugzeugen – Bundeswehr; einziger Hersteller eines Pkw-Ersatzteiles – Automobilhersteller; Telefongesellschaften – Telefonnutzer, Gemüsehändler auf dem Markt – Verbraucher; Straßenbaubetriebe – Staat.

3.3.3 Nachhaltiger Konsum – möglich und wünschenswert?

Zum Thema: „Billig kann teuer sein“ und „Geiz überhaupt nicht geil“. Nicht immer führen die Ergebnisse von Marktprozessen auch zu erwünschten Ergebnissen. Was ökonomisch sinnvoll erscheint und viel Geld bringt, kann sozial und ökologisch nicht wünschenswert sein. Höchste Zeit für einen Nachhaltigkeitscheck in diesem Unterkapitel.

M9 Konsumentscheidungen unter der Nachhaltigkeitslupe

Jan kauft grundsätzlich seine T-Shirts bei Primark für 5 Euro und trägt sie nur ein paar Mal.

Produziert in Bangladesch

Samira kauft grundsätzlich Fairtrade-T-Shirts für 30 Euro, die unter Fairtrade-Bedingungen, z. B. zu fairen Löhnen, produziert wurden.

Anton übernimmt gerne die T-Shirts von seinem Bruder. Löcher und Risse flickt er. Ein neues T-Shirt kauft er sich erst, wenn er das alte überhaupt nicht mehr tragen kann.

Herstellungsland ist im Label schon lange nicht mehr lesbar.

Bearbeiterin

EINSTIEGSAUFGABEN

- Jan, Samira oder Anton – welchem Kaufverhalten in **M9** könnt ihr euch anschließen? Entscheidet euch und begründet eure Entscheidung. Positioniert euch dazu an einer der drei Klassenzimmerwände, die jeweils mit Plakaten mit den Namen der drei Jugendlichen („Jan“ – „Samira“ – „Anton“) gekennzeichnet sind.
- Führt ein fiktives Gespräch zwischen Jan und Samira, in dem ihr die Gründe für ihr Konsumverhalten darlegt.

Primärproduktion, Baumwolle: hoher Landschaftsverbrauch durch Baumwollanbau, hoher Einsatz von Insektiziden, Herbiziden und Entlaubungsmitteln, Einsatz von Konservierungsstoffen bei Transport und Lagerung von Baumwolle, hoher Wasserbedarf mit ökologisch negativen Folgen, Düngemitteleinsatz (Nitrifizierung des Bodens)

Produktion von Fasern, Garnen, Flächengebilden: Energiebedarf beim Spinnen und Weben, Einsatz von Hilfsmitteln, die bei nachfolgenden Verarbeitungsschritten zu Emissionen führen, Staub- und Lärmbelästigungen, textile Abfälle

Veredelung: Einsatz großer Mengen an Textilhilfs- und Ausrüstungsmaterialien, Emissionen in Wasser und Luft, hoher Energieverbrauch, hoher Wasserbedarf, Klärschlammanfall

Gebrauch: mögliche schädliche Wirkungen der Textilchemikalien auf den Verbraucher, Einsatz von Wasch- und Reinigungsmitteln, Verteilung ökologisch relevanter Stoffe durch Auswaschung (diffuser Eintrag in das Abwasser), Einsatz ökotoxischer Stoffe bei der chemischen Reinigung, hoher Energieeinsatz für die Jeanspflege (Waschen, Trocknen, Bügeln)

Entsorgung: Beanspruchung von Deponieraum, Emissionen bei Müllverbrennung und Deponie

M10 Wie nachhaltig ist die Produktionskette eines T-Shirts?

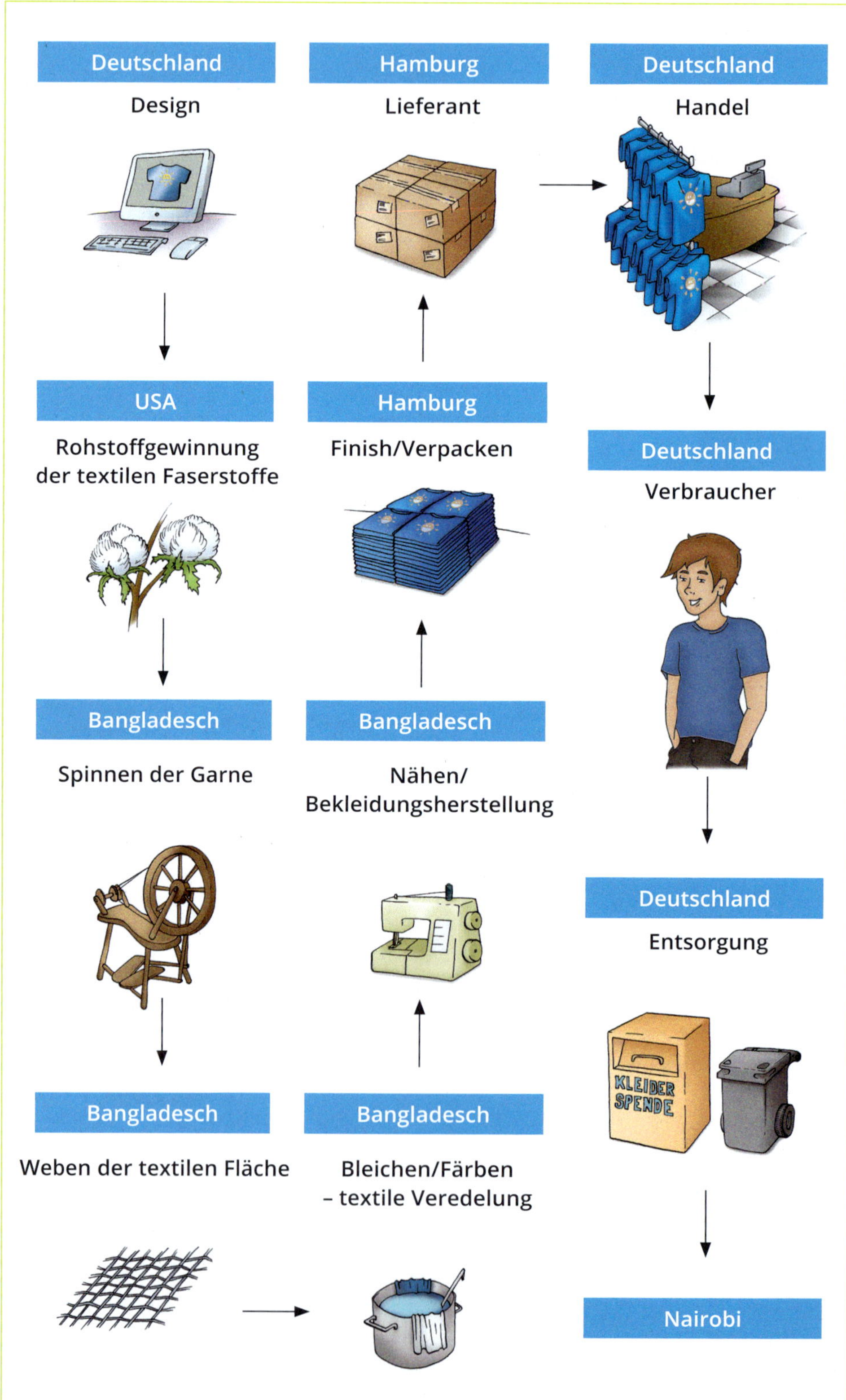

Nach: www.fair-zieht-an.de (Abruf am 06.03.2011).

M11 Nachhaltiger Konsum

„Nachhaltigkeit" ist in aller Munde. Ursprünglich stammt der Begriff aus der Forstwirtschaft und bedeutet, im Wald nicht mehr Bäume zu fällen, als in absehbarer Zeit jeweils nachwachsen können. So wird sichergestellt, dass sich der Wald regenerieren kann, als Ökosystem langfristig erhalten bleibt und der Baumbestand nicht über die Maßen genutzt wird.
Nachhaltig zu konsumieren bedeutet, bei seiner Lebensweise auch auf die Umwelt und das soziale Miteinander zu achten. Zum Beispiel geht es darum, Produkte zu kaufen, die möglichst wenige Rohstoffe verbrauchen und die umweltschonend hergestellt werden. Nachhaltiger Konsum bedeutet, Ressourcen zu schonen und Rücksicht auf die Generationen der Zukunft zu nehmen. Vom Wohlstand sollen möglichst alle profitieren, also auch die Hersteller der Konsumgüter. Dazu gehört auch, dass die Arbeiter, beispielsweise in den Entwicklungsländern, unter menschenwürdigen Bedingungen arbeiten und so viel verdienen, dass sie gut davon leben können.

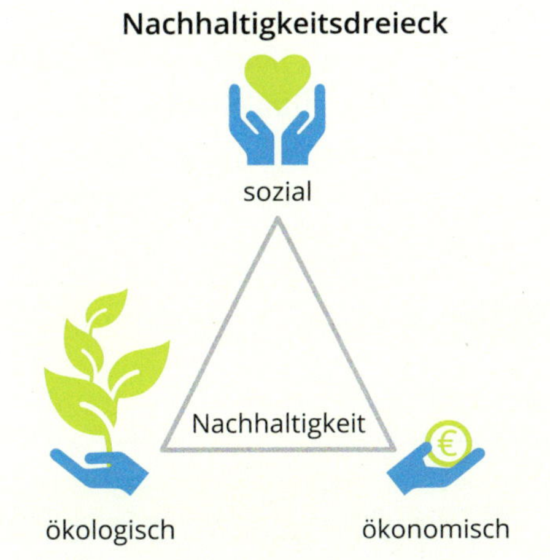

Wenn man die Nachhaltigkeit von Produkten bestimmen möchte, sind neben den Bedingungen, unter denen Menschen arbeiten, auch die **Ökobilanzen** der Konsumgüter ein wichtiges Kriterium. Diese umfassen alle Umweltbelastungen (z. B. Luft- und Wasserverschmutzung, Energie- und Ressourcenverbrauch), die ein Produkt erzeugt – von der Produktion über die Nutzung des Konsumenten bis zur Entsorgung.

Bearbeiterin

regenerieren
sich erholen

über die Maßen
über das Erträgliche hinaus

Konsumverzicht
Dem Konzept des nachhaltigen Konsums steht das Konzept des Konsumverzichts gegenüber. Hierbei steht die Überlegung im Mittelpunkt, ob man tatsächlich ein neues Produkt benötigt, oder nicht das alte reparieren, ein gebrauchtes kaufen, mieten oder tauschen möchte oder mithilfe von Recycling aus einem alten ein neues Produkt herstellen kann.

M12 Möglichst viel für wenig Geld – wo ist der Haken?

Mindestens 1.127 Tote und 2.438 Verletzte hat der Einsturz eines achtstöckigen Hauses in Bangladeschs Hauptstadt Dhaka am 24. April 2013 gefordert. […] Die meisten Verschütteten konnten nur noch tot geborgen werden. Tausende Menschen lagen unter den Trümmern. […]
Ursprünglich sollte das Haus nur vier Stockwerke haben, aber die Textilfabrikanten rissen sich geradezu um den billigen Mietraum, also wurden noch einmal vier Stockwerke angebaut – mit [nicht ausreichend] tragenden Wänden. Immer wieder kommt es in dem Land, dessen Textilindustrie boomt und sein wichtigster Wirtschaftszweig ist, wegen Missachtung von Sicherheitsvorschriften zu Katastrophen. […]
Uns trifft dabei eine Mitschuld. Europäische und US-amerikanische Kunden sind es gewohnt, ihre Kleidung zu Discountpreisen zu kaufen. Firmen wie Primark, H&M, C&A oder kik unterbie-

„Nachhaltigkeit" im Erklärfilm

Mediencode: 71081-12

Tipp:
Testet eure ökologischen Fußabdrücke unter *www.footprintdeutschland.de*

Passt dein Fuß auf diese Erde?

ten sich gegenseitig bei dem Versuch, immer billiger zu werden. Sie geben diesen Druck an die Produzenten weiter. In den Trümmern fanden sich noch die Überreste der [Billighosenkollektion]. Diese Hose war offensichtlich für den britischen Markt bestimmt und sollte nur 14 Pfund kosten. [...] Die Frauen, die diese Kleidung herstellen, könnten sie sich selbst nie leisten. Im Durchschnitt verdient eine Arbeiterin in Bangladesch etwa 24 Dollar im Monat.

n-tv/jtw/AFP: Billig-Textilfabriken in Bangladesch – Die marode Nähstube der Welt, In: www.n-tv.de, 26.04.2013.

M13 Können Jugendliche nachhaltig konsumieren?

In einem Fashion-Blog findet ihr online folgenden Kommentar:

BLOG

Immer dieses Gerede von Nachhaltigkeit und fairer „Green Fashion" oder „Clean Clothes". Wir Teenies sind doch alle für mehr Umweltschutz und bessere Arbeitsbedingungen für Näherinnen in Bangladesch oder sonst wo.
Aber wir engagieren uns schon gegen den weltweiten Klimawandel. Wir können uns nicht um alles kümmern, da müssen vor allem die Regierungen in den Entwicklungsländern und die Textilbranche was vor Ort tun.
Und das Wichtigste: Erwachsene haben gut reden! Sollen wir jetzt zwei Jahre lang unser Taschengeld ansparen, um uns dann ein nachhaltiges, faires und politisch korrektes T-Shirt leisten zu können?
Wir müssen halt für ein neues Disco-Outfit bei Primark, Topshop und anderen günstig einkaufen. Wer hat das Recht, preisbewussten Jugendlichen Konsumvorschriften zu machen, wenn er selbst täglich viel Fleisch für wenig Geld auf dem Teller liegen haben will?

Bearbeiterin

AUFGABEN

1. Erläutert, inwiefern die Produktion eines T-Shirts als Beeinträchtigung für die Umwelt gesehen werden kann (**M10**).
2. a) Erklärt anhand des Nachhaltigkeitsdreiecks in **M11**, was Nachhaltigkeit bedeutet.
   b) Findet Beispiele für nachhaltigen Konsum aus eurem Alltag.
3. In **M12** wird der Zusammenhang zwischen den Produktionsbedingungen von Textilien und unserem Konsumverhalten aufgezeigt. Arbeitet diesen Zusammenhang heraus.
4. a) Nehmt Stellung zum Kommentar des Internet-Nutzers in **M13**.
   b) Beurteilt ausgehend von **M13** Möglichkeiten und Grenzen von Jugendlichen, nachhaltigen Konsum umzusetzen.

F Erstellt in einer Gruppe ein Wandplakat (→ Methodenglossar) mit Tipps, wie ihr in Zukunft nachhaltiger konsumieren könnt.

WAHLBEREICH

Diskutieren und Debattieren

Eine Podiumsdiskussion am Beispiel des Containerns durchführen

I. Worum geht es?

Eine Podiumsdiskussion ist ein Austausch von unterschiedlichen Ideen und Interessen, bei der Experten und Mitglieder des Publikums die Möglichkeit haben, ein bestimmtes Thema zu diskutieren und sich in komplexe Konflikte und Themengebiete hineinzuversetzen.

II. Geht dabei so vor:

1. Schritt: Vorbereitung

Das Thema wird ausgewählt und die Hauptfrage des Themas als zugespitzter, vielleicht sogar provokanter Titel formuliert. Kurz vor der Veranstaltung wird der Raum hergerichtet: Das Podium wird mit Tischen, Stühlen und Namensschildern ausgestattet. Die Stühle für die Zuschauer werden so aufgestellt, dass das Podium von allen Plätzen gut zu sehen ist.
Im Rahmen dieser Debatte werdet ihr mithilfe der folgenden Informationen eine Podiumsdiskussion zum Thema bzw. zur Frage **„Mülltauchen – sollte Containern in Deutschland erlaubt werden?"** durchführen. In Müllcontainern von Supermärkten liegen oft noch genießbare Lebensmittel, deren Mindesthaltbarkeitsdatum abgelaufen ist. Danach zu suchen und Verwertbares mitzunehmen, wird als Containern, Mülltauchen oder Dumpstern bezeichnet.

*+ + + **JUSTIZMINISTER-TREFFEN Containern bleibt verboten** + + +*
Containern bleibt eine Straftat. Einen Antrag zur Legalisierung dieser Praxis, den der Hamburger Justizsenators Till Steffen (Grüne) gestellt hatte, lehnten die deutschen Justizminister bei ihrem Treffen in Lübeck mehrheitlich ab.

Mitteldeutscher Rundfunk: Containern bleibt verboten. In: www.mdr.de, 06.06.2019.

Essen aus dem Müll geholt: Frauen wegen „Containern" verurteilt

Zwei junge Frauen sind heute wegen sogenanntem „Containern" vom Amtsgericht Fürstenfeldbruck schuldig gesprochen worden, genauer wegen gemeinsam begangenem Diebstahl. Sie hatten laut Staatsanwaltschaft München II im vergangenen Juni aus dem Müllcontainer eines Lebensmittelmarktes in Olching weggeworfene Waren im Wert von rund 100 Euro geholt. Die beiden Frauen erhielten eine Verwarnung und wurden zu einer Geldbuße verurteilt – allerdings unter Vorbehalt. Demnach müssen sie die jeweils 225 Euro nicht zahlen, wenn sie binnen der zweijährigen Bewährungszeit straffrei bleiben. Als Bewährungsauflage sollen beide acht Stunden bei der örtlichen Tafel helfen.

Filmtipp: Mülltaucher – Essen aus der Tonne (Planet Wissen – WDR Fernsehen vom 20.12.2019; Dauer: 4:27min)

Mediencode: 71081-13

Die beiden Frauen hatten Lebensmittel, die sie noch für verwertbar halten, aus der Mülltonne eines Supermarktes mitgenommen. Die beiden Studentinnen wollten damit auf das Thema „Lebensmittelverschwendung" hinweisen. Das Amtsgericht Fürstenfeldbruck sah in dieser Aktion jedoch einen gemeinsam begangenen Diebstahl. Die beiden Frauen hatten den abgesperrten Müllcontainer mit einem Vierkantschlüssel aufgebrochen. Wenn die beiden Frauen im Vorfeld eine Geldstrafe von 1.200 Euro akzeptiert oder gemeinnützige Arbeit bei der Tafel in Fürstenfeldbruck geleistet hätten, wäre das Verfahren vermutlich eingestellt worden. Das wollten die beiden Studentinnen aber nicht. Sie wollen einen Freispruch. Sie seien keine Diebinnen, und nachdem der Supermarkt die Waren bereits entsorgt hätte, sei ihm auch kein Schaden entstanden, als sie die Lebensmittel mitgenommen hätten – so ihre Argumentation. [...] Streng genommen ist das Mitnehmen von Lebensmitteln aus den Behältern der Supermärkte Diebstahl.
Deshalb gab es bereits mehrere Prozesse, linke Gruppen und Parteien fordern aber Straffreiheit. In der Vergangenheit haben Gerichte Verfahren teils eingestellt oder Angeklagte freigesprochen. Wer Zäune übersteigt und das Gelände des Supermarkts betritt, kann auch wegen Hausfriedensbruchs belangt werden.

Bayerischer Rundfunk: Essen aus dem Müll geholt: Frauen wegen „Containerns" verurteilt. In: www.br.de, 30.04.2019.

Rollenkarte Mülltaucher

Zweimal in der Woche ziehst du mit deinen Freunden los, um in den Abfallcontainern der Supermärkte nach brauchbaren Lebensmitteln zu suchen. Als Student hast du im Monat nur ein geringes Einkommen zur Verfügung. Du bist davon überzeugt, dass dein Mülltauchen ein Beitrag zum Umweltschutz im Kampf gegen Lebensmittelverschwendung ist. Warum die Verwendung von weggeworfenen Lebensmitteln illegal sein soll, kannst du nicht nachvollziehen. Du bist der Ansicht, dass vielmehr dagegen vorgegangen werden sollte, dass noch genießbare Lebensmittel in der Mülltonne landen, denn das

ist ethisch nicht verantwortbar angesichts so vieler hungernder Menschen und der Umweltzerstörung, die mit der industriellen Nahrungsmittelproduktion einhergeht.

Rollenkarte Geschäftsführerin eines Supermarkts

Du denkst darüber nach, die Mülltonnen deines Supermarkts so einzuschließen, dass niemand mehr drankommt. Mehrfach schon hast du Anzeige gegen Unbekannt erstattet, weil Mülltaucher am Werk waren. Immerhin handelt es sich um Eigentum deines Supermarkts und wenn alle das machen würden, wärst du ruiniert, denn es würde ja niemand mehr Produkte zum regulären Preis kaufen. Du musst die Lebensmittel wegschmeißen. Was sich nicht verkauft, kann nicht deine Regale oder Lagerräume verstopfen. Einen Teil gibst du schon an die Tafel, die die Lebensmittel umsonst an Bedürftige verteilt. Aber du gehst auch da auf Nummer sicher. Wenn an den Lebensmitteln doch etwas Gesundheitsschädliches dran ist, wirst du dafür verantwortlich gemacht. Wenn die Verbraucher sich nicht ändern, kannst du nichts machen. Sie könnten doch auch beschädigte Packungen oder Bananen mit kleinen Flecken kaufen! Du musst deshalb mit so viel Überschuss kalkulieren. So funktioniert der Wettbewerb nun mal: Wenn die Kunden woanders Ware finden, die besser aussieht, kaufen sie dort. Und schließlich hat das alles ja keinen Einfluss auf die Hungerproblematik, denn man kann ja schlecht frische Produkte nach Afrika verschiffen.

Rollenkarte Publikum

Das Publikum hat während der Diskussion die Aufgabe, die Teilnehmer hinsichtlich ihres Diskussionsverhaltens zu bewerten und die für sie wichtigsten Argumente beider Positionen in der Tabelle (→ S. 137) schriftlich festzuhalten. Ihr überlegt euch Fragen und Kommentare, die ihr gegen Ende der Diskussion vorbringen könnt.

Rollenkarte Moderator/in

Du eröffnest die Podiumsdiskussion und begrüßt alle Anwesenden. Du leitest die Podiumsdiskussion ein, indem du das Thema kurz darstellst. Deine Aufgabe ist es, die Diskussion lebendig zu gestalten und sie durch gezielte Fragen auf den Punkt zu bringen. In jedem Fall musst du darauf achten, dass die Diskussion fair bleibt und die

Fragen des Plenums beantwortet werden. Achte darauf, dass jeder in etwa gleich häufig zu Wort kommt und die Gesprächsregeln eingehalten werden. Du bist zwar inhaltlich neutral, aber der „Herr/in der Regeln" und des fairen Gesprächs. Am Ende der Podiumsdiskussion werden die wichtigsten Punkte der Diskussion von dir noch einmal zusammengefasst. Zeige noch einmal kurz auf, welche Bedeutung diese für die Anliegen des Plenums haben und wie weitergearbeitet werden könnte. Beende anschließend die Podiumsdiskussion.

2. Schritt: Durchführung

Führt eine Podiumsdiskussion zur Frage: **„Mülltauchen – sollte Containern in Deutschland erlaubt werden?"** durch: Teilt euch dazu zunächst in vier Gruppen auf. Erarbeitet mithilfe der Informationen aus „Schritt 1" überzeugende Argumente, die eurer Rolle entsprechen. Wählt eine Person in eurer Gruppe aus, die euch in der Diskussion vertritt. Stimmt am Ende der Diskussion im Plenum ab, welche Position ihr überzeugender findet und begründet eure Entscheidung.

Folgendes Vorgehen kann euch bei der Durchführung der Podiumsdiskussion unterstützen:

1. Eröffnung durch die Moderatorin/den Moderator
2. Die Podiumspersonen stellen sich daraufhin vor und bekommen die Gelegenheit, ihre Position ca. zwei Minuten zu erläutern.
3. Nach einiger Zeit wird das Publikum ebenfalls in die Diskussion mit einbezogen, indem Fragen an die Personen auf dem Podium gestellt werden.
4. Am Ende der Diskussion hält jede Podiumsperson sein Abschlussstatement.
5. Die Moderation fasst daraufhin die wichtigsten Punkte der Diskussion noch einmal zusammen.
6. Das Publikum hat während der Diskussion die Aufgabe, die Teilnehmer hinsichtlich ihres Diskussionsverhaltens zu bewerten und die für sie wichtigsten Argumente beider Positionen in der Tabelle schriftlich festzuhalten.

Goldene Regeln für die Diskussion:

- Inhalte kurz und präzise formulieren
- (ver)urteilende Aussagen über den Gesprächspartner vermeiden
- strukturierende Formulierungen zum besseren Verständnis für die Zuhörer (z. B. „Was ich noch ergänzen möchte", „Im Gegensatz zu meinem Vorredner bin ich der Ansicht" etc.) verwenden
- wichtige Punkte am Ende nennen, da sie vom Zuhörer am besten behalten werden
- den Gesprächspartner nicht unterbrechen

- ruhig zu erkennen geben, wenn ein gegnerisches Argument überzeugt hat
- das unpersönliche „man" vermeiden
- freundlich und entspannt bleiben, Verärgerungen später klären

Nach: Brunsemann, Claudia u. a.: Mitreden – mitplanen – mitmachen. Deutsches Kinderhilfswerk e.V. 1997, S. 138 ff.

3. Schritt: Auswertung

Fragen an alle Diskussionsteilnehmer:

1. Wie war es auf dem Podium zu stehen?
2. Wie habt ihr euch in eurer Rolle gefühlt? Was war leicht/schwer?
3. Warum habt ihr in eurer Rolle so gehandelt?
4. Welche anderen Handlungsmöglichkeiten gab es?

Frage an das Publikum:

Welche Argumente haben gut bzw. nachvollziehbar auf euch gewirkt/welche Argumente nicht?

Fragen an alle:

1. Welche Schlussfolgerungen zieht ihr für euch daraus?
2. Seht ihr Handlungsmöglichkeiten für euer eigenes Konsumverhalten?

	Ja zur Legalisierung	Nein zur Legalisierung
Argumente für die jeweilige Position		
Diskussionsverhalten (Bewertungsraster: ++, +, +/–, –,–– mit Begründung)	Ins Heft	

Bearbeiterin

3.3.4 Verbraucherschutz – wo können wir uns informieren?

Zum Thema: Es ist gar nicht so leicht, sich im „Dschungel" der Produkte und Angebote zurechtzufinden. Als Konsument verfügen wir nämlich leider fast immer über deutlich weniger Informationen über ein Produkt als der Hersteller oder Dienstleister (Informationsasymmetrie). Doch es gibt Ansätze, diesen Informations- und Wissensvorsprung der Hersteller zu verringern und mit Risiken umzugehen. Dieses Unterkapitel soll euch genau dabei helfen.

M14 Abofallen im Internet

a) In die Falle getappt...

Fragwürdige Rechnungen verschickte das Internetportal „top-of-software.de" der Antassia GmbH. Die Masche war stets gleich: Lena (15) hatte auf der Seite nach kostenlosen Programmen wie „OpenOffice", „Adobe Flash Player" oder nach Virenschutzprogrammen gesucht. Nach mehreren Klicks kam sie zu einer Anmeldeseite. Neben einer Eingabemaske für persönliche Daten fand sich dort ein kaum erkennbarer Hinweis auf Kosten in Höhe von 96 Euro und eine Laufzeit von einem Jahr. In der Annahme, die geforderten Daten seien lediglich für den kostenlosen Download der Software nötig, übersah sie diese Klausel. Die Rechnung und auch die Mahnung vom Rechtsanwalt kamen per E-Mail.

© 2011 Verbraucherzentrale Sachsen-Anhalt e. V.: Vorsicht Abzocker: So täuschen sie Verbraucher!, In: www.verbraucherzentrale-sachsen-anhalt.de, S. 11.

b) Ein Gesetz gegen Abofallen im Internet

Wenn Verbraucher im Internet zum Abschluss von kostenpflichtigen Abonnements gelockt werden sollen, spricht man umgangssprachlich von „Abofallen". Die Angebote erscheinen auf den ersten Blick meist kostenlos. Vorsicht ist geboten, wenn persönliche Daten abgefragt werden. Denn typisch für Abofallen ist, dass sich die Internetnutzer mit E-Mail-Adresse und Namen registrieren sollen. Daraufhin werden sie per E-Mail oder Brief mit Rechnungen und Mahnungen bombardiert. Dieser Praxis wollte der Gesetzgeber einen Riegel vorschieben. Am 1. August 2012 trat daher das Gesetz zur sogenannten „Button-Lösung" in Kraft. Seitdem müssen in der Nähe des Bestell-Buttons alle Folgekosten klar und deutlich aufgelistet sein. Erst durch das Anklicken des mit bspw. „kostenpflichtig bestellen" versehenen Buttons wird der Kaufvertrag abgeschlossen.

Bearbeiterin

EINSTIEGSAUFGABE

Erläutert die Bedeutung des 2012 verabschiedeten Gesetzes zum Schutz der Verbraucher im Internet (**M14a-b**).

M15 Wie der Verbraucher geschützt wird

Lebensmittelskandale zeigen, dass ihr als Verbraucher auch getäuscht werden könnt, wenn es um die Qualität und die Herkunft der Produkte geht. Könnt ihr den Unternehmen und deren Produktangaben überhaupt vertrauen?

Im Rahmen der Verbraucherpolitik wurden daher eine Vielzahl an Gesetzen und Verordnungen erlassen, um den Verbraucher zu schützen (z. B. Lebensmittelgesetz, Kennzeichnungspflichten, Gesetz gegen unerlaubte Werbung usw.). Konkrete Ziele der Verbraucherpolitik sind der Schutz vor einer Irreführung durch Anbieter, Gesundheitsschutz, Schutz vor verbotenen Verkaufspraktiken, die Pflicht zur Wiedergutmachung von erlittenen Schäden durch Anbieter, der Zugang zu angemessenen Informationen über Produkte und Dienstleistungen, Interessenvertretung der Verbraucher auf politischer Ebene sowie die Förderung des nachhaltigen Konsums.

Ein weiteres Problem ist, dass ihr oft nicht alle Eigenschaften eines Produktes kennt, das ihr kaufen wollt. Damit könnt ihr dessen Qualität nur schwer beurteilen. Ergänzende Produktinformationen von neutralen Stellen sollen euch deshalb helfen, durchdachte Kaufentscheidungen unabhängig von den einseitigen Anbieterinformationen zu treffen.

Bearbeiterin

Informationsasymmetrie
Bezeichnung von Ökonomen, wenn zwei Vertragsparteien, also z. B. Anbieter und Nachfrager bei Abschluss des Vertrags nicht über dieselben Informationen verfügen. Weiß beispielsweise nur der Produzent, dass sein Produkt ein minderwertiges Verschleißteil mit kurzer Lebensdauer beinhaltet, welches bei einem Defekt eine Reparatur unwirtschaftlich macht, ist der Verbraucher gegenüber dem Produzenten im Nachteil.

M16 Was verschafft dem Konsumenten den Durchblick?

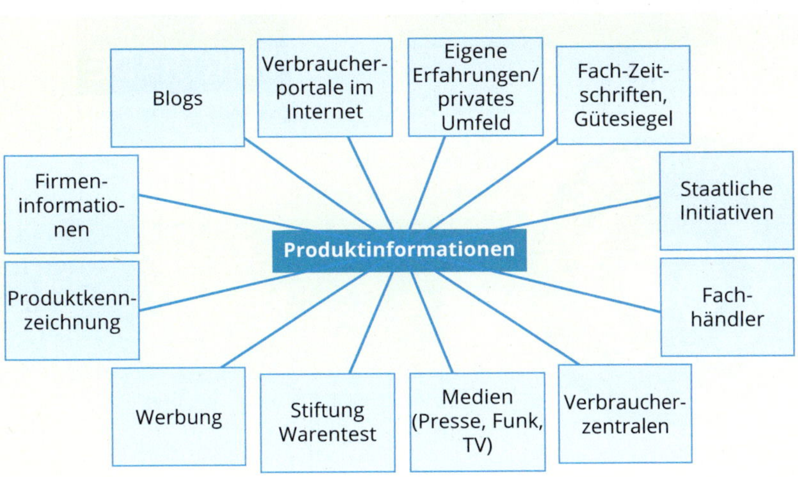

Bearbeiterin

Verbraucherzentralen
Jedes der 16 Bundesländer hat eine Verbraucherzentrale (Sachsen: *www.verbraucherzentrale-sachsen.de*). Die Verbraucherzentralen bieten Beratung zu sehr vielen Verbraucherfragen, wie z. B. zu den Themen Finanzen, Ernährung und Ökologie an.

Verbraucherportale
Diese Online-Plattformen ermöglichen schnell einfache Preisvergleiche. Nutzer können hier auch Erfahrungen und Tipps austauschen. Vorsicht ist jedoch v. a. bei den Nutzerbewertungen angebracht. Diese können direkt von den Produktherstellern veranlasst oder finanziert sein, um die eigenen Produkte möglichst gut darzustellen.

M17 Mehr Durchblick dank Gütesiegeln?

Ohne Labels, Siegel, Gütezeichen geht in unserer Warenwelt nichts mehr. Weit mehr als 1.000 davon kleben auf Produkten, zeichnen Dienstleistungen oder Internetangebote aus. Ursprünglich als schneller Rat bei Kaufentscheidungen gedacht, haben Labels allein durch ihre Vielzahl diese Funktion für viele Verbraucher verloren. www.label-online.de gibt Verbrauchern den Überblick zurück. Anhand von Bewertungen und Hintergrundinformationen lässt sich schnell erfassen, welches Zeichen was bedeutet und welche Qualität dahintersteckt. Für die schnelle Orientierung unterwegs gibt es www.label-online.de auch als App.

www.label-online.de startete im Jahr 2000 und wurde bis Ende 2014 mit Eigenmitteln und Mitteln des Bundesumweltministeriums, des Umweltbundesamtes und des Bundesministeriums für Ernährung und Landwirtschaft (BMEL) stetig erweitert, um- und ausgebaut. [...] Ein Beirat begleitete die Entwicklung der Webseite und die Auswahl und die Bewertung der Labels. Träger von www.label-online.de ist die VERBRAUCHER INITIATIVE e. V., der Bundesverband kritischer Verbraucherinnen und Verbraucher.

Abel, Georg u. a.: Die VERBRAUCHER INITIATIVE e. V.: Über Label-online. In: https://labelonline.de (Abruf am 14.08.2018).

Produktsiegel
Auf der Suche nach Anhaltspunkten für die Qualität von Produkten und Dienstleistungen sind Produktsiegel eine wichtige Orientierungshilfe beim Einkauf. Sie sollen auf besondere Qualitäten von Produkten und Dienstleistungen hinweisen, z. B. gesundheitliche, soziale oder ökologische Eigenschaften. Damit sind Siegel ein wichtiges Verbraucherinformationsinstrument im Rahmen des Verbraucherschutzes.

M18 Ausgewählte Produktsiegel

FAIRTRADE
Das Siegel für fairen Handel

BLAUER ENGEL
DAS UMWELTZEICHEN

FÜR MEHR TIERSCHUTZ
ZERTIFIZIERT NACH RICHTLINIEN DES DEUTSCHEN TIERSCHUTZBUNDES
DEUTSCHER TIERSCHUTZBUND
tierschutzlabel.info | Premiumstufe

ZERTIFIZIERTE NACHHALTIGE FISCHEREI
MSC
www.msc.org/de
TM

M19 Mehr Durchblick dank Warentests?

109 mobile Computer im Test: Stiftung Warentest kürt die besten mobilen Computer.

Die Stiftung Warentest prüft Notebooks, Ultrabooks, Convertibles und Tablets mit Tastatur so, dass Sie die Testergebnisse unmittelbar miteinander vergleichen können. So findet jeder Nutzer für sich den perfekten Rechner. Getestet werden die mobilen Computer ganz lebensnah. Die Akkulaufzeit zum Beispiel überprüfen wir in verschiedenen Alltags-Szenarien. Und auch einen Falltest müssen die Geräte überstehen. Im Labor stürzen die Computer dreimal aus 50 Zentimeter Höhe auf Teppich.

© Stiftung Warentest: Laptops, Convertibles, Tablets mit Tastatur – 109 mobile Computer im Test. In: www.test.de, 18.12.2019.

AUFGABEN

1. Nennt die Ziele der Verbraucherpolitik und begründet, warum Verbraucherschutz notwendig ist (**M15**).
2. a) Jakobs Vater möchte einen neuen Fernseher für die Familie kaufen. Erklärt ihm, wie er nun vorgehen sollte. Berücksichtigt dabei die Informationsmöglichkeiten von Verbrauchern aus **M16**.
   b) Diskutiert in der Klasse die Vor- und Nachteile der verschiedenen Informationsquellen (**M16**).
3. a) Bildet Kleingruppen und wählt ein Produktsiegel (**M18**) aus.
   b) Sammelt mithilfe einer Internetrecherche (→ Methodenglossar) Informationen dazu: Wofür steht das Produktsiegel? Wer vergibt das Produktsiegel? Welche Kriterien muss ein Produkt erfüllen, um das Siegel zu erhalten?
   c) Präsentiert eure Rechercheergebnisse zu den Güte- bzw. Produktsiegeln und bewertet deren Eignung im Hinblick auf mehr Durchblick im „Warendschungel".
4. Entwickelt in der Gruppe geeignete Kriterien für einen Warentest zu einem Lieblingsprodukt aus eurem Alltag. Führt anschließend mithilfe der folgenden DIGITAL AKTIV-Seite (→ S. 142) den Warentest durch und postet eure Ergebnisse.

Stiftung Warentest

Die Stiftung Warentest ist eine deutsche Verbraucherschutzorganisation, die unabhängig und objektiv Waren und Dienstleistungen verschiedener Anbieter untersucht und vergleicht. Die Ergebnisse der Warentests (ähnlich wie Schulnoten), Dienstleistungsuntersuchungen und Verbraucherinformationen werden z. B. im Internet, in Zeitschriften, Sonderheften, Ratgebern oder Jahrbüchern veröffentlicht (*www.test.de*).

Öko-Test

Ebenfalls objektive und neutrale Tests bietet Öko-Test. Der Schwerpunkt liegt hier auf kritischen Inhaltsstoffen sowie Umweltverträglichkeit und Nachhaltigkeit.

Tipp zu Aufgabe 4

Wenn ihr selbst einmal Produkte oder Dienstleistungen für die Stiftung Warentest testen wollt, dann könnt ihr beim Wettbewerb „Jugend testet" mitmachen (*www.jugend-testet.de*).

Einen Warentest durchführen und den Testbericht posten

I. Worum geht es?

Um die Informationsasymmetrie zwischen Käufern und Verkäufern zu entschärfen, sind Warentests eine gute Möglichkeit. Doch die Qualität muss stimmen und wenn man sich schon die Mühe eines Tests macht, dann kann man anderen Verbraucherinnen und Verbrauchern mit ähnlichen Interessen helfen, indem man den Test in Form eines Blogeintrags postet.

Aufgabe

Im vorigen Unterkapitel habt ihr bereits etwas über die Möglichkeiten von Warentests erfahren. Vielleicht habt ihr auch schon geeignete Kriterien für den Warentest eines Lieblingsprodukts aus eurem Alltag gesammelt. Nun geht es darum, den Test durchzuführen, die Ergebnisse eures Tests in einem spannenden Testbericht festzuhalten und das Ganze anschließend zu posten.

II. Geht dabei so vor:

1. Schritt: Vorbereitung

- Arbeitet in kleinen Gruppen: Einigt euch darauf, welches günstige Alltagsprodukt euer Testobjekt sein soll. Sprecht euch allerdings in eurer Klasse ab, damit nicht alle denselben Warentest durchführen.
- Wählt ca. 5 möglichst ähnliche Konkurrenzprodukte aus eurer Produktgruppe aus, die ihr testen möchtet. Dazu könnt ihr entweder online recherchieren (→ Methodenglossar) oder euch im Einzelhandel einen Angebotsüberblick verschaffen.
- Entwickelt eure Testmethode und wählt Bewertungskriterien. Erstellt dazu eine Tabelle mit euren Kriterien und deren Gewichtung. Evtl. lohnt ein Blick auf die Seiten von Stiftung Warentest, um Ideen für mögliche Bewertungskriterien zu bekommen.

↓ ↓ ↓

2. Schritt: Durchführung

Führt euren Warentest durch, legt Einzelergebnisse fest und berechnet euer Gesamtergebnis. Nun gilt es, die Testergebnisse zu präsentieren. Schreibt dazu einen Testbericht, in welchem ihr eure Testmethode und die Ergebnisse verständlich erklärt. Die Testtabelle wird ebenfalls in den Post integriert. Ein guter Blogeintrag sollte:

- Bilder oder Links sinnvoll einsetzen, um auf Produkte etc. zu verweisen. Bei Fotos müsst ihr darauf achten, den Urheber eines Fotos stets als Quelle anzugeben und diesen vorab um Erlaubnis zur Veröffentlichung fragen. Eigene Fotos sind daher eine gute Alternative.
- auf seine Leser eingehen, d. h. altersgerechte und einfache Sprache verwenden sowie sperrige Fachbegriffe vermeiden.
- keinesfalls beleidigen, verleumden oder Werke/Ergebnisse anderer einfach kopieren.

Hinweis: Viele Internet-Provider bieten Blogs als kostenlose Option an. Für euer Projekt könnt ihr eure Testberichte aber auch auf einer Intranet-Seite eurer Schule posten, denn Blogs sind frei zugänglich, d. h. jeder kann die Texte und Bilder ansehen und dann eure Posts kommentieren und kritisieren. Ihr solltet in jedem Fall eure Lehrkraft einen abschließenden prüfenden Blick auf eure Ergebnisse werfen lassen und die weiteren Schritte der Veröffentlichung besprechen, bevor ihr postet.

Bearbeiterin

Die Preisbildung im Marktmodell (··➔ M2, M3, METHODE)

Auf Märkten kooperieren Konsumenten (Nachfrager) und Produzenten (Anbieter), um ihre jeweiligen Bedürfnisse zu befriedigen. Sie haben dabei gegensätzliche Preisvorstellungen: Der Produzent will möglichst teuer und über seinen Herstellungskosten verkaufen, der Konsument meist möglichst günstig einkaufen. Beim Modell des vollkommenen Marktes besteht vollständige Konkurrenz, d. h. es gibt viele Anbieter und Nachfrager, die Güter haben dieselbe Qualität (Homogenität) und es besteht ein vollkommener Überblick über das Angebot (Markttransparenz), so bildet sich der Preis durch Angebot und Nachfrage. Ist die angebotene Menge größer als die Nachfrage, sinkt der Preis. Ist die nachgefragte Menge größer als die angebotene, steigt er. Der Gleichgewichtspreis, grafisch im Preis-Mengen-Diagramm als Schnittpunkt von Angebot- und Nachfragekurve, ist der Preis, zu dem der größte Güterumsatz erfolgt.

Die Macht des Verbrauchers in verschiedenen Marktformen (··➔ M5, M8)

Gibt es nur einen Anbieter für ein Produkt auf dem Markt (Monopol), kann dieser Preis und Qualität allein bestimmen (Produzentensouveränität). Der Verbraucher kann sich zwar gegen einen Kauf entscheiden, eine Wahl- oder Ausweichmöglichkeit auf einen anderen Anbieter hat er aber nicht. Gibt es mehrere Anbieter (Oligopol, Polypol), die im Wettbewerb zueinanderstehen, hat der Verbraucher eine deutlich bessere Position gegenüber den Anbietern. Er stimmt mit seinem Kauf über ein Produkt und damit über einen Anbieter ab (Konsumentensouveränität). Diese sind entsprechend stärker gefordert, ihre Produkte ständig zu verbessern und ihre Preise der Wettbewerbssituation anzupassen, damit der Kunde sich (weiter) für ihr Produkt entscheidet.

Kaufentscheidungen unter der Nachhaltigkeitslupe (··➔ M11)

Jegliche Produktion und jeglicher Konsum verbraucht Umweltressourcen. Um Waren preisgünstig anbieten zu können, findet die Herstellung von Textilien überwiegend im Ausland statt, wo Arbeitskräfte häufig unter sehr schlechten Bedingungen arbeiten müssen und die Schonung der Umwelt keine Rolle spielt. Durch den Kauf von nachhaltig produzierten Waren, z. B. Fairtrade-Produkten, können Konsumenten dazu beitragen, dass sich die ökologischen und sozialen Produktionsbedingungen verbessern.

Wie wird der Verbraucher geschützt? (··➔ M15-M19)

Das Produktangebot ist zwischenzeitlich so umfangreich geworden, dass es für Verbraucher oft schwierig ist, ausreichend informiert eine überlegte Kaufentscheidung zu treffen. Hinzu kommt, dass der Verbraucher in der Regel weniger über die Qualität oder Lebensdauer von Produkten weiß als der Hersteller (Informationsasymmetrien). Um die Macht des Konsumenten auf dem Markt zu stärken, übernimmt der Gesetzgeber daher u. a. mithilfe von Gesetzen und Verordnungen die Aufgabe, die Position des Verbrauchers zu stärken. Darüber hinaus werden die Verbraucher durch Internet-Verbraucher- und Vergleichsportale sowie die Verbraucherzentralen oder die Stiftung Warentest mit Produktinformationen und Beratung unterstützt.

WAS WIR KÖNNEN

Auf Gruppenfahrt – welches Angebot soll es sein?

Ihr plant mit eurer Jugendmannschaft vom Sportverein in den Sommerferien eine Woche nach Italien zu fahren. Dabei müsst ihr darauf achten, dass der Urlaub euren finanziellen Rahmen nicht sprengt. In eurer Gruppe gibt es unterschiedliche Vorstellungen von dem Reiseziel: während die einen sich nur am Stand erholen wollen, wollen die anderen lieber einen Aktivurlaub in den Bergen. Ihr vergleicht die Angebote und seid überrascht, dass die Preise bei gleicher Leistung sehr unterschiedlich sind.

Italien – Sonne, Strand und Meer

	April	August	November
Pro Woche	1.514 €	1.900 €	1.220 €

- Großzügige Ferienwohnungen (für max. 8 Personen)
- große Terrasse mit Grillmöglichkeiten
- Strand fußläufig erreichbar
- Freizeitaktivitäten im Park der Ferienanlage, z. B. Schwimmbad, Tennishalle (teilweise kostenpflichtig)
- Selbstversorgung (Einkaufsmöglichkeiten im Stadtzentrum)

Italien – Wanderungen in unberührter Natur

	April	August	November
Pro Woche	1.310 €	1.600 €	1.050 €

- Großzügige Ferienwohnungen (für max. 8 Personen)
- große Terrasse mit Grillmöglichkeiten
- ruhige Lage direkt in den Bergen
- Wandertouren auch geführt möglich (buchbar in der Touristeninformation im Ort)
- Selbstversorgung (Einkaufsmöglichkeiten im Stadtzentrum)

Sonderpreise

- Frühbucherrabatt von 20 % bei einer Buchung bis spätestens 12 Monate vor dem geplanten Reiseantritt oder 10 % bei einer Buchung bis spätestens 9 Monate vorher
- Rabatt von 200 Euro bei Buchung von zwei Ferienwohnungen für den gleichen Reisezeitraum
- 2 Wochen bleiben, nur 12 Tage bezahlen – bei einem Aufenthalt von mindestens 2 Wochen im Zeitraum Januar bis März.
- Last-Minute-Angebote – 2 Wochen vor Reiseantritt eine noch freie Ferienwohnung im August für den April-Preis buchen

Bearbeiterin

AUFGABEN

1. Erklärt mithilfe des Preisbildungsmechanismus, warum sich die Preise der Urlaubsangebote so stark unterscheiden.
2. Als ihr die Urlaubsangebote im Internet genauer anschaut, stoßt ihr auf Sonderpreise. Erläutert, welche Kundentypen hier angesprochen werden sollen und erklärt, welche Ziele die Reiseunternehmen mit diesen Sonderangeboten verfolgen.
3. Bei eurer Recherche nach dem besten Urlaubsangebot im Internet orientiert ihr euch vor allem an der Bewertung von anderen Reisenden. Dabei seht ihr, dass die von euch favorisierte Ferienanlage keine guten Bewertungen hat. Erklärt, welchen Einfluss das auf eure Wahl hat.
4. Beurteilt, inwiefern Verbraucher durch Online-Bewertungsportale Macht ausüben können. Beachtet dabei, welche Bedeutung Kundenbewertungen im Internet mittlerweile für Unternehmen haben.

Ich kann...	Dazu benötige ich u. a. folgende Begriffe...	Das klappt schon...	Hier kann ich u. a. noch üben...
...erklären, warum wir wirtschaften.	Knappheit Bedürfnisse Ökonomisches Prinzip Güter		**Kap. 3.1** • M2, M4, M5 • WWW S. 109
...Einkommensquellen und Möglichkeiten der Einkommensverwendung beschreiben.	Saldo Bruttolohn Nettolohn		**Kap. 3.1** • M10-M12 • WWW S. 109
...einen einfachen Wirtschaftskreislauf erklären.	Güterstrom Geldstrom		**Kap. 3.1** • M14, M15 • WWW S. 109
...verschiedene Einflüsse auf Kaufentscheidungen kennen und eine verantwortliche Kaufentscheidung treffen.	Budgetgrenze Opportunitätskosten Peergroup/Zugehörigkeitsgefühl Prestigekauf Lebensstil Angebot Produktionsfaktoren Marketingstrategien Werbung Nachhaltiger Konsum		**Kap. 3.2** • M2, M3, M6, M7 • Methode S. 118 • WWW S. 121 **Kap. 3.3** • M11-M13 • Methode S. 133-137 • WWW S. 143
...die Preisbildung mithilfe des Marktmodells erläutern.	unvollkommener Markt Preis-Mengen-Diagramm Gleichgewichtspreis		**Kap. 3.3** • M2, M3 • Methode S. 124 f. • WWW S. 143
...Funktionen von Märkten beschreiben und verschiedene Marktformen unterscheiden.	Preisbildungsfunktion Interessenausgleich von Anbietern und Nachfragern Polypol Oligopol Monopol		**Kap. 3.3** • M2, M5-M7 • WWW S. 143
...Möglichkeiten des Verbraucherschutzes beschreiben und dessen Notwendigkeit beurteilen.	Gütesiegel Produktsiegel Stiftung Warentest Verbraucherzentralen Verbraucherportale		**Kap. 3.3** • M15-M19 • DIGITAL AKTIV S. 142 • WWW S. 143

Adriana – eine typische Jugendliche?

Adrianas Medienprotokoll

Medium	Dauer der Nutzung an einem normalen Werktag?	Wozu habe ich es genutzt?
Internet	5 Stunden / Tag	Kommunikation, Spiele, Information, Unterhaltung
Fernsehen (auch übers Internet)	100 Minuten / Tag	Unterhaltung
Bücher	1 Stunde / Tag	Schule / Unterhaltung
Radio (auch übers Internet)	80 Minuten / Tag	Unterhaltung / Information

4

Jugendliche und Medien in einer digitalisierten Welt

Kein Medium ist für viele Menschen so wichtig wie das Smartphone. Es ist aus unserem Leben nicht mehr wegzudenken. Habt ihr euch aber schon einmal die Frage gestellt, welche Auswirkung euer Umgang mit Medien in unserer heutigen digitalisierten Welt hat? Verhaltet ihr euch im Internet anders als sonst oder seid ihr eigentlich so wie immer? Und was genau sind eigentlich Medien und wie sieht die Medienlandschaft in Deutschland aus?
Medien informieren und unterhalten uns gleichermaßen und haben deshalb eine wichtige Funktion in unserer Gesellschaft. Vor allem moderne Medien wie das Internet machen vielen Menschen aber auch Angst. Man weiß manchmal nicht, wer sich hinter einer Twitter-Nachricht oder hinter einer Homepage verbirgt. Kann man dann alles glauben, was im Internet steht und ist es überhaupt klug, online selbst immer offen und ehrlich zu sein? Und welche Rechte hat man, sollte man im Netz einmal einen Fehler machen?
Auf all diese Fragen findet ihr in diesem Kapitel Antworten und Argumente für die eine oder andere Position.

KOMPETENZEN

Am Ende des Kapitels solltet ihr Folgendes können:

- beschreiben, wie ein Ereignis als Nachricht zu uns kommt
- überprüfen, ob Nachrichten „Fake News“ sind
- darstellen, welche Rolle das Smartphone in eurem Alltag spielt
- beurteilen, ob euer Medienkonsum Schwierigkeiten macht
- überprüfen, ob Beiträge in „Sozialen Netzwerken“ verletzend sind
- darstellen, welche (rechtlichen) Folgen Cybermobbing haben kann
- erläutern, was Medien sind und welche Gemeinsamkeiten und Unterschiede es zwischen „traditionellen“ und „digitalen“ Medien gibt

WAS WISST UND KÖNNT IHR SCHON?

1. Beschreibt die Mediennutzung von Adriana (→ S. 146).
2. Stellt Vermutungen darüber an, inwieweit sich euer persönliches Medienverhalten von Adrianas Medienverhalten unterscheidet.

4.1 Das Mediennutzungsverhalten Jugendlicher

4.1.1 Welche Medien bestimmen unseren Alltag?

Zum Thema: Morgens läuft das Radio im Bad, danach gibt es das Frühstücksfernsehen, im Schulbus wird Musik gehört und in der Schule wird im Internet recherchiert. Unser Alltag ist ganz eng mit Medien und deren Nutzung verbunden. Was aber sind eigentlich Medien genau, welche Aufgaben übernehmen sie und wer nutzt welche Medien wie häufig? Diese Fragen beantwortet euch das folgende Unterkapitel.

M1 Wer nutzt welche Medien wie häufig?

Mutter und Sohn bei der Nutzung unterschiedlicher Medien

EINSTIEGSAUFGABEN

- Stellt Vermutungen darüber an, welche der im Bild **M1** zu sehenden Medien die Frau auf dem Bild häufiger als ihr neunjähriger Sohn nutzt und welche weniger häufig.
- Welche Medien nutzen eure Eltern häufiger als ihr, welche weniger häufig?

M2 Was sind Medien?

Der Begriff „Medium" kommt aus dem Lateinischen und bedeutet „Mitte" – unter einem Medium versteht man ganz allgemein einen „Vermittler" von Inhalten – das kann zum Beispiel eine Zeitschrift sein, die Informationen vermittelt, oder die Sprache selbst, durch welche sich Menschen untereinander verständigen.

In der Mehrzahl spricht man von „Medien" und meint damit meist die Massenmedien der modernen Gesellschaft, durch welche Informationen einer Vielzahl von Menschen zugänglich gemacht werden können – das können Zeitungen, Magazine, Bücher und Flugblätter sein („Printmedien"), Hörfunk, Film und Fernsehen als auch die so genannten „Neuen Medien", unter denen digitale Medien wie das Internet, E-Books oder Mobiltelefone zusammengefasst werden. Ebenso Speichermedien wie CDs oder DVDs zählt man zu den Massenmedien. Auch das Wort „Presse" wird im weiteren Sinne für die Gesamtheit der Massenmedien verwendet. Im engeren Sinne bezeichnet es vor allem Zeitungen, Zeitschriften und das Nachrichtenwesen. Medien sind also Mittel oder Verfahren, mithilfe derer Informationen in Form von Texten, Bildern und Tönen verbreitet werden können. Durch sie können Menschen sich informieren, bilden, unterhalten und austauschen.

Pawlak, Britta: Lexikon: Medien. In: www.helles-koepfchen.de, 16.01.2018.

M3 Welche Medien nutzen Jugendliche in ihrer Freizeit?

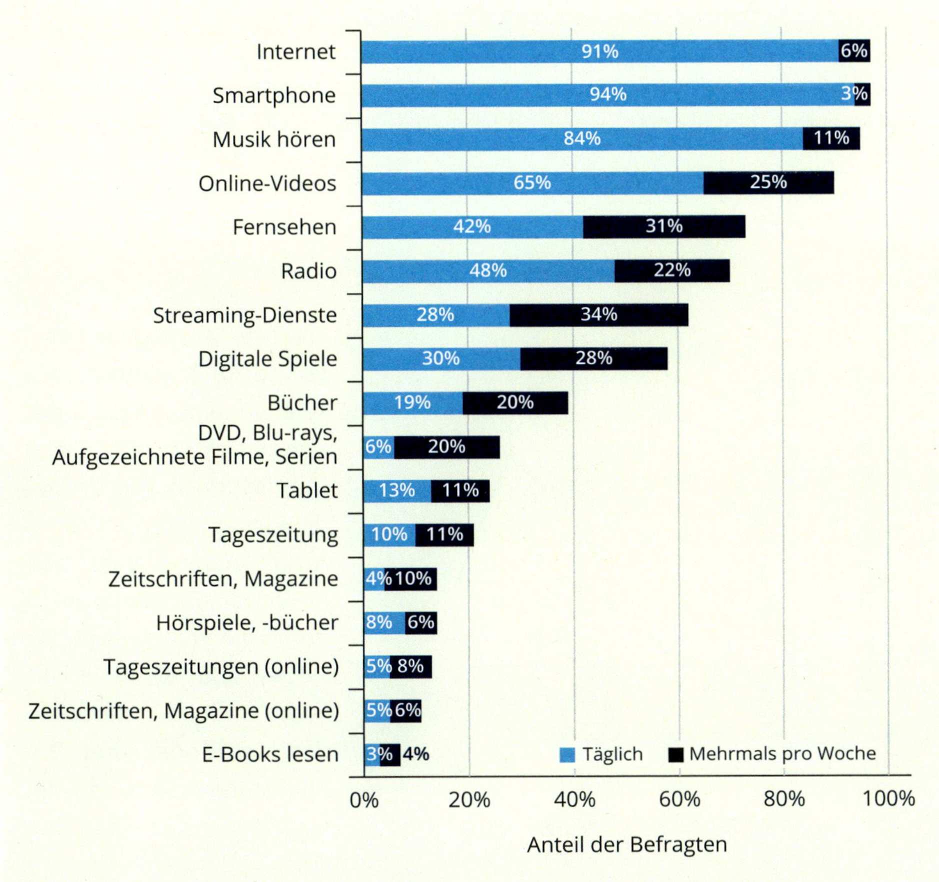

Quelle: mpts, © Statista 2019; Weitere Informationen: Deutschland; GfK Media and Communications Research; 28.05.2018 bis 05.08.2018; n = 1.200 Jugendliche; 12-19 Jahre; Telefonische Befragung

AUFGABEN

1. Beschreibt in eigenen Worten, was man unter Medien versteht (**M2**).
2. Führt eine Umfrage zur Mediennutzung in der Klasse durch und vergleicht eure Ergebnisse mit **M3**.
3. a) Erstellt mithilfe der folgenden Methode (→ S. 150) ein persönliches Medienprotokoll.
   b) Vergleicht die Ergebnisse eurer Medienprotokolle mit euren Vermutungen von der Auftaktseite (→ S. 147).

F Aufgabe 3b
Diskutiert eure Ergebnisse in der Klasse.

METHODE

Ein Medienprotokoll erstellen

I. Worum geht es?

Die Nutzung von Medien ist heute so normal, dass sie uns zum Teil gar nicht mehr bewusst ist. Medien können aber auch ablenken oder von anderen Aktivitäten abhalten. Ein kontrollierter Umfang ist daher sinnvoll. Macht euch daher eure ganz persönliche Mediennutzung bewusst.

II. Geht dabei so vor:

1. Schritt: Beobachtung der eigenen Mediennutzung

Beobachtet über einen Zeitraum von einer Woche hinweg eure persönliche Mediennutzung. Notiert hierzu, welche Medien ihr täglich wie lange konsumiert.

2. Schritt: Auswertung der eigenen Mediennutzung

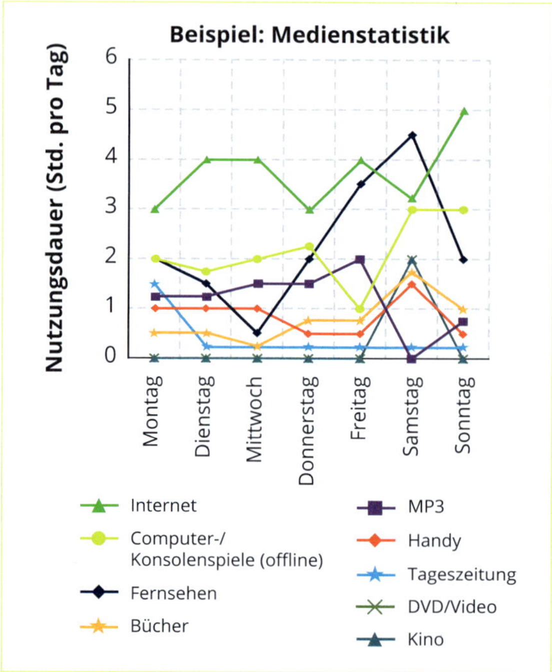

Tragt die ermittelten Werte wie im folgenden Beispiel in ein zweiachsiges Koordinatensystem ein. Überlegt euch, welche Medien ihr erfassen möchtet. Achtet darauf, dass sich die einzelnen Datenpunkte durch die Wahl geeigneter Farben oder Symbole klar voneinander unterscheiden. Am Ende eurer Beobachtung könnt ihr die einzelnen Punkte mit Hilfslinien verbinden.

3. Schritt: Kritische Bewertung der eigenen Mediennutzung

Vielleicht seid ihr erstaunt darüber, wie viel Zeit ihr pro Tag mit der Nutzung verschiedenster Medien verbringt. Bedenkt aber auch: Es kann sein, dass ihr zu bestimmten Zeiten des Tages mehrere Medien gleichzeitig konsumiert habt.

Bearbeiter

4.1.2 Persönliche Daten im Internet – na und?

Zum Thema: Im Internet gebt ihr immer Informationen an andere weiter. Oft ist euch das noch nicht einmal bewusst. Aber jeder Klick auf einen Link gibt anderen Informationen über euch. Es genügt oftmals schon, eine App zu öffnen. Selbst wenn ihr eigentlich nichts zu verbergen habt, sammeln andere diese Informationen, um einen Nutzen daraus zu ziehen. Mehr dazu lernt ihr auf den folgenden Seiten.

M4 „Ich kam mir vor wie eine Schwerverbrecherin"

Aimee Schneider wollte nach dem Abitur Verwandte in Ohio besuchen, doch am Flughafen verhörten US-Beamte sie stundenlang, nahmen sie unter Eid und setzten sie ins Flugzeug zurück nach Deutschland – warum?

Frau Schneider, Sie sind eine Staatsfeindin der USA?

Ich wollte nach dem Abitur für vier Monate meine Großcousine in Cleveland besuchen, ein bisschen reisen, mein Englisch verbessern. Der Beamte in Philadelphia hat mich bei der Passkontrolle gefragt, was ich so lange in den USA wolle. Urlaub bei Verwandten, was sonst? [...]

Das hat die Kontrolle nicht akzeptiert?

Nein. Ich wurde in einen separaten Raum zu einer Art Verhör gebeten, das ziemlich ruppig verlief. Wir könnten doch einmal von Frau zu Frau reden, sagte die Beamtin. Sie erkenne Lügen schon von Weitem. Vier Monate Urlaub, und dann noch in Cleveland, das macht doch keiner. Als ich dann von meiner Großcousine und ihren Kindern erzählte, wurde sie plötzlich sehr hellhörig. Ich sollte mein Handy herausrücken und ihnen die Facebook-Nachrichten zwischen meiner Großcousine und mir zeigen. Irgendwann vor der Reise hatte ich geschrieben, dass ich auch mal auf die Kinder aufpassen könne. Warum auch nicht? Ich gehöre zur Familie. Es war nie die Rede davon, dass ich Geld dafür bekommen sollte. Am Flughafen hieß es dann, ich wollte schwarz als Au-pair in den USA arbeiten. Ich galt plötzlich als illegale Arbeitsmigrantin.

Wenn man das Vernehmungsprotokoll liest, könnte man tatsächlich den Eindruck bekommen Sie wollten zum Arbeiten kommen. Anscheinend ging es in der Facebook-Unterhaltung auch darum, ob Sie Kinder einer Nachbarin oder Kollegin hüten und von der Schule abholen können.

Wir haben darüber gesprochen, womit ich mich beschäftigen könnte, wenn meine Cousine auf der Arbeit ist. Ich wollte eine weitere Familie kennenlernen. Dass ich Geld dafür bekommen sollte, war nie geplant.

illegale Arbeitsmigranten
Menschen, die ohne Erlaubnis in ein fremdes Land kommen und dort Geld verdienen wollen.

EINSTIEGSAUFGABE

Erklärt den Zusammenhang zwischen Aimee Schneiders Einreiseverbot in die USA und ihren Posts auf Facebook (**M4**).

M5 Wie sieht euer Tag in Daten aus?

All diese eurer Daten und viele mehr werden an nur einem Tag gespeichert.

Melanie: Datensammeln ohne Ende. In: www.watchyourweb.de (Abruf am 21.01.2020).

M6 Wen interessiert was?

Bearbeiter

Das Recht auf informationelle Selbstbestimmung
Ihr habt das Recht, selbst zu bestimmen, welche Informationen über euch weitergegeben werden. Jeder, der Daten von euch besitzt, zum Beispiel eure Schule oder ein Internetdienst muss sicherstellen, dass kein Unbefugter Zugang zu euren Daten hat. Keiner darf Informationen über euch weitergeben, ohne dass ihr eure Einwilligung gegeben habt. Vor allem kostenlose Angebote im Internet könnt ihr aber häufig nur nutzen, wenn ihr erlaubt, dass eure Daten weitergegeben werden. Was genau mit euren Daten passieren kann, steht in den Datenschutzbestimmungen oder den Allgemeinen Geschäftsbedingungen der Anbieter.

AUFGABEN

1. a) Erstellt euren persönlichen Tagesablauf in Daten (**M5**).
   b) Haltet fest, wer welche Informationen wofür verwenden könnte.
2. Erstellt eine Liste von Informationen, die im Internet oder auf anderen Wegen über euch in Umlauf gekommen sind.
3. a) Begründet, warum die einzelnen Institutionen sich für die Informationen aus der Datenwolke interessieren könnten (**M6**).
   b) Recherchiert in den Datenschutzrichtlinien eines Anbieters (z. B. Google, Facebook, WhatsApp, Instagram, Snapchat etc.), was dieser mit euren persönlichen Daten macht.

4.1.3 Das eigene Internetprofil – Spiegel der Persönlichkeit?

Zum Thema: Vielleicht habt ihr selbst ein eigenes Internetprofil, zum Beispiel bei Facebook. Dann müsst ihr euch fragen, wie ihr euch anderen präsentieren wollt. Zeigt ihr euer wahres Ich oder gebt ihr nur Ausschnitte eurer Person preis? Seid ihr im Internet womöglich ein ganz anderer Mensch? Wie wirkt eure Internetpersönlichkeit auf euer wirkliches Leben zurück? Diese Fragen beantwortet euch das folgende Unterkapitel.

M7 „The Chancellor and me after the victory"

Der Fußball-Weltmeister Lukas Podolski postet am Abend des WM-Finalsieges der deutschen Mannschaft in Rio de Janeiro 2014 ein Selfie mit Bundeskanzlerin Angela Merkel auf Twitter.

EINSTIEGSAUFGABE

Mit wem würdet ihr gerne auf einem Selfie zu sehen sein? Begründet eure Entscheidung.

M8 „Ich schaue mir mein Bild genau an

Online muss sich heute jeder selbst vermarkten. Richtig Posen und Ausleuchten gehören dazu. Dem Magazin „Yaez" erklärt Kiara wie viel sie im Web von sich zeigt – und was sie lieber nicht hochlädt.

Kiara, wie wichtig ist es dir, in sozialen Medien gut anzukommen?

Ich achte schon darauf, wer meine Posts mit einem „Gefällt mir" markiert. Ich freue mich dann, wenn es coole Leute sind. Und ich schaue mir ein Bild genau an, bevor ich es hochlade, aber das passiert schon fast unterbewusst. Auf der anderen Seite würde ich auch mal etwas posten, für das ich nicht so viele Likes bekomme – verbiegen werde ich mich niemals für meine Facebook-Freunde.

Kennst du Leute, die sich richtig einen Kopf um ihr Image im Netz machen?

„Social Media" im Erklärfilm

Mediencode: 71081-14

Die kennt doch jeder! Ich bin mit Leuten bei Facebook befreundet, die in der Schule total schüchtern sind und dann im Netz ein ganz anderes Bild von sich zeigen. Ganz extrem ist es bei den Fünftklässlern, ich bin einmal in der Woche als Mediator bei ihnen. Die Konflikte drehen sich immer wieder um einen Chat, den die ganze Klasse bei WhatsApp hat. Da werden Fotos und Videos herumgeschickt, was manchen nicht passt. Alle Streitereien werden über diesen Chat ausgetragen. Die sind alle schon total süchtig und leben wie in einer Parallelwelt.

Wo siehst du hier die größte Gefahr?
Die ganze Klasse definiert sich darüber, was andere im Chat über einen schreiben. Da wird eine Schülerin beleidigt und fühlt sich angegangen. Ich versuche dann herauszufinden, warum die Mitschüler das geschrieben haben, und möchte den Konflikt aufklären. Oft hilft es, miteinander zu reden. Wahrscheinlich wäre man schon ein Stück weiter, wenn nicht alle Fünftklässler ein Smartphone hätten.

Brück, Kira: Likes, Hashtags und Filter: So funktioniert Social Media. In: www.yaez.de, 17.03.2014.

Mediator
→ S. 34

Viele Selfies sollen ein schmeichelhaftes Bild der Person abgeben, so wie sie von den anderen gesehen werden will.

M9 Wen interessiert was?

Die Regeln sind klar: Je angesagter die Location ist, in die man sich eincheckt, desto mehr Leute sind beeindruckt. Je stylischer das Outfit auf dem Selfie, desto mehr begeisterte Kommentare. Also überlegen wir genau, was wir von unserem Leben preisgeben. „Wir lernen, dass ein Post aus dem Museum weniger für Furore sorgt als einer von der Kartbahn. Diesen Regeln unterwerfen sich die Nutzer sozialer Netzwerke. Anstatt also zu leben, macht man sich Gedanken darüber, was man berichten kann – diese Gefallsucht kann zur Falle werden", sagt Heike Kaiser-Kehl, Diplom-Psychologin bei dieonlinepsychologen.de.

Brück, Kira: Selbstoptimierung: Gefalle ich den anderen im Social Web?. In: www.yaez.de, 17.03.2014.

M10 Die Psychologin fragt

Nach: Brück, Kira: YAEZ, Die Jugendzeitung, Ausgabe 71, April 2014, S. 5.

H Aufgabe 1
→ S. 197

F Aufgabe 1
Setzt die Beschreibung in einem eigenen Selfie um

F Aufgabe 3
Stellt euch vor, ihr wärt selbst in der „Falle Gefallsucht" (**M9**) gefangen. Beantworte die Fragen der Psychologin aus **M10**.

H Aufgabe 4
→ S. 197

AUFGABEN

1. Beschreibt, was auf Bildern von euch zu sehen sein müsste, damit ihr sie ins Internet stellen würdet (**M8, M9**).
2. Stellt euch den Fragen der Psychologin und beantwortet sie schriftlich (**M10**).
3. Erstellt eine Diagnose. Seid ihr in der „Falle Gefallsucht" gefangen (**M9, M10**)?
4. In fünf Jahren werdet ihr voraussichtlich Abitur machen. Vielleicht bewerbt ihr euch anschließend auf einen Ausbildungsplatz, vielleicht seid ihr frisch verliebt. Ganz sicher seid ihr fünf Jahre älter. Begründet, warum euch eure Posts von heute nicht unbedingt egal sein können.

4.1.4 Die Entwicklung des Kommunikationsverhaltens: „Früher war alles besser!" – oder doch schlechter?

Zum Thema: „Früher war alles besser!" Das sagen Erwachsene häufig, und dann schwärmen sie von ihrer Kindheit. Aber stimmt denn das so? Früher gab es kein Smartphone, an den Straßenecken standen gelbe Telefonzellen und in den Wohnungen ein Festnetztelefon mit Wählscheibe. Was soll denn daran besser gewesen sein? Um genau diese strittige Frage geht es in diesem Unterkapitel.

M11 Kommunizieren 12-jährige Mädchen heute anders als früher?

1 Mia im Jahr 2020

Mia hat seit einem Jahr ein Smartphone, das sie oft nutzt. Schon morgens weckt es sie. Schnell schaut Mia – noch im Bett –, ob ihr jemand über Nacht geschrieben hat. Außerdem checkt sie den Vertretungsplan ihrer Schule, ob irgendeine Stunde ausfällt. Im Bus zur Schule hört sie Musik, schaut sich Videos an und chattet mit einer Freundin.

In der Schule gibt es ein Smartphone-Verbot, allerdings dürfen sie in Englisch Vokabeln googeln, die sie nicht kennen. Nach der Schule trifft sich Mia manchmal gerne mit einer Freundin. Ob es klappt, klären die Mädchen per WhatsApp.

Oft geht Mia nach der Schule in den Park, um aktuelle Fotos für ihr Profilbild bei SnapChat zu schießen. Es kommt dann immer wieder vor, dass ihre Mutter Petra mitten im Selfie-Shooting anruft, um zu wissen, wann sie endlich nach Hause kommt.

2 Petra Schmidt im Jahr 1990

Petras Familie hat ein Festnetztelefon. Es steht fest im Flur und hat eine Wählscheibe. Daneben liegt ein Adressbuch mit Telefonnummern von Freunden, denn das Telefon kann keine Nummern speichern. Wenn Petra telefonieren möchte, muss sie sich kurz fassen, da Telefonieren teuer ist, besonders tagsüber und in andere Städte, sogenannte Ferngespräche. Besonders kurz angebunden führen sie die Ferngespräche mit ihren Verwandten im Ausland, die nur zum Geburtstag für ein paar Minuten angerufen werden. Außerdem gibt es nur ein Telefon in der Familie. Wenn Petra telefoniert, kann kein anderer telefonieren. Da das Telefon mit der Telefonbuchse verbunden ist, kann sich Petra zum Quatschen mit ihrer Freundin nicht zurückziehen. In die Schule nimmt Petra immer 30 Pfennig mit, um in dringenden Fällen vom Münztelefon zuhause anrufen zu können.

Bearbeiter

EINSTIEGSAUFGABEN

- Vergleicht den Alltag von Mia und Petra in **M11**. Welche Unterschiede gibt es?
- Arbeitet heraus, welche Vor- und Nachteile das Kommunikationsverhalten beider Mädchen in **M11** jeweils hat.

M12 Vor- und Nachteile der ständigen Erreichbarkeit

Lange Zeit war das Festnetztelefon ein Symbol für Erreichbarkeit und für Fortschritt. Mit der Entwicklung des Mobiltelefons wurde diese Erreichbarkeit ortsunabhängig. Eindrucksvoll zeigt sich das auch an den Ergebnissen einer Umfrage der Stiftung Internetforschung unter rund 3.000 erwachsenen Mobiltelefonbesitzern. So nimmt rund jeder sechste Handynutzer [...] sogar auf der Toilette Anrufe entgegen. Von den 18- bis 29-Jährigen gehen sogar rund jeder Vierte [...] auf dem Klo ans Handy. [...]

Diese ortsunabhängige Erreichbarkeit bietet viele Vorteile. So wird durch das Mobiltelefon in dringenden Fällen eine unmittelbare, schnelle Kommunikation ermöglicht. In Notfällen können Familie und Freunde überall, egal wo sie sind und wo man selbst gerade ist, angerufen werden. [...]

Aber es ergeben sich auch Probleme aus der ständigen Erreichbarkeit. Weiß man, dass jemand ein Handy besitzt, so erwartet man regelrecht, dass der andere auf einen Anruf oder eine SMS direkt reagiert. Erfolgt dies nicht, so steht dieser Nutzer schnell unter Druck, da er sich für die Nicht-Erreichbarkeit rechtfertigen muss. Man muss Erklärungen abgeben, Ausreden erfinden usw. Dieses löst verstärkt Stress aus. [...]

Die ständige Nutzung des Handys führt zudem zu einer verminderten Aufmerksamkeit- bzw. Konzentration z. B. dadurch, dass man ständig mehrere Sachen gleichzeitig macht. Jetzt kann man mit der Familie im Restaurant essen, während man gleichzeitig mit den Freunden über WhatsApp kommuniziert. Sogar lebensgefährlich kann das im Straßenverkehr werden.

Nach: © Landesanstalt für Medien NRW: Handymania – Erreichbarkeit 2.0. In: www.medienscouts-nrw.de (Abruf am 15.03.2019).

M13 Lisas Leben auf WhatsApp

Lisa ist eine Jugendliche, wie viele andere auch. Sie hat viele Freunde und Bekannte und steht mit ihnen im regen Kontakt, auch auf dem „Instant-Messaging-Dienst" WhatsApp. Welche Folgen das für sie hat, zeigt der links hinterlegte Video-Clip.

Lisas Leben auf WhatsApp im Video-Clip (2:24 Min)

Mediencode: 71081-15

© Landesanstalt für Medien NRW: Handysektor erklärt – WhatsApp-Stress. In: www.handysektor.de (Abruf am 04.04.2019).

M14 Fallbeispiele: Kommunikationsverhalten der Familie Schmidt

1 **Karsten:** Das Handy ist immer an, auch nachts. Im Büro kommuniziere ich viel mithilfe von E-Mails und Chats, vor allem mit Kollegen, die nicht vor Ort sind. Am meisten telefoniere ich aber mit dem Telefon: Denn gerade das persönlich gesprochene Wort ist mir sehr wichtig.

2 **Petra:** Ich telefoniere am liebsten am Festnetz – da kann ich mit meinen Geschwistern besser telefonieren. Beim Handy ist mein Akku immer schnell aufgebraucht. Gerne schreibe ich auch noch Briefe an meine Verwandten, die vor einigen Jahren nach Südafrika ausgewandert sind.

3 **Mia:** Ich checke jeden Morgen nach dem Aufstehen meine Klassen-WhatsApp-Gruppe. Vielleicht ist etwas Wichtiges dabei. Außerdem interessieren mich die neuen Bilder meiner Freundinnen.

4 **Jakob:** Mit meinen Freunden und Geschäftspartnern rede ich ausschließlich per Smartphone. Entweder direkt oder per Chat. Auch das Tablet nutze ich oft, wenn ich Dateien verschicken möchte. Manchmal poste ich auch bei YouTube etwas.

5 **Toni:** Ich habe viele Chat-Gruppen (Klasse, Partei, Sportverein). Hier wird sehr viel gepostet. Ansonsten surfe ich gerne im Internet, schreibe E-Mails, usw.

Bearbeiter

AUFGABEN

1. Bearbeitet **M11** in Teamarbeit. Stellt euch vor, Mia könnte in die Vergangenheit reisen und würde ihre Mutter im Jahr 1990 treffen. Schreibt einen Dialog zwischen den beiden. Geht dabei auf die Vor- und Nachteile der Smartphone-Nutzung im Alltag ein.
2. a) Lest **M12** und arbeitet in einer Gegenüberstellung Vor- und Nachteile der ständigen Erreichbarkeit durch Mobiltelefone heraus.
   b) Erstellt eine Liste mit Tipps, wie mit den Nachteilen umgegangen werden soll.
3. Schaut euch das Video zu Lisas Problem in **M13** zunächst einmal an und äußert euch spontan: Was fällt euch auf, was kommt euch bekannt vor?
4. Erstellt eine Tabelle nach diesem Muster in eurem Heft:

Lisas Probleme mit WhatsApp	Lisas Lösungen	Weitere denkbare Lösungen

   Schaut das Video erneut an. Füllt die beiden linken Spalten mit Notizen. Danach könnt ihr weitere Ideen in die rechte Spalte eintragen.
5. Bewertet das Kommunikationsverhalten in **M14** dahingehend, ob ihr Gefahren seht, wie sie in **M12** und **M13** beschrieben werden.
6. Nehmt Stellung: War das Kommunikationsverhalten früher schlechter oder besser als heute?

F Aufgabe 1
Bewertet, was euch am jeweils anderen Leben gefallen oder stören würde.

F Aufgabe 2a
Ergänzt eure Gegenüberstellung durch eigene Argumente.

4.1.5 E-Sport – ein Sport wie jeder andere?

Zum Thema: Manche Menschen nutzen das Internet und den Computer nicht nur um Informationen auszutauschen. Sie nutzen das Medium zur Unterhaltung. Mit Computerspielen verbringen sie viel Zeit. Manche arbeiten sogar als professionelle Computerspieler. Bei Wettkämpfen treffen sie sich und tragen ihre Spiele vor einem großen Publikum aus. Ob dieser „E-Sport" aber auch wirklich Sport ist und welche Gefahren er sogar in sich birgt, erfahrt ihr auf den folgenden Seiten.

M15 Fitnessstudio vs. ESL One Frankfurt

„Klassisches" Fitnessstudio

Die ESL One Frankfurt ist Europas größtes E-Sport Event.

EINSTIEGSAUFGABE

Vergleicht die beiden Bilder (**M15**) miteinander. Nennt Gemeinsamkeiten und Unterschiede.

M16 Ist E-Sport Sport?

Prof. Dr. Froböse ist Wissenschaftler an der Sporthochschule Köln und beschäftigt sich mit E-Sport. Die Zeitschrift Computerbild hat ihn dazu interviewt.

Sind E-Sportler denn überhaupt Sportler?

Offiziell, nein. Der Deutsche Olympische Sportbund (DOSB) nennt als Grund gegen eine Anerkennung als Sportart, dass eine „die Sportart bestimmende motorische Aktivität fehle." Betrachtet man […] die von außen sichtbaren Bewegungen, so ist E-Sport natürlich nicht vergleichbar mit anderen Sportarten wie Fußball. Betrachtet man jedoch […] Anforderungen wie schnelle Reaktionen, Antizipation und Taktik, so werden einige Parallelen zum „richtigen" Sport deutlich. Von daher ist es meiner Meinung nach legitim, auch beim E-Sport von Sport zu sprechen.

legitim
hier: angemessen

Welche Voraussetzungen muss ein E-Sportler erfüllen, um erfolgreich zu sein? Mit welchen Sportarten ist das Profil vergleichbar?

Neben den spielbezogenen Inhalten sollte ein E-Sportler optimaler Weise gute körperliche Grundvoraussetzungen mitbringen, um die kognitiven und mentalen Komponenten positiv zu beeinflussen. Zudem sollte die Kräftigung der Muskulatur nicht vernachlässigt werden. E-Sport bringt leider lange Sitzzeiten mit sich, was häufig in Verspannungen und Rückenschmerzen resultiert. Regelmäßiges Krafttraining der gesamten Rumpfmuskulatur kann ebenso einen wichtigen Beitrag zur Vermeidung der genannten Begleiterkrankungen leisten. Auch gezielt eingesetzte Kurzentspannungsverfahren sind empfehlenswert. Diesbezüglich ähnelt das Anforderungsprofil eines E-Sportlers dem eines Schach- oder Billardspielers oder dem eines Sportschützen.

Computerbild: Prof. Dr. Ingo Froböse im Interview: Ist eSport Sport?. In: www.computerbild.de, 03.11.2014.

resultieren
hier: dazu führen

M17 Entspannungstipps für PC-Gamer

Die PC-Spielfiguren Super Mario und Luigi

1. Falte die Hände und kehre die Handflächen nach außen.
2. Strecke die Arme auf Schulterhöhe.
3. Presse die Handflächen, bis du die Dehnung in den Armen und zwischen den Schulterblättern spürst.
4. Halte die Dehnung 20 Sekunden und wiederhole sie zwei Mal.
5. Halte den linken Zeigefinger etwa 15 cm, den rechten etwa 30 cm von den Augen.
6. Fokussiere nun abwechselnd die Zeigefinger. Konzentriere dich dabei auf deine Gedanken, nicht auf deine Finger.
7. Versuche das Bild festzuhalten, wenn du einen der Finger doppelt siehst.
8. Wiederhole die Übung mehrfach.
9. Lege die Spitzen von Daumen, Ringfinger und kleinem Finger aufeinander und strecke dabei die übrigen Finger.
10. Übe mit den Fingern nur einen leichten Druck aus. Die Hände sollten entspannt bleiben.
11. Mache die Übung gleichzeitig mit beiden Händen und atme bewusst und langsam.

Nach: medienmacher.de: Entspannungstipps für PC-Gamer. In: www.daimler-betriebskrankenkasse.com, 15.01.2016.

AUFGABEN

1. Nennt Fähigkeiten, die ein PC-Spieler trainiert und Voraussetzungen, die ein guter PC-Spieler erfüllen muss (**M16**).
2. Vergleicht E-Sport mit einer anderen Sportart wie z. B. Fußball oder Schwimmen.
3. a) Führt gemeinsam die Entspannungsübungen **M17** durch.
   b) Beschreibt deren Wirkung.

4.1.6 Wie kann einem internetsüchtigen Freund geholfen werden?

Zum Thema: Das Angebot im Internet ist so groß und vielfältig, dass es manchmal schwerfällt, sich vom Computer zu lösen. Dann verbringt ihr mehr Zeit im Internet, als ihr eigentlich wolltet. Wenn ihr euch so viel mit dem Computer beschäftigt, dass euer geregelter Alltag darunter leidet, schwebt ihr in der Gefahr, internetsüchtig zu sein. Etwa einer von 20 Jugendlichen ist davon betroffen. Was man dagegen tun kann, erfahrt ihr im folgenden Unterkapitel.

M18 Was kann man tun, wenn Luca...

Bearbeiter

EINSTIEGSAUFGABE

Tauscht euch darüber aus, wie ihr in den Situationen aus **M18** jeweils reagieren würdet.

M19 Internetsucht – so wurde mir geholfen

An dieser Stelle erzählt uns ein junger Mann, wie er den Ausstieg aus seiner Computersucht gemeistert hat.

Hallo Christian, du hast uns erzählt, dass du fast drei Jahre lang computersüchtig warst. [...] Wie haben deine Freundin und deine Eltern das ausgehalten?

[...] Ich denke, am Anfang haben sie auch noch nicht gewusst, dass das vielleicht eine Sucht sein könnte. Da es aber mit der Zeit nicht besser wurde, hat mir dann irgendwann meine Freundin die Pistole auf die Brust gesetzt und gesagt, sie halte das nicht mehr aus und ich solle endlich was dagegen tun, sonst würde sie sich von mir trennen. [...] Meine Freundin hatte mir gesagt, dass es spezielle Beratungsstellen für mein Problem gäbe. [...]

Wie lief das denn in der Beratungsstelle so ab?

[...] Die Leute dort haben mich so angenommen wie ich bin. Das war echt angenehm. Wir haben einfach nur viel gesprochen, über mein Zuhause, meine Eltern, meine Freundin, die Schule, was mich so bedrückt oder nervt, aber auch ganz viel über die Computerspiele, die ich so faszinierend fand. Die Beraterin kannte sich voll gut aus und hat mich überhaupt nicht verurteilt. Das fand ich total super. [...] Sie hat mir aber auch ziemlich deutlich gemacht, dass ich ein Problem habe und dass ich mein Computerverhalten ändern muss. Und gemeinsam haben wir besprochen, wie ich das machen kann. [...]

Der härteste Schritt war, alle Spiele von meinem Computer zu löschen und mich vorher von meinen Mitspielerinnen und Mitspielern zu verabschieden. [...] Nachdem das geschafft war, hatte ich auf einmal so viel Zeit übrig. Die hab ich dann versucht, wieder sinnvoller zu nutzen. Freunde treffen, ins Kino gehen, mehr Zeit mit meiner Freundin verbringen usw. Immer wenn ich trotzdem was am Computer erledigen wollte, hab ich einfach drauf geachtet, bestimmte Zeiten einzuhalten. Das hat ziemlich gut funktioniert. Heute bin ich jedenfalls nicht mehr süchtig nach irgendwelchen Onlinewelten.

Bundeszentrale für gesundheitliche Aufklärung (BZgA): So wurde mir geholfen. In: www.ins-netz-gehen.de (Abruf am 13.01.2020).

Viele Betroffene ziehen sich stark aus dem sozialen Leben zurück und spielen Tag und Nacht nur noch am Computer.

M20 Tipps zur Vermeidung von Internetsucht

- Nutze einen (Online-)Wecker, um dich nach einer vorbestimmten Zeit an das Aufhören erinnern zu lassen.
- Installiere Sicherheitssoftware, um bestimmte Anwendungen (z. B. Onlinespiele) zu sperren.
- Gib die Administratorenrechte von deinem PC an eine Person deines Vertrauens (z. B. deine Eltern) ab.
- Verbanne den PC aus deinem Zimmer und stelle ihn an einem möglichst ungemütlichen Ort auf.
- Plane regelmäßige Aktivitäten, die dich vom Computer fernhalten.
- Suche dir Hilfe, wenn du unsicher bist, ob du bereits internetsüchtig bist.

Bearbeiter

AUFGABEN

1. Erstellt eine Liste von Personen und Maßnahmen, die Christian geholfen haben (**M19**).
2. Ordnet die Tipps aus **M20** jeweils einer der drei folgenden Aussagen zu:
   - Könnte ich mir vorstellen.
   - Sollte ich darüber nachdenken.
   - Kommt für mich derzeit nicht in Frage.
3. Gestaltet ein Wandplakat (→ Methodenglossar) zum Umgang mit Internetsucht.

WAS WIR WISSEN

Medien in unserem Alltag (···→ M2, M3, METHODE)

Aus dem täglichen Leben ist vor allem das Internet nicht mehr wegzudenken. Miteinander kommunizieren und spielen, Videos schauen, Musik hören, shoppen, Informationen recherchieren usw. kann man online tun. Mit dem Medium Internet hat sich damit ein neues Kommunikationsmittel entwickelt, das die Menschen immer öfter zur Pflege und Bildung ihrer sozialen Kontakte nutzen. Mit sozialen Netzwerken lassen sich im Vergleich zu herkömmlichen Kommunikationsmöglichkeiten, wie z. B. dem Brief, sehr viele Kontakte pflegen und gewinnen – und das mit geringem Aufwand.

Unsere Daten im Internet (···→ M5, M6)

Jeder Mensch lebt in der digitalisierten Welt in einem Netz aus Verwandtschaft, Freundschaft und Bekanntschaft. Der Umgang mit digitalen Medien beeinflusst euch, ob ihr das wollt oder nicht. Und dies geschieht auf eine andere Art und Weise, wie dies traditionelle Medien früher getan haben. Wie digitale Medien euch genau beeinflussen, hängt von euch und eurer persönlichen Mediennutzung ab.

Die eigene Persönlichkeit im Internet (···→ M8, M9)

Wer ein Internetprofil hat, möchte dort möglichst gut auf andere wirken. Häufig führt das dazu, dass man Dinge schönredet oder interessanter gestaltet, als sie in Wirklichkeit sind. Was passiert aber, wenn die Person im Internet immer weniger mit der Person der Realität zu tun hat? Und wenn ihr befürchten müsst, dass die eigenen Übertreibungen und kleineren Lügen auffliegen? Dann besteht die Gefahr, dass ihr euch immer mehr von anderen zurückzieht und den Bezug zur Realität verliert. Selbst wenn ihr in euren Profilen bei der Wahrheit bleibt, solltet ihr aufpassen, was ihr postet. Eure Einträge sind nicht nur heute, sondern auch in der Zukunft online zu sehen.

Die Entwicklung des Kommunikationsverhaltens (···→ M11-M14)

Mit der Entwicklung der neuen Medien ändert sich auch das Kommunikationsverhalten der Menschen. Auf den ersten Blick erscheinen die alten Formen der Kommunikation langsam und umständlich. Schließlich können wir heute direkt und schnell mit unseren Freunden kommunizieren und sind auch selber immer sofort erreichbar. Aber die ständige Erreichbarkeit führt auch dazu, dass wichtige soziale Funktionen von Kommunikation vernachlässigt werden, die erst durch direkte persönliche Kontakte möglich sind.

E-Sport und Internetsucht (···→ M6, M17, M19, M20)

Die ständige Nutzung von Computern und dem Internet hat auch dazu geführt, dass Computerspiele zunehmend als Sport betrachtet werden. Allerdings hat E-Sport nicht den gesundheitlichen Nutzen wie echter Sport. Zudem besteht die Gefahr, dass man süchtig danach wird und seine sozialen Kontakte außerhalb der digitalen Welt vernachlässigt.

4.2 Die Medienlandschaft in der Bundesrepublik Deutschland

4.2.1 Nachrichten: Warum manche Ereignisse zu Nachrichten werden und andere nicht

Zum Thema: Was dem einen besonders wichtig ist, ist dem anderen total egal. Auf Ereignisse und Nachrichten bezogen bedeutet dies: Nicht alles, was passiert, schafft es in die Zeitung. Doch was braucht ein Ereignis, um als Nachricht „um die Welt" zu gehen? Diese Frage ist Gegenstand dieses Unterkapitels.

M1 Nachrichten in Schlagzeilen deutscher Zeitungen und Homepages

1 ***Ibbenbüren: Stadt plant Einführung eines Bustickets für 99 Cent pro Tag***

Meyer-Veer, Henning: Stadt plant Einführung eines Bustickets für 99 Cent pro Tag. In: www.ivz-aktuell.de, 13.03.2019.

2 **Kurzfristiger Profit oder langfristiges Wohlergehen? Der Kampf um den Hambacher Forst ist eine Grundsatzfrage**

Diehn, Sonya: Kommentar: Der Kampf um den Hambacher Forst ist eine Grundsatzfrage. In: www.dw.com, 17.09.2018.

3 **EM-Quali: Deutschland siegt in letzter Sekunde in den Niederlanden**

dd/t-online.de: Deutschland siegt in letzter Sekunde in den Niederlanden. In: www.t-online.de, 25.03.2019.

4 **Verkaufszahlen im Vergleich: Elektroautos: China knackt die Millionen-Grenze**

Viehmann, Sebastian: Verkaufszahlen im Vergleich – Elektroautos: China knackt die Millionen-Grenze. In: www.focus.de, 13.12.2018.

5 ***Kugelig und süß:* Berliner Eisbärenbaby ist ein Mädchen**

dpa: Kugelig und süß: Berliner Eisbärenbaby ist ein Mädchen. In: www.general-anzeiger-bonn.de, 15.02.2019.

6 **E-Scooter: Verkehrswacht Essen befürchtet viele Unfälle**

Mücke, Michael: E-Scooter: Verkehrswacht Essen befürchtet viele Unfälle. In: www.nrz.de, 27.03.2019.

EINSTIEGSAUFGABEN

1. Lest die oben stehenden Nachrichten. Zählt auf, an welche Leser sie sich richten.
2. Einige Nachrichten berichten von Ereignissen, die sehr weit weg passiert sind. Sammelt Ideen, wie solche Nachrichten es zu uns schaffen.
3. Arbeitet aus den Schlagzeilen erste Muster heraus, wann ein Ereignis zur Nachricht wird.
4. Schaut euch die Nachrichteninhalte nochmals an und ordnet sie geeigneten Überschriften zu.

Überschriften	Nachrichten
Politik in der Gemeinde	1, …
Sport	3, …

M2 Wann wird ein Ereignis zur Nachricht?

Jeden Tag passieren auf der Welt unendlich viele Dinge. Reporter vor Ort geben Informationen oder Hintergrundberichte über wichtige Ereignisse in Wort und Bild an Nachrichtenagenturen oder direkt an die Redaktionen von Zeitungen, Fernsehen oder Radio weiter. Sie halten ihre eigenen Beobachtungen fest, befragen Zeugen oder holen Informationen von Behörden und anderen Einrichtungen ein.

Nachrichtenagenturen
Nachrichtenagenturen sind private Unternehmen, die viele Reporter und Journalisten beschäftigen. Deren Ziel ist es, Nachrichten über aktuelle Ereignisse zu verkaufen. Die Informationen werden meist als fertige Meldungen in verschiedenen Formaten angeboten: als Bild-, Text-, Audio- oder Filmmaterial. Weltweit gibt es derzeit über 180 Nachrichtenagenturen, die bekanntesten unter ihnen sind: AFP (Agence France-Presse, französisch), Reuters (britisch) und die AP (Associated Press, amerikanisch), im deutschen Markt ist die DPA (Deutsche Presse-Agentur) eine der größten Nachrichtenagenturen.

Oft geben Unternehmen oder Behörden auch selbst über ihre Presseabteilungen Informationen heraus. Aus der Vielzahl der Meldungen, Presseverlautbarungen und Berichte wählen die Redakteure der Zeitungen oder der Fernseh- oder Radiosender dann jene aus, von denen sie glauben, dass sie von besonderem Interesse für die Leserinnen und Leser bzw. Zuschauerinnen und Zuschauer oder Zuhörerinnen und Zuhörer sind.

Welche Ereignisse verdienen es, zur Nachricht zu werden? Journalisten sortieren Ereignisse nach so genannten Nachrichtenfaktoren.

Entscheidend ist das Besondere an einem Ereignis, das es von den vielen anderen Ereignissen abhebt. Je nach Zielgruppe und Medium können die Nachrichtenfaktoren unterschiedlich sein. Das Grundprinzip der Auswahl ist die Frage: Was interessiert die Leser, Hörer oder Zuschauer?

Die Kriterien, nach denen Redaktionen die Nachrichten aus der Fülle von Ereignissen auswählen, sind vor allem:

- **Aktualität:** Je unerwarteter und aktueller ein Ereignis, desto eher wird es zur Nachricht. Regelmäßige Ereignisse haben weniger Chancen berichtet zu werden, als einmalige Ereignisse.
- **Außergewöhnliches/Kurioses:** „Hund beißt Mann" ist keine Nachricht, „Mann beißt Hund" ist eine Nachricht!
- **Prominenz:** Über bekannte Personen wird häufiger berichtet. Wenn Mylie Cyrus mit dem Singen aufhört, ist das eine Nachricht; wenn der nur wenigen bekannte Nachbar das gleiche tut, interessiert das kaum jemand, ist also keine Nachricht.
- **Negativität:** Je schlimmer ein Ereignis ist, desto eher wird darüber berichtet. „Schlechte Nachrichten sind gute Nachrichten", heißt es unter Journalisten.
- **Nähe:** Was in der eigenen Stadt, im eigenen Land passiert, interessiert die meisten mehr als ein Ereignis in Timbuktu.
- **Betroffenheit:** Die eigene Betroffenheit ist ein wesentliches Kriterium für die Auswahl von Nachrichten. Den Leser interessiert, welche Folgen ein Ereignis für seine persönliche Lebenssituation hat.
- **Unterhaltung:** So genannte Boulevardthemen wie „sex and crime" verkaufen sich besonders gut, und sind deshalb für Zeitungen wichtig, die in erster Linie am Kiosk verkauft werden.
- **Gefühl:** Liebe, Trauer, Glück – Geschichten mit Gefühl berühren den Leser und unterhalten ihn. Dazu gehören insbesondere auch Tiergeschichten.

Bearbeiter

M3 Der Weg einer Nachricht...

Bearbeiter

AUFGABEN

1. Stellt in Gruppenarbeit mithilfe von **M2** dar, warum viele Nachrichten an verschiedenen Stellen aussortiert werden und es nicht ins Fernsehen, die Zeitung oder auf eine Homepage schaffen.
2. Ordnet die Schlagzeilen aus **M1** den verschiedenen Nachrichtenfaktoren aus **M2** zu.
3. Beschreibt in der Klasse anhand von **M3** den Weg einer Nachricht.
4. Erklärt eurem Nachbarn abschließend mit eigenen Worten, warum nicht jedes Ereignis eine Nachricht wird (**M2**, **M3**).

F Aufgaben 1-4
Nutzt euer Wissen, wie Ereignisse zu Nachrichten werden, für eure Schülerzeitung. Verfasst über ein Ereignis in eurer Klasse oder in eurer Schule eine Nachricht, die so aufgebaut ist, dass die Redaktion eurer Schülerzeitung eure Nachricht auf jeden Fall drucken wird.

4.2.2 Traditionelle und digitale Medien heute: Information oder Unterhaltung?

Zum Thema: Infotainment, gebildet aus den beiden Begriffen „Information“ und „Entertainment“, ist die Kombination von Information mit Elementen der Unterhaltung. Gut gemachte Informationssendungen zeichnen sich auch dadurch aus, dass sie interessant gestaltet sind und den Zuschauer nicht langweilen. Welchen Anteil haben aber Information und Unterhaltung in einem Medium? Und woran liegt es, dass manche Medien eher informieren wollen, andere Medien aber mehr auf Unterhaltung setzen? Die Fragen beantwortet euch das folgende Unterkapitel.

M4 Zeitungsmeldungen in der Karikatur

Karikatur: Janson

EINSTIEGSAUFGABE

Beschreibt in einem Satz, was der Zeichner mit seiner Karikatur **M4** ausdrücken will.

M5 Lieblingsfernsehsender von Jugendlichen

Welchen Fernsehsender schaust du dir eigentlich am liebsten an?

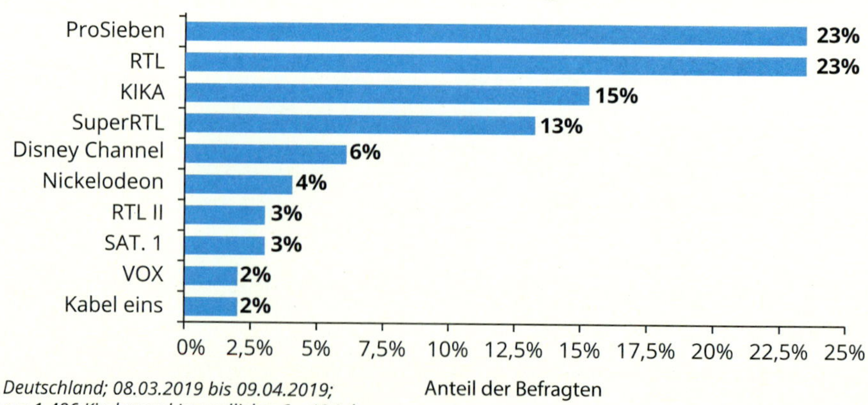

Deutschland; 08.03.2019 bis 09.04.2019; n = 1.486 Kinder und Jugendliche; 6 – 19 Jahre; Top of Mind; ungestützt; Face-to-Face Interviews

M6 Was läuft wo?

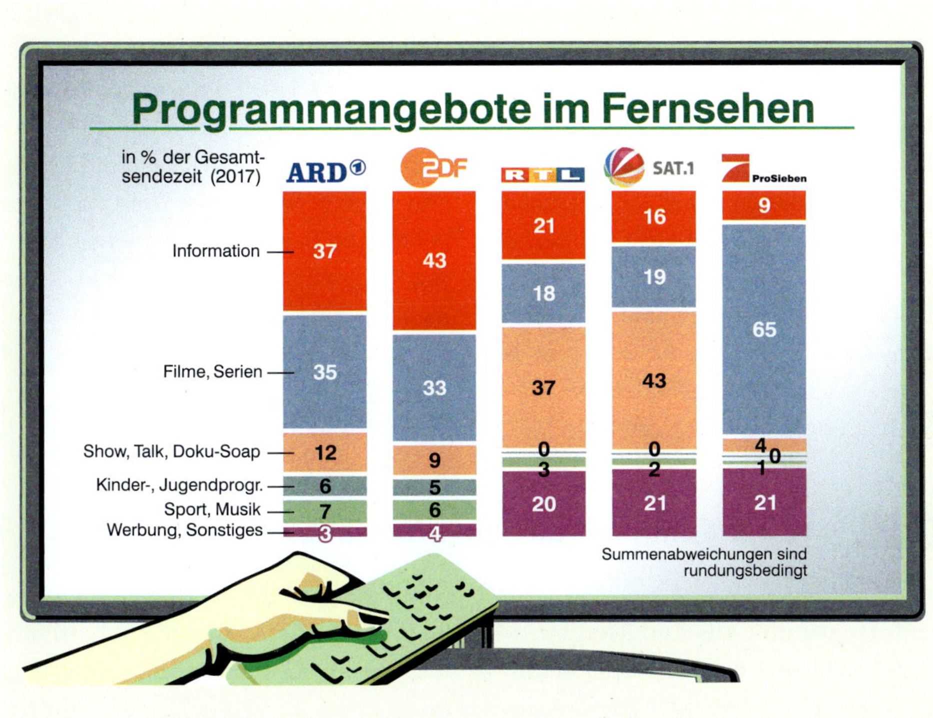

© Bergmoser + Höller Verlag AG, Zahlenbilder 538 102; Quelle: Media Perspektiven

M7 Kampf um die Quote?

Medien sollen umfassende, sachgerechte und verständliche Informationen liefern, damit die Bürger sich eine politische Meinung bilden und sachkundig an politischen Entscheidungen mitwirken können. Dazu garantiert das Grundgesetz den Medien die Freiheit der Berichterstattung und verbietet jede Zensur (Artikel 5 GG).

Im Alltagsgeschäft spielen jedoch auch noch andere Gesichtspunkte eine wesentliche Rolle. Die vielen einzelnen Zeitungs-, Radio- und Fernsehunternehmen stehen in harter Konkurrenz zueinander und müssen zunächst einmal alle Geld verdienen. (Ausnahme: ARD und ZDF, die sich weithin aus gesetzlich festgelegten Zwangsbeiträgen aller Haushalte, Unternehmen und Institutionen finanzieren.) Haupteinnahmequelle ist die Werbung […]. Für diese Werbung kann ein Medienunternehmen desto höhere Preise erzielen, je höher die Verkaufsziffern seiner Zeitung oder Zeitschrift bzw. die Einschaltquoten seines Radio- oder Fernsehsenders sind. Wer aber hohe Verkaufsziffern oder hohe Einschaltquoten will, kann es sich nicht leisten, einfach nur trockene Informationen zu liefern. Er muss zugleich auch unterhalten, Neugier wecken, ständig Aufmerksamkeit erregen – und dazu seine Nachrichten entsprechend auswählen.

Thurich, Eckart: pocket politik. Demokratie in Deutschland. überarb. Neuaufl. Bonn: Bundeszentrale für politische Bildung 2011.

Einschaltquote
Hierzu wird durch Messgeräte in ausgewählten Haushalten ermittelt, wie viele Zuschauer welche Sendungen wie lange sehen. Die so ermittelte Einschaltquote ist Maßstab für den Erfolg einer Sendung und dafür, wie viel Geld die Sender für Werbeeinblendungen verlangen können.

M8 Was sind die wichtigen Nachrichten des Tages?

Mit der Fernbedienung kann sich [der Fernsehzuschauer] jeden Abend um acht Uhr zwischen der ARD-Tagesschau und den RTL 2-News entscheiden: Wählt er den Privatsender, ist er jung, dynamisch und cool – diesen Eindruck versuchen die RTL 2-News zumindest zu vermitteln. Dass zwei der weltbesten Surfer in arktischen Gewässern auf einer „Tsunami-Welle" reiten und dabei „um ihr Leben rasen", ist der Redaktion einen zweiminütigen Beitrag wert. [...]

Bei all diesen brandheißen Neuigkeiten verpasst der RTL 2-Zuschauer mit schöner Regelmäßigkeit die wirklich relevanten Informationen des Tages. Denn um Politik und Wirtschaft macht die Redaktion einen großen Bogen. Den wichtigen politischen Ereignissen der vergangenen Tage [...] widmet sie insgesamt kaum mehr als eine Minute Sendezeit.

Kremer, Dennis: Mit „Hammerbräuten" gegen die Hypothekenkrise. In: www.welt.de, 22.08.2007.

M9 Wie geht man mit all den Informationen um?

Natürlich findest du unglaublich viele Informationen zu einem bestimmten Thema in den Medien, vor allem im Internet. Es ist wichtig auszusortieren, welche Informationen davon gut und für dich wichtig sind und welche nicht stimmen. Damit du Informationen einordnen kannst, solltest du sie immer kritisch betrachten. Hier ein paar Tipps, die dir helfen, Texte, Neuigkeiten und Informationen einordnen zu können.

Tipps zur Beurteilung von Informationen aus den Medien:

- Prüfe, von wann der Artikel ist. Ist er auf dem neuesten Stand oder beinhaltet er alte Informationen?
- Von wem ist der Artikel? Handelt es sich um die Meinung eines Einzelnen? Ist der Text von einem Fachmann, von einer speziellen Gruppe oder Partei, ist es ein Werbetext? Wer steht hinter den Informationen? Sind die Fakten belegt? Überprüfe, ob der Autor bekannt ist oder ob es sich um eine private Meinung handelt (besonders im Internet).
- Verlasse dich nie nur auf ein Medium. Wenn es sich um für dich wichtige Informationen handelt, dann vergleiche verschiedene Quellen miteinander. So kannst du dir auch eine abgestuftere und besser zu belegende Meinung bilden. [...]

Bühling, Anja: Tipps zur Beurteilung von Informationen aus den Medien. In: www.br.de, 02.03.2015.

AUFGABEN

1. Vergleicht die beiden Statistiken miteinander (**M5, M6**).
2. Erklärt den „Kampf um die Quote", dem private Medienunternehmen ausgesetzt sind, in eigenen Worten (**M7, M8**).
3. Erklärt, für wen oder warum es problematisch ist, wenn die RTL 2-News die einzige Nachrichtengrundlage für jemanden sind (**M7, M8**).
4. a) Überprüft einen Medienbericht zu einem aktuellen Ereignis eurer Wahl mithilfe der Tipps aus **M9**.
   b) Beurteilt, wie hilfreich diese Tipps sind.

F Aufgabe 4
Ergänzt weitere Tipps, wie der Wahrheitsgehalt einer Meldung überprüft werden könnte.

4.2.3 Fernsehen, YouTube oder Zeitung – was bedeutet dies für eine Nachricht?

Zum Thema: Medien sind verschieden. In einem Fernsehbericht treten Menschen beispielsweise anders auf als in einem YouTube-Video. Bei Print-Medien wie Zeitungen steht der Text mehr im Vordergrund. Deshalb kann man mit verschiedenen Medien verschiedene Menschen erreichen. Welches Medium würdet ihr zur Verbreitung eurer Nachricht wählen? Diese Frage könnt ihr nach der Bearbeitung des folgenden Unterkapitels beantworten.

M10 Fernsehen, YouTube oder Zeitung – was soll's denn sein?

EINSTIEGSAUFGABEN

Eure Klassensprecher bekommen die Möglichkeit, einem der drei Medien Fernsehen, YouTube oder Zeitung ein Interview zum Thema „Digitale Medien an eurer Schule“ zu geben.

- Führt eine Abstimmung in der Klasse durch, welchem Medium ihr ein Interview geben würdet.
- Begründet eure Entscheidung.

M11 Das Sommerinterview im ZDF

Jedes Jahr stellen sich bekannte Politiker in den Sommerferien in einem Interview Journalisten des ZDF. Die Interviews dauern etwa 20 Minuten. Dabei geht es um wichtige Fragen der aktuellen Politik. Das Sommerinterview 2015 sahen etwa 1,5 Mio. Menschen.

Die Leiterin des ZDF-Hauptstadtstudios Bettina Schausten im Gespräch mit Bundeskanzlerin Angela Merkel während des Sommerinterviews 2015.

M12 #NetzFragtMerkel

Am 13.7.2015 veröffentlichte der Youtuber LeFloid auf seinem Youtube-Kanal das Video eines Interviews, das er mit Bundeskanzlerin Angela Merkel geführt hatte. Das Interview dauerte 30 Minuten. Seine Fragen sammelte er im Vorfeld unter dem Hashtag #NetzFragtMerkel. Vier Tage nach der Veröffentlichung hatte das Video knapp 3 Millionen Zuschauer.

M13 Die Bundeskanzlerin im Interview

DIE BUNDESKANZLERIN IM SZ-INTERVIEW

Angela Merkel erklärt, worüber sie beim G-7-Gipfel in Elmau diskutieren will. Neben Klimawandel und Globalisierung soll es auch um Gesundheit gehen – und natürlich um das heikle Thema Spionage

„An Ertrag wird es nicht mangeln"

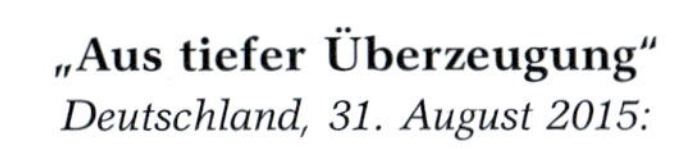
„Aus tiefer Überzeugung"
Deutschland, 31. August 2015:

Angela Merkel sagt die drei Worte, die in die Geschichte ihrer Kanzlerschaft eingehen werden: „Wir schaffen das."
Ein Jahr danach erklärt die CDU-Chefin, warum dieser Satz für sie immer noch richtig ist – und weshalb sich gerade Deutschland nicht wegducken darf.

In regelmäßigen Abständen geben Politiker großen Zeitungen Interviews. Dabei haben sie die Möglichkeit, ihre aktuelle Politik zu erklären. Wie viele Menschen die Interviews lesen, hängt auch davon ab, wie viele Exemplare der Zeitung gedruckt werden. Am meisten Exemplare (2 Millionen) druckt die Bild-Zeitung, Andere große Zeitungen wie die Süddeutsche Zeitung oder die Frankfurter Allgemeine Zeitung haben bereits eine viel geringere Auflage (etwa 300.000).

Bearbeiter

AUFGABEN

1. Formuliert eure Erwartungen an die drei Interviews (**M11-M13**).
2. Entscheidet, mit welchem der Interviews (**M11, M12 oder M13**) ihr euch persönlich eher beschäftigen würdet.
3. Stellt euch vor, ihr wärt Medienberater der Bundeskanzlerin/des Bundeskanzlers. Begründet, welche Medien ihr nutzen würdet, um bestimmte Bevölkerungsgruppen zu erreichen.

H Aufgabe 2
→ S. 197

F Aufgabe 3
Vergleicht, wie ein aktuelles Thema in verschiedenen Medien behandelt wird.

4.2.4 Warum brauchen wir freie Medien?

Zum Thema: In Deutschland berichten Medien tagtäglich über das politische Geschehen. Dadurch können wir uns über Aktuelles informieren und entscheiden, ob wir politische Entscheidungen gut oder weniger gut finden. Was wäre wohl, wenn es kein Medium gäbe, das uns mit wichtigen Informationen und Nachrichten versorgen würde? Dieser Frage geht das folgende Unterkapitel nach.

M14 Schlagzeilen zur Pressefreiheit

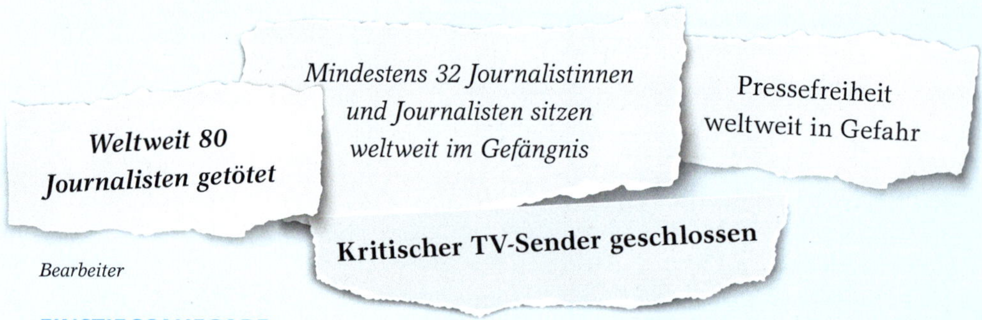

Bearbeiter

EINSTIEGSAUFGABE

Nennt ausgehend von **M14** mögliche Gründe, warum Medien (= Presse, Journalisten) verfolgt werden.

M15 Aufgaben und Funktionen von Medien in einer Demokratie

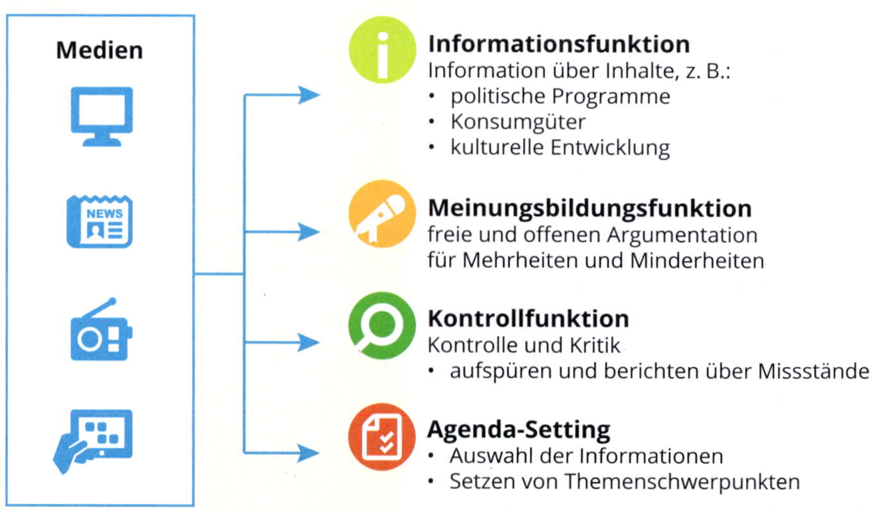

Selg, Olaf: Funktionen von Medien in einer Demokratie. In: www.bpb.de, 2014.

M16 #FreeDeniz

Nachdem im Jahr 2016 ein Teil des Militärs in der Türkei versucht hatte, die Macht zu übernehmen, [wurden] Zehntausende Menschen entlassen oder gar wegsperr[t]. [...]
Deniz Yücel berichtet aus der Türkei für die deutsche Zeitung „Die Welt". [...] Die Türkei wirft ihm vor, eine terroristische Gruppe unterstützt zu haben und Menschen aufgehetzt zu haben. Politiker in Deutschland [...] meinen, dass mit diesem Vorgehen Journalisten und andere Kritiker weiter eingeschüchtert werden sollen. Sie empfinden den Fall als Angriff auf die Pressefreiheit. Ein Jahr nach seiner Inhaftierung wurde Yücel freigelassen, nachdem Anklage gegen ihn erhoben worden war. Allerdings bleiben nach wie vor mehr als 100 Journalistinnen und Journalisten in der Türkei in Haft.

Demonstration für die Freilassung von Deniz Yücel

Roth, Judith: Fall Deniz Yücel: Was bedeutet Pressefreiheit?. In: www.news4kids.de, 01.03.2017.

M17 Ohne Pressefreiheit gibt es keine Demokratie

Die Freiheit der Presse und die Freiheit der Meinungsäußerung sind untrennbar miteinander verbunden. Ohne diese in unserer Verfassung verankerten Grundrechte gibt es keine Demokratie. Autoritäre Regime verabscheuen diese Freiheiten. Demokratien hingegen leben vom freien Fluss der Informationen und dem Austausch von Argumenten. Und sie geraten sofort in Gefahr, wenn die Presse- und Meinungsfreiheit angetastet wird. Ist die Kontrolle der Mächtigen erst mal beseitigt und der offene gesellschaftliche Diskurs [= Diskussion] unterbunden, geht es bergab mit der demokratischen Grundordnung.

Demonstration für die Pressefreiheit

Roller, Walter: Ohne Pressefreiheit gibt es keine Demokratie. In: www.augsburger-allgemeine.de, 03.05.2017.

AUFGABEN

1. Erklärt, warum der damalige Bundespräsident Joachim Gauck bei der Inhaftierung von Deniz Yücel von einer „Attacke auf die Pressefreiheit" sprach (**M15, M16**).
2. Erklärt, warum eine Demokratie ohne Pressefreiheit keine Demokratie ist (**M15, M17**).
3. Hat die Pressefreiheit Grenzen? Diskutiert darüber im Plenum.

Pressefreiheit – Art. 5 GG
(1) Jeder hat das Recht, seine Meinung in Wort, Schrift und Bild frei zu äußern und zu verbreiten und sich aus allgemein zugänglichen Quellen ungehindert zu unterrichten. Die Pressefreiheit und die Freiheit der Berichterstattung durch Rundfunk und Film werden gewährleistet. Eine Zensur findet nicht statt.

(2) Diese Rechte finden ihre Schranken in den Vorschriften der allgemeinen Gesetze, den gesetzlichen Bestimmungen zum Schutze der Jugend und in dem Recht der persönlichen Ehre.

(3) Kunst und Wissenschaft, Forschung und Lehre sind frei. Die Freiheit der Lehre entbindet nicht von der Treue zur Verfassung.

Autoritäres Regime
Eine Herrschaft, eine Regierung, die autoritär handelt, hindert Parteien oder Gruppen daran, demokratisch im Staat mitzuwirken. [...] Dies ist zum Beispiel in einer Diktatur oder in einem Staat der Fall, in dem nur eine einzige Partei, Gruppe oder Familie das Sagen hat und die Opposition verfolgt wird.

WAS WIR WISSEN

Ereignisse werden zu Nachrichten (→ M2, M3)

Medien wählen aus, über welche Ereignisse sie berichten. Für die Auswahl der Medien gibt es Gründe. Zum Beispiel, dass besonders viele Menschen von einem Ereignis betroffen sind oder dass es besonders außergewöhnlich ist. Durch ihre Auswahl bestimmen die Medien, von welchen Ereignissen wir erfahren und welche wir für wichtig halten. Dieses Agenda Setting macht die Medien mächtig. Nur wer sich und seine Anliegen in die Medien bringt, kann hoffen, gehört zu werden. Und nur wenn wir den Weg einer Nachricht vom Ereignis bis zur Veröffentlichung kennen, können wir die Hintergründe einer Nachricht hinterfragen.

Traditionelle und digitale Medien im Vergleich (→ M5-M13)

Alle Medien übermitteln Informationen. Sie tun es jedoch nicht auf die gleiche Weise. Manche Medien verwenden Texte, andere vor allem Bilder oder Filme. Das hängt auch von der Zielgruppe ab. Die Art und Weise, wie Medien mit Ereignissen, Nachrichten und Meinungen umgehen, hat aber direkten Einfluss auf die Nutzer von Medien. Und deshalb müssen wir lernen, mit der Vielzahl an Informationen umzugehen. Die Wahl des Mediums bestimmt die Gestaltung der Nachricht.
Medien stehen aber auch in Konkurrenz zueinander und kämpfen um Nutzer- bzw. Zuschauerzahlen. Dieser „Kampf um Quote" bestimmt jedoch, wie genau Medien Informationen präsentieren und wie sehr sie dabei auch unterhalten wollen. Denn Medien stehen in harter Konkurrenz zueinander und müssen mit ihrem Programm Geld verdienen, da die Haupteinnahmequelle der privaten Medienunternehmen die Werbung ist. Je höher die Einschaltquoten bzw. Nutzerzahlen sind, desto mehr Einnahmen haben die Medienunternehmen. Deshalb versucht jedes Medienunternehmen mit seinem Programm nicht nur zu informieren, sondern seine Inhalte bzw. sein Programm auch möglichst unterhaltsam zu gestalten, um damit größere Aufmerksamkeit zu erzielen. Nur wenn wir diesen unterschiedlichen Umgang der Medien mit Informationen kennen, können wir den Wahrheits- und Informationsgehalt einer Nachricht beurteilen.

Freiheit der Medien (→ M15, M17)

Die Informationsfunktion ist eine wichtige Aufgabe von Medien. Da du nicht überall dabei sein kannst, bist du auf Medien angewiesen, um an Informationen zu kommen. Die Vielfalt an Medien ist eine große Chance, um uns in der großen digitalen Welt zu einem konkreten Thema verschiedene Informationen und Meinungen zu beschaffen. Nur wer informiert ist, kann mitreden und sich für seine Interessen einsetzen. Dies kann aber nur geschehen, wenn die Medien frei sind und über alle Themen so berichten dürfen, wie sie es für richtig halten. Deshalb ist die Pressefreiheit ein wichtiger Grundsatz für unsere Gesellschaft. Und deshalb schützt das Grundgesetz die Freiheit der Presse.

4.3 Chancen und Gefahren im Umgang mit digitalen Medien

4.3.1 Der Schutz der Persönlichkeit: Verloren im weltweiten Netz?

Zum Thema: Digitale Medien begleiten uns permanent und bieten viele Vorteile. Gleichzeitig entstehen durch die Digitalisierung aber auch Gefahren, die man leicht vergisst. Welche Gefahren gibt es und wie gehe ich mit ihnen in meinem Alltag konkret um? Damit beschäftigt sich das folgende Unterkapitel.

M1 Gefangen im Netz?

Karikatur: Thomas Plaßmann, Baaske Cartoons

EINSTIEGSAUFGABEN

- Beschreibt das in der Karikatur **M1** dargestellte Problem.
- Erklärt, was mit der Überschrift genau gemeint sein könnte.

M2 Welche persönlichen Daten stellen Jugendliche ins Netz?

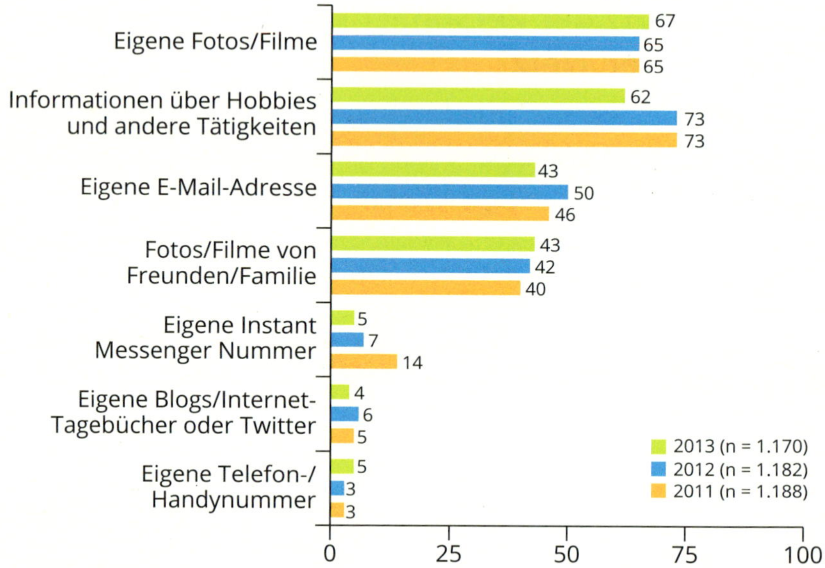

JIM 2011-JIM 2013, Angaben in Prozent; Basis: Internet-Nutzer
Quelle: Feierabend Sabine u. a.: JIM-Studie 2013. In: Medienpädagogischer Forschungsverbund Südwest – www.mpfs.de, S. 42.

Daten als Ware
Zunehmend werden persönliche Daten an Unternehmen verkauft. Sie werden häufig für gezielte Werbeaktionen verwendet.

M3 Gefahren beim Umgang mit eigenen Daten

E-Mail	Viele sagen: „E-Mails sind Postkarten, die mit Bleistift geschrieben sind." Das Problem sind die „Authentizität" (ist der Absender echt?) und die „Integrität" (ist der Inhalt verändert?)
ICQ	Dein öffentliches Profil in ICQ kann jeder ICQ-Nutzer einsehen. Die Inhalte werden von der Firma icq.com gespeichert.
Facebook	Dein öffentliches Profil kann jeder Nutzer einsehen.
Eigene Fotos und Filme	Fotos oder Filme können von deinem Profil oder deiner Seite kopiert und woanders gespeichert werden. Jeder kann sie sehen.
Flash-Cookies	Die sogenannten Flash-Cookies werden nicht im Browser gespeichert, sondern im Adobe Flash Player.
Internet-Telefonie	Der Inhalt des Telefonats kann abgehört werden.
Browser	Deine besuchten Seiten, die Cookies und andere Daten werden gespeichert.
Chat	Alle Daten sind von allen Nutzern einsehbar, du weißt nie genau, wer dein Gegenüber wirklich ist.
Anmeldungen Websites	Du musst personenbezogene Daten angeben, damit du dich anmelden kannst.
Passwörter	„Schwache" Passwörter können leicht erraten oder geknackt werden.
Blogs und Foren	Deine Veröffentlichungen in Blogs und Foren können von allen gelesen werden.

Bearbeiter

„Gefahren sozialer Netzwerke" im Erklärfilm

Mediencode: 71081-16

M4 „Wir wissen sehr viel über dich"

Der Artikel fängt nett an: „Herzlichen Glückwunsch zum Geburtstag", wünscht der Verfasser. „Wir dürfen doch du sagen, Michel, nicht wahr? Gewiss, du kennst uns nicht. Aber wir wissen sehr viel über dich. Du bist heterosexuell und Single. Im Frühjahr 2008 hattest du eine Geschichte mit Claudia, charmant, kleine Brüste, kurzes Haar, schöne Beine." Dazu druckte das Magazin Bilder: Eine Umarmung am 31. Mai, Händchenhalten am 22. Juni.

Als der 29-jährige Michel aus Mérignac seine Geschichte im Magazin „Le Tigre" gelesen hatte, konnte er mehrere Nächte nicht schlafen. Danach entschloss er sich, gegen das Medium, das so ungeniert aus seiner Privatsphäre geplaudert hatte, zu klagen. Doch die Anwälte machten ihm wenig Hoffnung: Denn alles, was „Le Tigre" verbreitet hatte, war zuvor von Michel selbst ins Netz gestellt worden; auf Seiten wie „YouTube", „Facebook" und „Flickr".

[...] Die Redakteure von „Le Tigre" haben es sich in der Rubrik „Das Google-Porträt" zur Aufgabe gemacht, ihre Leser für das Thema Datenschutz zu sensibilisieren. Bei Michel hat die Lektion gewirkt, er versuchte anschließend, im Internet so viel wie möglich von sich zu löschen.

Wißmann, Constantin: Du stehst auf blonde Frauen, oder?. In: fluter Ausgabe 31, Sommer 2009, S. 13.

ungeniert
ohne Hemmungen, ohne sich zu schämen

M5 Datenschutz ist Selbstschutz

Viele Jugendliche lieben das Internet. Es ermöglicht ihnen, sich zu präsentieren, sich mit Freunden zu organisieren, gemeinsam Erlebtes auszutauschen. Soziale Netzwerke, Foren und Blogs erlauben dies bequem, jederzeit und kostenlos. Die eigenen Veröffentlichungen sind unmittelbar einem weiten Kreis von Nutzern zugänglich. Aber wie weit reicht der Kreis eigentlich? Und für wie lange sind diese Daten abrufbar?

Solche Fragen spielen zunächst kaum eine Rolle. Doch irgendwann zeigt sich: Das mächtige Medium Internet vergisst nichts. Was dort gespeichert wird, bleibt über sehr lange Zeit erhalten und kann später zu unerwarteten Problemen führen. Wer will schon dauerhaft davon abhängig sein, dass Arbeitgeber, Kollegen, Bekannte und Partner gnädig über die im Netz schlummernden, jederzeit auffindbaren Jugendsünden hinwegsehen? Die Erfahrungen von Benni, Anna und Jörn stehen stellvertretend für viele:

„Datenschutz" im Erklärfilm

Mediencode: 71081-17

Benni, 14 Jahre, gibt in dem Profil seines sozialen Netzwerks folgende Hobbys an: „Komasaufen, komische Sachen rauchen, Lehrer nerven, bis sie heulen." Seine weit über fünfzig Freunde in dem Netzwerk honorieren das mit coolen Kommentaren. Mit der Lehrstelle klappt es dann aber irgendwie nicht.

Auf der letzten Party haben **Anna** und Lasse in einer dunklen Ecke wild geknutscht. Irgendjemand hat das fotografiert und hochgeladen. Peinlicherweise sieht man auf dem Foto viel Haut und wenig Kleidung. Anna versucht, das Foto löschen zu lassen, doch den mittlerweile Dutzenden Kopien wird sie nicht mehr Herr.

Jörn D. macht sich Sorgen über seine körperliche Entwicklung. Er hält sich für übergewichtig und zurückgeblieben. Da es ihm zu peinlich ist, dies mit seinen Freunden oder Eltern zu besprechen, wendet er sich mit seinem Problem an ein entsprechendes Forum. Auf Nachfrage einiger Forenteilnehmer schildert er eine Reihe intimer Details über sich. Da er dies unter seinem richtigen Namen tut, führt die Suche nach „Jörn D." an erster Stelle immer zu diesem Forumsbeitrag.

Nach: Caspar, Johannes: Meine Daten kriegt ihr nicht! – Eine Initiative zur Datenschutzkompetenz an Hamburger Schulen. In: www.datenschutz-hamburg.de (Abruf am 20.08.2015).

AUFGABEN

1. Analysiert die Karikatur **M1**.
2. a) Notiert, welche Informationen ihr persönlich schon ins Internet gestellt habt (**M2**).
   b) Sortiert, welche dieser Informationen euch negativ ausgelegt werden könnten.
3. Arbeite die Vor- und Nachteile sozialer Netzwerke heraus (**M1-M5**).
4. „Jugendliche achten zu wenig auf private Daten im Internet." (**M1-M5**).
   a) Erarbeitet eine Pro- oder eine Kontra-Position zu dieser These.
   b) Führt in der Klasse anschließend eine Diskussion (→ Methodenglossar) zur These durch.

4.3.2 Können wir den Informationen aus dem Internet trauen?

Zum Thema: Viele Menschen informieren sich ausschließlich im Internet über die Ereignisse in ihrer Umgebung, in Deutschland und der Welt. Dass das Internet nicht immer frei von Falschmeldungen ist, dürfte mittelweile jede und jeder mitgekriegt haben. Doch wie kann eine Nachricht als falsch erkannt werden und können sogenannte „Fake News" reale Folgen nach sich ziehen? Dieses Unterkapitel klärt darüber auf.

M6 Mia fällt auf „Fake News" herein…

Mia unterhält sich mit ihrem Vater. Sie ist sich nicht ganz sicher, ob eine Nachricht stimmen kann. Sie hat zwar schon vom Begriffspaar „Fake News" gehört, kann damit aber wenig anfangen…

EINSTIEGSAUFGABEN

- Ist es euch auch schon einmal so wie Mia in **M6** ergangen, dass ihr etwas im Internet gelesen habt, das so komisch klingt, dass es gar nicht stimmen kann? Tauscht euch in der Klasse darüber aus.
- Sammelt in der Klasse Ideen, wie ihr „Fake News" im Internet oder in der Zeitung zukünftig erkennen könnt.

M7 Nachrichten und Posts aus dem Internet: nicht immer vertrauenswürdig?

Viele Menschen haben eine sehr kritische Haltung zu Quellen aus dem Internet. Sie sind sich nicht sicher, ob sie diesen Informationen wirklich trauen können. Schließlich gibt es jede Menge Falschmeldungen, sogenannte „Fake

„Fake News"
„Fake News" sind Nachrichten, die bewusst Falschmeldungen verbreiten. „Fake News" finden am häufigsten in den sozialen Medien im Internet Verbreitung.

News" und die lassen sich über das Internet besonders leicht verbreiten.
Welchen Quellen im Internet kann man also trauen? Grundsätzlich haben ganz viele Medien, die es auch außerhalb des Internets gibt, auch Seiten im Internet, z. B. Zeitungen, Fernseh- und Radiosender. Hier könnt ihr davon ausgehen, dass hier seriöser Journalismus betrieben wird. Auch viele politische und staatliche Einrichtungen haben Internetauftritte, durch die sie die Bürger über ihre Arbeit informieren, z. B. das Rathaus eurer Gemeinde oder auch der Bundestag in Berlin. Parteien und andere in der Politik Aktive haben auch Homepages. Hier muss man sich immer bewusst machen, dass diese jeweils eine bestimmte Meinung zu bestimmten Themen vertreten.
Schwieriger wird es mit der Nachvollziehbarkeit, der Richtigkeit einer Information auf den Seiten von selbsternannten Experten oder bei Kommentaren und Posts in Sozialen Netzwerken. Hier geht es häufig weniger um seriöse Informationen, sondern darum, Stimmung zu machen und die Leserinnen und Leser einseitig zu beeinflussen.
Bearbeiter

M8 Fallbeispiel für Auswirkungen von „Fake News"

Schulausfall wegen Schnee: Für Aufregung sorgt eine Nachricht bei Facebook und WhatsApp, die etwas mit dem Schnee-Chaos in Bayern zu tun hatte. Die Nachricht zeigt ein angebliches Schreiben des Landratsamts Miesbach in Oberbayern, mit offiziellem Wappen des Landkreises. In diesem Schreiben wurde angeblich angekündigt, dass die Sommerferien verkürzt würden, um den Schulausfall wieder auszugleichen, den es wegen des Schneefalls in Miesbach gegeben hat. [...]
Das Landratsamt betont, dass es keine verkürzten Sommerferien geben wird. „Das kam über Facebook zu uns und wir finden das nicht witzig", so die Pressesprecherin Sophia Stadler [...].
Urschinger, Kira: Achtung: Das sind Fake News. In: www.swr3.de, 21.01.2019.

AUFGABEN

1. Erstellt mithilfe von **M7** eine Gegenüberstellung, aus der deutlich wird, welche Internetseiten glaubwürdig berichten und welche nicht.
2. „Fake News" haben oft einen bestimmten Zweck. Arbeitet aus **M8** mögliche Adressaten und Nutznießer des dargestellten Falls heraus.
3. Angenommen, Mias Vater diskutiert mit euch über Informationen und Nachrichten in den verschiedenen Medien. Verfasst einen Dialog und versucht dabei, ihn von einer offeneren Haltung zum Internet zu überzeugen. Lasst dabei die existierenden Probleme (**M7**) nicht aus, sondern zeigt auf, welche Möglichkeiten es gibt (→ Methode S. 183), damit umzugehen.

WAHLBEREICH

Politische Kommunikation in digitalen Medien

Nachrichten auf Seriosität prüfen

I. Worum geht es?

Jeden Tag erscheinen unzählige Nachrichten, Meldungen, Posts, Videos, Twitter-Nachrichten. Woher soll man wissen, ob es sich dabei um eine wahre Nachricht oder um „Fake News" handelt?

II. Geht dabei so vor:

1. Schritt: Fakten prüfen

Die meisten „Fake News" werden heutzutage über die Sozialen Medien verbreitet. Wem eine Nachricht verdächtig vorkommt, sollte als erstes die Schlüsselwörter in eine Suchmaschine eingeben:

- Wird die Nachricht auch noch über andere, größere Medien verbreitet?
- Geben andere Medien noch Zusatzinformationen, die etwas an der grundlegenden Sache ändern?
- Wie aktuell ist die Nachricht – geht es um Ereignisse, die angeblich gerade stattgefunden haben oder wurde eine alte Meldung wieder hochgekocht?

2. Schritt: Quelle überprüfen

Sollte die Internetrecherche noch nicht für endgültige Klarheit gesorgt haben, empfiehlt es sich, den Verfasser einer Nachricht genauer anzuschauen.

- Wie lange ist der Verfasser bereits aktiv und was hat er bisher geschrieben?
- Machen die bisher veröffentlichten Beiträge Sinn und erscheinen glaubhaft?
- Wer und wie viele Leute haben die Beiträge geteilt?
- Hat der Twitter-Account einen blauen Verifizierungshaken?
- Wie viele Freunde oder sogenannte Follower hat er?

3. Schritt: Bilder überprüfen

Auch Bilder können gefälscht sein. Bei Bildern ist es häufig so, dass die Bilder zwar echt sind, aber in einen falschen und sinnverzerrenden Kontext gesetzt werden. Hier hilft die Google-Bildersuche: Sie kann anzeigen, wo und in welchem Kontext das Bild zum ersten Mal veröffentlicht wurde.

Kolonko, Sonja: Fake News: Wie erkenne ich Fake News? – Hilfreiche Tipps für die Faktenprüfung. In: www.planet-wissen.de, 20.08.2018.

„Fake News": Hilfen im Internet

Es gibt Internetseiten, die Informationen über „Fake News" sammeln. Dort bekommt ihr Informationen über gefälschte Nachrichten und Bilder. Beispiele für diese Seiten sind:

- *mimikama.at*
- *hoaxmap.org*
- *faktenfinder.tagesschau.de*
- *tineye.com*

4.3.3 Mehr Internet – mehr Partizipation?

Zum Thema: E-Demokratie (auch Cyberdemokratie) ist eine Theorie bzw. ein Modell einer bestimmten Form von Demokratie, die den Bürgern durch das Internet mehr Beteiligung und Diskussionsmöglichkeiten eröffnen möchte. Ob bzw. inwiefern E-Demokratie zu mehr politischer Partizipation der Bürgerinnen und Bürger beiträgt, erfahrt ihr auf den folgenden Seiten.

M9 „E-Partizipation" konkret

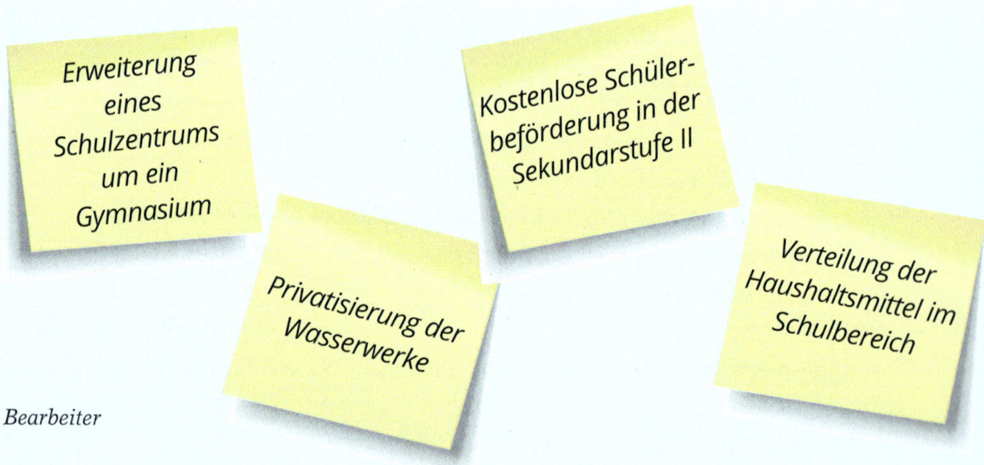

Bearbeiter

EINSTIEGSAUFGABE

Begründet spontan, warum gerade die hier genannten vier Themen für E-Demokratie geeignet sein könnten.

M10 Mitmachdemokratie: Friesen an die Laptops

Bürger, die mitdiskutieren über Radwege, Bildung oder Haushaltsgelder – das fand der Landrat von Friesland eine gute Idee und rief ein Experiment ins Leben: „Liquid Friesland" heißt das Projekt. Für zunächst ein Jahr konnten die Friesen online in der Politik mitbestimmen. Trotz sehr geringer Beteiligung (382 Nutzer haben sich an mindestens einer Initiative beteiligt, Stand: 03.09.2015) wird es die Internet-Plattform weiterhin geben.

Teilnehmen können nur die Einwohner des Landkreises Friesland. Sie müssen sich zunächst registrieren, bevor sie Diskussionsbeiträge schreiben oder Themenvorschläge machen können. Der Grund dafür ist, dass auf dieser Plattform Entscheidungen für den Kreistag vorbereitet werden.

Nach der Registrierung kann man innerhalb verschiedener Themenfelder eine Initiative starten und sie begründen. Sobald sie gespeichert ist, ist sie auch für andere Besucher der Plattform sichtbar. Nun durchläuft das Thema mehrere Phasen, bevor es in den Kreistag kommt. Andere Benutzer kön-

nen zum Beispiel Ideen zum neuen Anliegen hinzufügen. Dann geht man mit seinem Anliegen auf Stimmenfang. Je mehr Stimmen, desto größer die Wahrscheinlichkeit, dass es auch später in der realen Politik behandelt wird.
Die Abstimmungen in Liquid Friesland erzeugen ein Meinungsbild. Aber die endgültige Entscheidung fällen die Politiker. „Das steht im Gesetz, und daran können wir auch mit dem Web 2.0 nicht rütteln", sagt [Sönke] Klug [der Pressesprecher des Landkreises Friesland].

Nach: Lumma, Britta: Friesen an die Laptops. In: www.radiobremen.de, 29.11.2012.

M11 Was ist eine Petition?

Eine Petition ist eine schriftliche Bitte, die von jedem Bürger bei den Landesparlamenten oder dem Deutschen Bundestag vorgebracht werden kann. Die Parlamente müssen sich mit dieser Bitte beschäftigen und sie beantworten. Dies bedeutet allerdings nicht, dass sie auch erfüllt werden muss. Für die Beratung der Petition haben die Parlamente in der Regel sogenannte Petitionsausschüsse eingerichtet. Heutzutage werden sehr viele Petitionen auch öffentlich im Internet gestellt (Online-Petition). Hierfür stellen die Parlamente spezielle Plattformen zur Verfügung. Allerdings muss eine Petition von mindestens 50.000 Menschen unterzeichnet werden, damit sich beispielsweise der Petitionsausschuss des Deutschen Bundestages mit ihr beschäftigt.

Bearbeiter

M12 Mehr Demokratie mit „Online-Petitionen"?

Ein Interview mit dem Sprecher von openPetition

Wie definieren Sie openPetition?
openPetition ist eine offene, partizipative Petitionsplattform. Die Petitionen werden von Bürger/innen erstellt und vertreten. openPetition bringt Menschen mit gemeinsamem Anliegen zusammen, fördert Austausch, Vernetzung und gemeinsames aktiv Werden. Mehr als 1,5 Millionen Menschen nutzen openPetition, um Politik und Gesellschaft mitzugestalten - lokal, regional, bundesweit. openPetition verfolgt keine inhaltlichen Ziele, sondern setzt sich für die Vereinfachung und Weiterentwicklung der Instrumente der partizipativen Demokratie ein. [...]

Haben Sie eine Petition auch schon einmal abgelehnt?
Das passiert sehr selten. Ein Beispiel aus der letzten Zeit ist eine Petition, die diskriminierend und verunglimpfend gegen eine Glaubensgemeinschaft war. Das geht natürlich nicht. [...]

Wie gut ist die Resonanz in der Politik?
Auf der lokalen und regionalen Ebene sind unsere Petitionen am erfolgreichsten. Wenn es um die Grundschule, das öffentliche Schwimmbad oder den Sportplatz vor Ort geht, reagieren Bürgermeister/innen meist sehr schnell und haben ein offenes Ohr für das Anliegen. Initiator/innen von Petitionen schreiben uns immer wieder, dass die gesammelten Unterschriften in der Stadtverordnetenversammlung oder im Gemein-

derat ein gewichtiges Argument waren. Das gilt besonders, wenn viele der Unterschriften aus den Wahlkreisen der Entscheidungsträger/innen kommen. Da auf openPetition die Postleitzahlen und Adressen beim Unterschreiben angegeben werden, lässt sich genau sagen, wie viele Menschen von vor Ort unterschrieben haben.

Sobiraj, Lars: Die Plattform openPetition im Interview. In: www.gulli.com, 24.04.2013.

M13 Eine Online-Petition in Sachsen

Strenger, Uta: Tierschutz – Rettet die Bienen in Sachsen. In: www.openpetition.de (Abruf am 13.01.2020).

AUFGABEN

1. a) Das Verfahren, das der Landkreis Friesland anwendet, wird auch als „liquid democracy" (flüssige Demokratie) bezeichnet. Erläutert dieses Verfahren in Friesland (**M10**).
   b) Erörtert die Vor- und Nachteile dieser Form der Bürgerbeteiligung an kommunalpolitischen Themen.
   c) Diskutiert, inwiefern es sich bei diesem Verfahren um ein „Mehr" an Demokratie handeln soll, wenn am Ende doch wieder die Politiker entscheiden (**M10**).
2. Erläutert die Unterschiede zwischen der Beteiligung bei Liquid Friesland und dem Petitionsrecht in eurem Bundesland (**M10-M13**).
3. Erstellt mithilfe der folgenden DIGITAL AKTIV-Seite (→ S. 187) eine Online-Petition zu einem aktuellen Thema aus eurem Lebensumfeld.

F Aufgabe 1a
Diskutiert die Chancen einer Einführung von „liquid democracy" im Rahmen eurer Schülervertretung.

H Aufgabe 1b
→ S. 197

F Aufgabe 1b
Recherchiert (→ Methodenglossar), welche Projekte es in eurer Kommune gibt, um die Bürgerinnen und Bürger mehr an der Politik zu beteiligen.

Eine Online-Petition erstellen

I. Worum geht es?

Die Veröffentlichung einer Online-Petition ermöglicht es, ein für euch wichtiges Anliegen sachlich aufzubereiten, Unterstützer für eure Sache zu gewinnen und die Ergebnisse der Petition öffentlichkeitswirksam zu präsentieren.

Aufgabe

Die Erstellung einer Online-Petition stellt eine Möglichkeit dar, sich politisch einzubringen. Erstellt daher in Gruppen in einem von eurer Lehrkraft zu bestimmenden Zeitraum eine Online-Petition mit kommunalpolitischer Bedeutung.

II. Geht dabei so vor:

1. Schritt: Vorbereitung

Zunächst beschreibt ihr schriftlich das genaue Ziel und die Zielgruppe/-person der Online-Petition sowie die Forderung an die Zielgruppe/-person. Diese erste Verschriftlichung des Vorhabens kann anschließend auf die folgenden Kriterien hin überprüft werden:

- Thema von politischer, sozialer und wirtschaftlicher Bedeutung,
- klare Zielformulierung,
- prinzipiell umsetzbare Forderungen,
- passende Zielgruppe.

2. Schritt: Durchführung

Anschließend könnt ihr die Petition auf einer geeigneten Seite (z. B.: *www.openpetition.de*) einreichen. Damit möglichst viele Unterschriften erlangt werden, empfiehlt es sich, die Aktion öffentlichkeitswirksam zu präsentieren, z. B. indem in der Lokalzeitung darüber berichtet wird, ihr selbst Flugblätter verteilt und ein Elternbrief versendet wird. Auch die Adressaten der Petition sollten im Vorfeld von dem Vorhaben informiert werden. Denn nach Abschluss der Online-Petition gilt es, das Ergebnis auf geeigneten Kommunikationswegen zu präsentieren und auch die Adressaten erneut zu kontaktieren, um so eine Reaktion bzw. Stellungnahme zu erwirken.

Hinweis: Da der Text im Internet veröffentlicht werden soll, bietet es sich an, eure Lehrerin bzw. euren Lehrer einen abschließenden prüfenden Blick auf euer Ergebnis werfen zu lassen. So besteht für euch die Möglichkeit, möglicherweise unangemessene Beiträge noch einmal überarbeiten zu können. Auch die weiteren Schritte der Veröffentlichung und der Verbreitung der Petition sollten in Absprache mit eurer Lehrerin bzw. eurem Lehrer stattfinden.

Nach: Aydin, Maria u. a.: Partizipation 2.0 – Eine Online-Petition erstellen. In: www.bpb.de, 30.07.2013.

4.3.4 Wie darf man fremdes geistiges Eigentum nutzen?

Zum Thema: Kennt ihr das auch: Mal eben einen Text aus dem Internet für ein Referat kopiert? Schnell ein Foto online gepostet, das ein Freund euch geschickt hat? Die neuesten Songs und Computerspiele mit euren Freunden ausgetauscht oder kurz einen Stream mitgeschnitten? Dabei nutzt man oft sogenanntes „geistiges Eigentum" anderer Personen. Aber ist das überhaupt erlaubt? Diese Frage beantwortet euch das folgende Unterkapitel.

M14 Tanzen ist ein Zeichen von Freiheit – oder?

Maras Hobby führte indirekt zu einer Abmahnung...

Mara liebt Tanzen, vor allem zu den Songs ihres Lieblingsinterpreten. Weil sie ziemlich gut ist, lädt sie gerne ab und an ein Video davon öffentlich hoch. Sich ein paar Likes zu holen, tut schließlich gut. Doch eines Tages findet sie eine böse Überraschung in ihrem Briefkasten – ein Anwaltsschreiben. In diesem steht, dass sie ihre Videos löschen muss und keine weiteren mehr hochladen darf, weil sie gegen das Urheberrechtsgesetz verstößt. Zudem muss sie die Anwaltskosten tragen. Sollte sie sich nicht daran halten, drohe ihr die Zahlung von Schadensersatz.

Bearbeiter

EINSTIEGSAUFGABE

Diskutiert zu zweit: Findet ihr es gerecht, dass Mara in **M14** bestraft wird?

M15 Was geht im Netz, was geht nicht?

Musik, Filme, Computerprogramme und -spiele, Texte und Fotos und andere kreative Inhalte sind urheberrechtlich geschützt. Wer fremde – also nicht selbst geschaffene – Inhalte nutzen will, braucht hierfür eine Erlaubnis. [...] Problematisch ist, dass gerade im Netz sehr häufig Inhalte von Nutzerinnen und Nutzern verbreitet werden, die die erforderlichen Rechte nicht haben. So ist es beispielsweise nicht erlaubt, kommerzielle Musik oder Filme über das Netz in einer Tauschbörse zum Download anzubieten. Denn natürlich hat keine Privatperson, die so etwas tut, vorher die erforderlichen Rechte von einer Plattenfirma oder einem Musikvertrieb erworben. Das gleiche gilt, wenn man

Musikvideos oder Fernsehsendungen auf eine Videoplattform hochladen oder kommerzielle Produktfotos für seine private eBay-Auktion verwenden möchte. „Teilen" darf man geschützte und nicht selbst erstellte Inhalte nur im engen Freundes- und Familienkreis. Legal (etwa von einer eigenen CD) hergestellte mp3-Dateien dürfen zum Beispiel von Festplatte zu Festplatte oder über einen Filehoster an enge Freunde weitergegeben werden. Wird der Download-Link aber außerhalb dieses engen Personenkreises verbreitet, dann ist dies illegal.

Kreutzer, Til: Nicht alles, was geht, ist auch erlaubt! – Urheber- und Persönlichkeitsrechte im Internet. In: www.klicksafe.de, Mai 2016, S. 4.

M16 Freie Inhalte – eine legale Alternative

Zahlreiche Musikstücke, Bilder, Texte oder Filme u. v. m. darf man aber auch benutzen, ohne beim Urheber rückzufragen. Solche „freien Inhalte", auch „Open Content" genannt, erkennt man am CC-Logo. Meist findet man noch weitere rechtliche Ergänzungen zu diesem Logo, die wichtige Informationen zur Nutzung der freien Inhalte enthalten: „BY" bedeutet beispielsweise, dass der Name des Urhebers genannt werden muss, „NC" bedeutet, dass das Werk nicht für kommerzielle Zwecke, sondern nur für den Privatgebrauch genutzt werden darf.

Bearbeiter

Das CC-Logo

M17 Künstlerkampagnen zum Schutz geistigen Eigentums

„Auch Künstler können nicht allein von Luft und Liebe leben."

Sameena Jehanzeb Illustratorin & Grafikdesignerin

„Ohne Urheberrecht gäbe es nur die Idee von Kreativität."

Sascha Morawetz Illustrator & Designer

Kampagne „Wir sind Urheber"
Die bundesweite Kampagne soll die wirtschaftliche Bedeutung des Urheberrechts für Illustratoren betonen.

AUFGABEN

1. Stellt grundlegende Regelungen des Urheberrechtsgesetzes in einer Mindmap (→ Methodenglossar) dar.
2. Erläutert, wieso Mara eine Abmahnung für ihre Uploads erhalten hat (**M14**, **M15**).
3. Erklärt, wie ihr fremdes geistiges Eigentum legal nutzen könnt (**M15**, **M16**).
4. Begründet, wieso Künstler in der Öffentlichkeit für das Urheberrecht werben (**M17**).
5. Beschreibt, inwiefern ihr selbst davon profitiert, dass Musik urheberrechtlich geschützt ist.

4.3.5 Nacktbilder im Internet – selbst schuld?

Zum Thema: Nicht nur ihr gebt im Internet Informationen über euch weiter. Es kann auch vorkommen, dass ihr zum Thema der Unterhaltungen von anderen werdet. Möglicherweise verletzt euch das, zum Beispiel, wenn peinliche Fotos von euch weitergeschickt und diese kommentiert werden. Wie weit dies führen kann, erfahrt ihr auf den folgenden Seiten.

M18 Lauras Entblößung

Die 14-jährige Laura hat einem Jungen, den sie von Skype und Facebook kennt, über WhatsApp ein Video geschickt. Auf dem Video ist sie nackt zu sehen. Der Junge schickt das Video an Lauras Ex-Freund weiter und zwei Wochen später kennt es die ganze Schule. Laura sieht in der Pause, wie Mitschüler sich das Video anschauen, sie wird ausgegrenzt. Weder die Eltern noch die Lehrer oder die später eingeschaltete Polizei können wirklich helfen. Erst nachdem sie in die Parallelklasse wechselt, einen Großteil ihrer Facebook-Freunde löscht und sich eine neue Telefonnummer besorgt, entspannt sich die Situation.

Simon, Jana: Lauras Entblößung. In: www.zeit.de, 18.06.2014.

EINSTIEGSAUFGABE

Könnt ihr euch vorstellen, dass so etwas passiert? Tauscht euch über den Fall Laura in der Klasse aus (**M18**).

M19 Aussagen zum Fall „Laura"

- Lauras Ex-Freund
- Sozialarbeiter
- Mutter
- Laura
- Lehrer

„Mobbing hat es immer gegeben, jetzt kommt das Internet erschwerend hinzu."

„Wir als Lehrer kriegen so gut wie nichts mit."

„Ich wollte nie, dass jemand außer diesem Jungen was davon mitbekommt."

„Ich wollte Aufmerksamkeit."

„Weißt du nicht, was du uns damit antust? Bin ich die Mutter der Nutte der Stadt?!"

„Laura wollte sich mit dem Video aufspielen. Eigentlich hätte sie sich bei mir entschuldigen müssen."

Simon, Jana: Lauras Entblößung. In: www.zeit.de, 18.06.2014.

M20 Ist Sexting ein Problem?

Wenn Jugendliche freizügige Handy-Schnappschüsse verschicken, kann dies zum Problem werden.

Nele und Dominic sind beide 17 Jahre alt und seit einem Jahr ein Pärchen. [...]. Jeden Abend vor dem Schlafengehen zücken sie noch einmal ihre Smartphones und schicken sich Liebesgrüße per WhatsApp, ab und zu auch einen leichtbekleideten Schnappschuss aus dem Bad oder Bett. [...]

Ist was sie da tun riskant? Natürlich. Anti-Sexting-Kampagnen sehen Dominic als jemanden, der Neles private Bilder vermutlich allen seinen Kumpels zeigen wird, um damit anzugeben, und der die intimsten Fotos beim geringsten Anlass als Racheaktion ins Internet stellen würde. Solche Kampagnen glauben, sie vermitteln „Medienkompetenz", wenn sie Nele mitteilen: „Du darfst dich deinem Freund nackt zeigen und mit ihm schlafen, aber ein Oben-Ohne-Bild von dir darfst du ihm niemals geben, das wäre leichtsinnig, und wenn er es missbraucht, bist du selber schuld." [...] Und dabei gibt es beim illegalen Weiterleiten privater Bilder nicht nur einen einzelnen Täter, sondern eine Masse an Täterinnen und Tätern, die sich alle strafbar machen.

Döring, Nicola: Warum Sexting unter Jugendlichen (k)ein Problem ist. In: www.medienbewusst.de, 29.07.2014.

Das Recht am eigenen Bild
Ihr müsst immer zustimmen, bevor jemand ein Foto von euch weiterleitet oder veröffentlicht. In Deutschland gibt es das Recht am eigenen Bild (§ 22 KunstUrhG). Wenn euch jemand in einer Wohnung oder in einem besonders geschützten Raum, z. B. einer Umkleidekabine oder Toilette fotografiert, ohne dass ihr es erlaubt habt, könnt ihr dies bei der Polizei anzeigen. Er und alle, die das Bild dann weitergegeben haben, können dafür bis zu ein Jahr ins Gefängnis kommen oder eine Geldstrafe bekommen (§ 201a StGB).

AUFGABEN

1. a) Ordnet die folgenden Sprecher den Aussagen aus **M19** zu: Mutter, Laura, Lauras Ex-Freund, Lehrer, Sozialarbeiter.
   b) Ordnet die Aussagen danach, wie sehr ihr diese persönlich nachvollziehen könnt.
2. Formuliert aus der Position der Autorin von **M20** eine Antwort auf die Aussagen der Mutter, Lauras und deren Ex-Freund (**M18**, **M19**).
3. Erstellt Richtlinien zum Umgang mit Internetdaten, die verhindern sollen, dass ihr Opfer, Täter oder Mitläufer von Cybermobbing werdet.

WAS WIR WISSEN

Datenschutz und Gefahren im Internet (···→ M2-M5)

Der Umgang mit dem Internet ist nicht so einfach, wie er auf den ersten Blick erscheint. Denn auch im Internet gibt es Regeln, die man einhalten muss. So müssen wir auf den Schutz unserer Daten achten, um einen Missbrauch zu verhindern. Selbst wenn ihr in euren Internet-Profilen bei der Wahrheit bleibt, solltet ihr aufpassen, was ihr postet. Eure Online-Einträge sind nicht nur heute, sondern auch in der Zukunft, im Internet zu sehen. Und vielleicht wollt ihr bei der einen oder anderen Äußerung oder Situation nicht, dass sie für alle Zeit und für alle sichtbar im Internet bleibt. Die Aussage „Datenschutz ist Selbstschutz" bringt genau dies auf den Punkt: Auch wenn Datenschutz manchmal mühsam erscheint und euch in euren Online-Aktivitäten einschränkt, schützt ihr damit euch selber.

Fake News und ihre Gefahren (···→ M7, METHODE)

Die Masse an Informationen, die täglich im Internet zu Verfügung steht, ist für viele Nutzer nicht einfach zu beherrschen. Bei der Suche nach Informationen muss man sehr gründlich vorgehen und vor allem auf den Autor und die Quelle der Seiten achten. Ist die Information überhaupt wichtig? Kann man der Information trauen? Vor allem im Internet kann das eine Herausforderung sein. Weil hier jeder alles verbreiten kann, gibt es sehr viele Informationen und man kann daher nicht so einfach einschätzen, ob diese Information wahr oder gelogen ist. Denn nicht bei allen Medien kann man davon ausgehen, dass sich eine Nachrichtenredaktion Gedanken gemacht hat, was die Inhalte eines Beitrages sein sollen. Vor allem bei Online-Medien kann es vorkommen, dass Einzelne eine Nachricht veröffentlichen, nur um ihre eigene Meinung zu verbreiten und andere damit zu beeinflussen. Dies kann sogar so weit gehen, dass bewusst Falschmeldungen – sogenannte Fake-News – verbreitet werden, um andere Menschen und ihre Meinung schlecht zu machen. Solche „Fake News" kann man aber erkennen, wenn man diese gezielt hinterfragt, bevor man auf sie hereinfällt.

Mehr Demokratie durch das Internet? (···→ M10-M12, DIGITAL AKTIV)

Das Internet eröffnet den Bürgerinnen und Bürgern neue Möglichkeiten, sich an politischen Entscheidungen zu beteiligen. So probieren manche Gemeinden mittlerweile die „flüssige Demokratie" (liquid democracy) aus und stellen ihren Bürgerinnen und Bürgern eine Plattform zur Verfügung, auf der sie Vorschläge für die Kommunalpolitik unterbreiten oder ein Meinungsbild entwickeln können. Auch Petitionen, Bitten der Bürgerinnen und Bürger an die Parlamente, sind auf der Bundes- und Landesebene mittlerweile elektronisch möglich geworden. Diese neuen Möglichkeiten der Partizipation machen es den Menschen leichter, in unserer Demokratie aktiv mitzuwirken. Kritiker befürchten, dass diese Möglichkeiten aber nicht von allen Menschen wahrgenommen werden können, weil es große Teile der Bevölkerung gibt, die sich mit dem Internet immer noch nicht auskennen.

Schutz des geistigen Eigentums (→ M15, M16)

Geistiges Eigentum umfasst insbesondere immaterielle Werke, wie beispielsweise Ideen oder Erfindungen oder Kunstwerke (wie z. B. Musik, Bilder, Geschichten, Filme). Geistiges Eigentum ist anders als ein materielles Gut nur schwer greifbar und abgrenzbar. Da es dadurch nur schwer gesichert und insbesondere durch neue digitale Medien schnell und auch anonym und illegal verbreitet werden kann, bedarf es eines besonderen Schutzes. Ohne Schutz würden die Eigentümer geistigen Eigentums gegebenenfalls nur unzureichend für ihre Leistung gewürdigt und entlohnt und damit besteht die Gefahr, dass z. B. viele Künstler ihre Kunst nicht mehr der Öffentlichkeit zur Verfügung stellen, da es sich für sie nicht lohnt. Das Urheberrechtsgesetz kümmert sich um den Schutz geistigen Eigentums. Durch Gesetzesfortentwicklung wird das Urheberrechtsgesetz auch insbesondere an die zunehmende Nutzung digitaler Medien angepasst. Bei einem Verstoß gegen das Urheberrechtsgesetz drohen die Zahlung von Schadensersatz und Geld- oder sogar Freiheitsstrafen.

Persönliche Bilder im Netz (→ M18, M20, Randspalte S. 191)

Häufig gehen Menschen sehr sorglos mit der Veröffentlichung privater Daten wie Bilder um. Diese können leicht für wirtschaftliche Zwecke oder für Beleidigungen und Belästigungen (Mobbing) missbraucht werden. Sich dagegen zu wehren, ist aufgrund der Anonymität im Netz sehr schwierig. Deshalb sollte man bei der Veröffentlichung persönlicher Daten und persönlicher Informationen im Netz sehr vorsichtig sein. So müssen wir auf den Schutz unserer Daten achten und die Persönlichkeitsrechte anderer geachtet werden, sonst drohen Schadensersatzforderungen bzw. strafrechtliche Konsequenzen.

WAS WIR KÖNNEN

Mediennutzung von Kindern und Jugendlichen beurteilen

I. Worum geht es?

Im vorangegangen Kapitel habt ihr viele Themen über die Mediennutzung von Kindern und Jugendlichen bearbeitet. Nun seid ihr in der Lage, diesbezüglich Medienbeiträge kritisch zu beurteilen. Ein Beispiel dafür ist die nachfolgende Karikatur:

Karikatur: Piero Masztalerz

II. Geht dabei so vor:

1. Schritt: Analyse der der Karikatur

a) Nennt zunächst den Karikaturisten.
b) Beschreibt, was ihr auf der Karikatur seht. Welche Menschen sind abgebildet? Welche Situation ist zu erkennen? Was tragen die Menschen? Wer oder was steht im Vordergrund?
c) Findet das Oberthema der Karikatur, indem ihr eine Überschrift formuliert.
d) Stellt dar, auf welches Problem der Zeichner hinweisen möchte.
e) Erklärt, welche Meinung der Zeichner zu diesem Thema hat.

2. Schritt: Mediennutzung von Kindern und Jugendlichen anhand der Karikatur beurteilen

a) Nehmt selbst Stellung: Wie steht ihr zur Aussage der Karikatur?
b) Beurteilt mithilfe der Methode „Ein begründetes Urteil bilden" (→ Methodenglossar), ob das Smartphone euren (Medien-)Alltag bestimmt.

Bearbeiter

SELBSTDIAGNOSE

Ich kann…	Dazu benötige ich u. a. folgende Begriffe…	Das klappt schon…	Hier kann ich u. a. noch üben…
…meinen Umgang mit Medien in einem Medientagebuch festhalten und die Bedeutung verschiedener Medien für mich an Beispielen erklären.	Medien Massenmedien Protokoll Statistik		**Kap. 4.1** • M2, M3 • Methode S. 150 • WWW S. 164
…beschreiben, wie digitale Medien mein Leben bereichern, aber auch gefährden können.	Daten Informationen Selbstbestimmung		**Kap. 4.1** • M4-M6 • WWW S. 164
…meinen Umgang mit meinen Daten im Internet als Spiegel meiner Persönlichkeit hinterfragen.	Internetprofil Persönlichkeit Mediator Psychologie		**Kap. 4.1** • M8-M10 • WWW S. 164
…die Entwicklung des Kommunikationsverhaltens und die Vor- und Nachteile der ständigen Erreichbarkeit erläutern.	Kommunikation Erreichbarkeit Social Media		**Kap. 4.1** • M11-M14 • WWW S. 164
…beschreiben, wie ein Ereignis als Nachricht zu uns kommt.	Nachrichtenagentur Korrespondent Redaktion		**Kap. 4.2** • M2, M3 • WWW S. 176
…traditionelle und digitale Medien vergleichen.	Information Unterhaltung Quote Interview		**Kap. 4.2** • M5-M9 • WWW S. 176
…die Aufgaben der Medien in unserer Gesellschaft erklären.	Massenmedien Pressefreiheit Meinungsbildung		**Kap. 4.2** • M15-M17 • WWW S. 176
…die Bedeutung des Datenschutzes erläutern.	Freiheit Sicherheit Persönlichkeitsrechte Datenschutz		**Kap. 4.3** • M2-M5 • WWW S. 192
…die Wirkung und Gefahren von Fake News erkennen und überprüfen, ob Nachrichten „Fake News“ sind.	Fake News Manipulation		**Kap. 4.3** • M7, M8 • Methode S. 183 • WWW S. 192
…darstellen, welche persönlichen und rechtlichen Folgen Cybermobbing haben können.	Cybermobbing Sexting		**Kap. 4.3** • M18-M20 • WWW S. 193

Hilfen H zu den Aufgaben

Kapitel 1

Seite 22

Hilfe zu Aufgabe 2b

So kann eine Regel formuliert werden:

- „Während des Sportunterrichts ist das Tragen von Uhren und Schmuck nicht zulässig."
- „Ballspiele sind während der großen Pausen nur auf dem Sportplatz gestattet."

Seite 30

Hilfe zu Aufgabe 4

Mithilfe nachfolgender Tabelle könnt ihr strukturiert prüfen, welche Wahlrechtsgrundsätze verletzt werden.

Wahlrechtsgrundsätze	verletzt ja/nein	Begründung	Einhaltung sichern, durch...

Seite 32

Hilfe zu Aufgabe 1

Verwendet Symbole (z. B. für Personen), Pfeile, Verbindungslinien und Begriffe aus den Gesetzestexten und Verordnungen.

Seite 32

Hilfe zu Aufgabe 2

Einer sollte die Rolle des Schülersprechers übernehmen und damit die Diskussionsleitung. Haltet eure Argumente und das Ergebnis schriftlich fest.

Seite 38

Hilfe zu Aufgabe 1

Die Tabelle könnte wie folgt aussehen:

Smartphone-Nutzung...	Vorteile	Nachteile
...im Unterricht		
...in der Pause		
...bei den Hausaufgaben		

Seite 38

Hilfe zu Aufgabe 3

Bedenkt auch Folgendes – Ist die Nutzung von Smartphones in der Schule:

- umweltfreundlich?
- gesundheitsförderlich?
- kommunikationsförderlich?
- gerecht?
- lernförderlich?
- ... ?

Seite 46

Hilfe zu Aufgabe 4

Bedenkt, dass ein Staat vor allem dann ein Interesse an einer rechtlichen Maßnahme hat, wenn er einen Vorteil daraus zieht.

Hilfe zu Aufgabe 1a **Seite 49**

Die Tabelle könnte wie folgt gestaltet werden:

	Frauen			Männer		
Von jeweils 100 Frauen/Männer sagten...						
Für das persönliche Glück ist Familie ...	**2006**	**2010**	**2015**	**2006**	**2010**	**2015**
...wichtig						
...nicht wichtig						

Kapitel 3

Hilfe zu Aufgabe 3 **Seite 108**

Hierzu könnt ihr die Abbildung des Wirtschaftskreislaufs heranziehen (→ S. 110).

Hilfe zu Transferzahlungen **Seite 110**

Staatliche Transferzahlungen ins Ausland sind etwa Ausgaben für Entwicklungshilfemaßnahmen oder Zahlungsverpflichtungen gegenüber der Europäischen Union (EU). Im Gegenzug erhält der Staat Transferzahlungen aus dem Ausland z. B. in Form von EU-Subventionen und EU-Fördermitteln.

Hilfe zu Aufgabe 1 **Seite 123**

Geht dabei von den Gemeinsamkeiten verschiedener Märkte aus (→ S. 122).

Kapitel 4

Hilfe zu Aufgabe 1 **Seite 156**

Wählt dazu ein Selfie aus, das euch besonders gut gefällt und beschreibt es.

Hilfe zu Aufgabe 4 **Seite 156**

Beantwortet dazu folgende Fragen:

- Wie werdet ihr selbst zu euren Posts von heute stehen?
- Was wird euer möglicher Arbeitgeber von euch denken, wenn er die Posts und Selfies sieht?
- Was könnte euer Schwarm von euch halten?

Hilfe zu Aufgabe 2 **Seite 173**

Beantwortet dazu folgende Fragen:

- Wo gibt es die meisten Informationen? (Umfang)
- Woher bekommt man die wichtigsten Informationen? (Sachlichkeit)
- Wie treten die Interviewer auf? (Aufmachung)
- An wen richten sich die Interviews? (Zielgruppe)

Hilfe zu Aufgabe 1b **Seite 186**

Denkt z. B. daran, wer Zugang zum Internet hat und welche Kenntnisse man haben muss.

Operatoren in den Aufgaben

Die Aufgaben in „**Politik & Co. 7/8**“ enthalten sogenannte Operatoren. Operatoren sind bestimmte Verben, die euch in den Aufgaben mitteilen, welche Tätigkeiten und welche Lösungsdarstellungen von euch erwartet werden.
Damit es zu keinen Missverständnissen kommt, was ihr genau machen sollt, wenn ihr in den Aufgaben unterschiedliche Operatoren lest, findet ihr in den nachfolgenden Tabellen genaue Beschreibungen der allermeisten in „**Politik & Co. 7/8**“ verwendeten Operatoren.
Das vorliegende Lehrbuch „**Politik & Co. 7/8**“ hat sich dabei an den Operatoren der Einheitlichen Prüfungsanforderungen in der Abiturprüfung Sozialkunde/Politik orientiert – hier aber stark vereinfacht. Die Operatoren sind drei Gruppen von unterschiedlichen Anforderungsbereichen zugeordnet.

Operatoren im Anforderungsbereich I (Reproduktion)

Operator	Beschreibung
aufzählen nennen wiedergeben zusammenfassen	Fachbegriffe, Daten, Fakten und Aussagen in zusammengefasster Form darstellen.
benennen bezeichnen	Sachverhalte, Prozesse und Strukturen mit richtigen Begriffen korrekt aufführen.
beschreiben darlegen darstellen	Wesentliche Sachverhalte im logischen Zusammenhang mithilfe von Fachsprache wiedergeben.

Anforderungsbereich II (Reorganisation und Transfer)

Operator	Beschreibung
analysieren	Materialien oder Sachverhalte systematisch auswerten. Es reicht nicht, alle Besonderheiten aufzuzählen, diese müssen auch geordnet, ausgewertet und in einen Zusammenhang gesetzt werden.
auswerten	Verschiedene Daten oder Einzelergebnisse zu einer abschließenden Gesamtaussage zusammenführen.
charakterisieren	Sachverhalte in ihren Eigenarten beschreiben und diese dann unter einem bestimmten Gesichtspunkt zusammenführen.
einordnen	Eine Position zuordnen oder einen Sachverhalt in einen Zusammenhang stellen.
erklären	Sachverhalte durch Wissen und Einsichten in einen Zusammenhang (z. B. Regel, Gesetz) einordnen und deuten.
erläutern	Wie erklären, aber durch zusätzliche Informationen und Beispiele verdeutlichen.

Operator	Beschreibung
herausarbeiten ermitteln erschließen	Aus Materialien bestimmte Sachverhalte herausfinden, auch wenn sie nicht explizit genannt werden, und Zusammenhänge zwischen ihnen herstellen.
interpretieren	Sinnzusammenhänge aus Materialien erschließen.
vergleichen	Sachverhalte gegenüberstellen, um Gemeinsamkeiten, Ähnlichkeiten und Unterschiede herauszufinden.
widerlegen	Argumente dafür anführen, dass Daten, eine Behauptung, ein Konzept oder eine Position nicht haltbar sind.

Anforderungsbereich III (Reflexion und Problemlösung)

Operator	Beschreibung
begründen	Zu einem Thema oder Sachverhalt komplexe Grundgedanken logisch und schlüssig entwickeln.
beurteilen	Den Stellenwert von Sachverhalten oder Prozessen in einem Zusammenhang bestimmen, um mithilfe von Prüfsteinen zu einem begründeten Urteil zu gelangen.
bewerten Stellung nehmen	Wie beurteilen, aber zusätzlich mit Berücksichtigung weiterer Werte wie z. B. Gerechtigkeit, Gesetzmäßigkeit, Vielfalt...
entwerfen	Ein Konzept in seinen wesentlichen Zügen erstellen.
entwickeln	Zu einem Sachverhalt oder zu einer Problemstellung ein konkretes Lösungsmodell, eine Gegenposition, ein Lösungskonzept oder einen Regelungsentwurf begründend skizzieren.
gestalten	Entwerfen von eigenen Reden, Strategien, Beratungsskizzen, Karikaturen, Szenarien, Spots und von anderen medialen Produkten sowie das Entwickeln von eigenen Handlungsvorschlägen und Modellen.
problematisieren	Widersprüche herausarbeiten, Positionen begründend hinterfragen.
prüfen überprüfen	Inhalte, Sachverhalte, Vermutungen oder Hypothesen auf der Grundlage eigener Kenntnisse oder mithilfe zusätzlicher Materialien auf ihre sachliche Richtigkeit bzw. auf ihre innere Logik hin untersuchen.
sich auseinandersetzen diskutieren	Zu einem Sachverhalt, zu einem Konzept, zu einer Problemstellung oder zu einer These eine Argumentation entwickeln, die zu einer begründeten Bewertung führt.

Nach: Kultusministerkonferenz: Einheitliche Prüfungsanforderungen in der Abiturprüfung Sozialkunde/Politik – Beschluss der Kultusministerkonferenz vom 01.12.1989 in der Fassung vom 17.11.2005. In: www.kmk.org (Abruf am 27.01.2020).

Methoden zur Bearbeitung der Aufgaben

Zur Bearbeitung der Aufgaben werden an vielen Stellen nachfolgende Bearbeitungsmethoden angeboten. Diese sind hier ausführlich erklärt.

Eine Pro- und Kontra-Diskussion durchführen

I. Worum geht es?

Die Pro- und Kontra-Diskussion hilft, gegensätzliche Meinungen bzw. Positionen zwischen zwei Parteien zu einer Thematik auszutauschen.

II. Geht dabei so vor:

1. Schritt: Grundlegende Entscheidungen und Festlegung des Szenarios

Bei der Planung einer Pro-Kontra-Diskussion sollte zunächst die grundlegende Entscheidung getroffen werden, ob man eine simulative oder nicht-simulative Diskussion durchführen will, denn dies bedingt die Auswahl der Problem- oder Entscheidungsfrage. Es sollte sich zudem um eine bedeutungsvolle, konkret formulierte und in den Auswirkungen für Viele spürbare Frage handeln. Die Frage sollte sinnvoll mit Ja oder Nein zu beantworten und zu begründen sein.
Im Anschluss daran gilt es, ein Szenario festzulegen:
• Auswahl der Akteure, • die Gestaltung des (Klassen-)Raumes, • Verständigung über den Ablauf.

2. Schritt: Auswahl der Akteure

- Ein/e Moderator/in: Sie/Er führt die Abstimmung durch und achtet darauf, dass Spielregeln und Zeitvorgaben eingehalten werden. Er bzw. sie trägt Prozessverantwortung, nicht die Inhaltsverantwortung.
- Zwei Anwälte (Pro und Kontra): Sie halten das Eingangs- und Schlussplädoyer und befragen die Sachverständigen.
- Zwei bis vier Sachverständige: Sie artikulieren keine eigene Position, sondern sie bieten nur Informationen, Erfahrungen und Wissen zu Begründungen für einzelne Positionen. Die Rollen der Sachverständigen müssen in Arbeitsgruppen intensiv vorbereitet sowie durch Rollenkarten und zusätzliches Material gestützt werden.
- Das Publikum darf die Beobachtungsrolle nicht vernachlässigen. Denn indem die vorgetragenen Argumente gesammelt werden und deren strategisch-taktische Relevanz für den Debattenverlauf beurteilt wird, kann ein Perspektivenwechsel zur Innenansicht aller Akteure gelingen. Dies erfolgt aber nur bei konkreten Beobachtungsaufgaben und nicht bei einer eher passiven Adressatenhaltung.

Bearbeiter

Ein Gruppenpuzzle durchführen

I. Worum geht es?

Diese Unterrichtsmethode ist eine Form der Gruppenarbeit. Sie arbeitet mit zwei Gruppenformen, der Stamm- und der Expertengruppe.
Beim Gruppenpuzzle werden die Mitglieder einer Klasse in Gruppen eingeteilt. Jede Gruppe bearbeitet das Gesamtthema, jedoch jedes Mitglied in Einzelarbeit einen anderen Teil.

II. Geht dabei so vor:

1. Schritt: Bildet Stammgruppen

1. Teilt die Klasse in Stammgruppen von drei bis sechs Personen auf.
2. Teilt jedem Mitglied einer Stammgruppe eine Teilaufgabe zu. Jedes Gruppenmitglied wird somit zum „Experten" eines Themas.
3. Gebt euch ausreichend Zeit, damit ihr euch in euer Gebiet einarbeiten könnt.

Stammgruppen

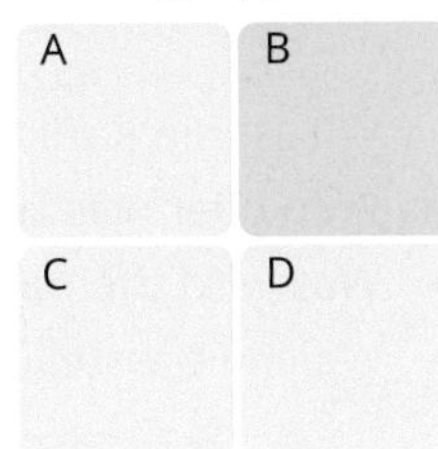

2. Schritt: Bildet Expertengruppen

1. Bildet nun „Expertengruppen", indem sich Mitglieder des gleichen Themengebiets treffen und ihre Ergebnisse vergleichen.
2. Besprecht in euren „Expertengruppen" eure Teilaufgabe als Experten. Löst zusammen die Teilaufgabe und formuliert ein Ergebnis mit dem sich jeder „Experte" einverstanden erklärt.

Expertengruppen

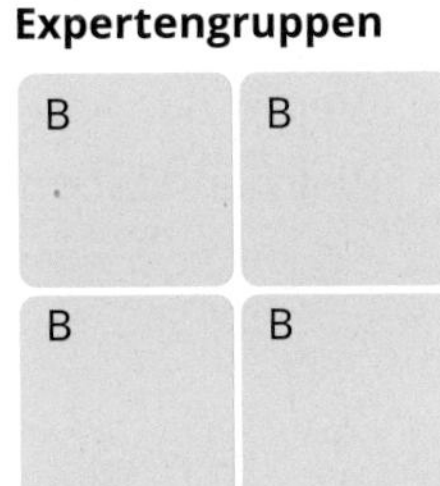

3. Schritt: Rückkehr in die Stammgruppen

1. Kehrt als „Experten" anschließend in eure ursprünglichen Gruppen zurück.
2. Vermittelt als „Experten" euren anderen Gruppenmitgliedern, was ihr über euer Themengebiet erarbeitet habt.
3. Hört den anderen Experten zu und stellt ihnen gegebenenfalls Verständnisfragen.

Stammgruppen

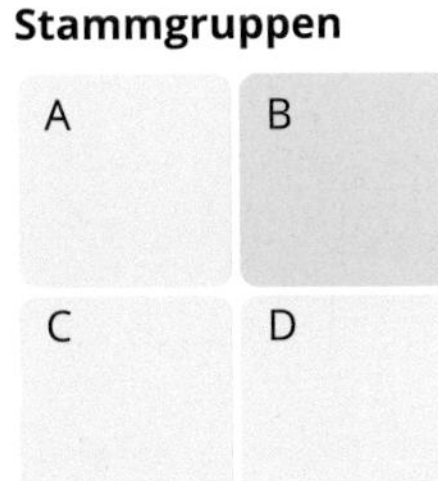

Bearbeiter

Karikaturen analysieren

I. Worum geht es?

Eine Karikatur (ital. caricare = „übertreiben", „verzerren") ist eine Darstellungsform, bei der ein Zeichner gesellschaftliche, politische und wirtschaftliche Sachverhalte bewusst überspitzt darstellt. Dabei soll der Betrachter nicht nur unterhalten, sondern auch zum Nachdenken über die dargestellten Ereignisse, Entwicklungen, Zustände oder Personen angeregt werden. Um die Aussageabsicht einer Karikatur zu entschlüsseln, muss diese zunächst genau analysiert werden. Für eine vollständige Entschlüsselung von Karikaturen empfiehlt sich folgendes Vorgehen:

II. Geht dabei so vor:

1. Schritt: Beschreiben

- Wie ist die Karikatur aufgebaut? (Bild-/Textelemente...)?
- Wen oder was zeigt die Karikatur?
- Was wird thematisiert?
- Welche Darstellungsmittel werden gewählt?

2. Schritt: Deutung

- Welche Bedeutung haben verwendete Symbole?
- Was ist die Kernaussage?
- Wer ist der Adressat?
- Welchen Standpunkt nimmt der Karikaturist ein?

3. Schritt: Bewertung

- Worin ist dem Karikaturisten zuzustimmen?
- Was ist dem Karikaturisten entegegen zu halten?
- Wie ist die zeichnerische Qualität einzuschätzen?

Bearbeiter

Einen Kurzvortrag halten

I. Worum geht es?

Ein Kurzvortrag ist ein Vortrag über ein Thema, der in einer begrenzten Zeit (etwa 5-15 Minuten) gehalten wird. Häufig wird er in Form von Übungsreferaten in der Schule eingesetzt.

II. Geht dabei so vor:

Der erste Eindruck ist entscheidend!...

...Der letzte Eindruck bleibt!

1. Schritt: Vorbereitung und Einleitung

Beginnt euren Vortrag pünktlich. Eine gelungene Eröffnung des Vortrags ist die beste Möglichkeit, um beim Publikum Interesse für die Darbietung zu wecken. Ihr könnt euer Thema entsprechend verschiedene Einstiegsvarianten auswählen. Sicher kennt ihr die schlechteste Variante aus eigener Erfahrung: „Wir wollen heute einen Vortrag zum Thema ... halten." Und schon habt ihr das Desinteresse der Zuhörer auf eurer Seite. Also solltet ihr einen Einstieg wählen, der das Publikum • visuell einstimmt, • provoziert, • persönlich anspricht, • durch eine kluge Fragestellung einbezieht, • mit einem Vergleich konfrontiert, • spontan anspricht, • überrascht oder • erheitert.

2. Schritt: Durchführung

Interessiert sich euer Publikum erst einmal für euer Thema, könnt ihr Thema und Gliederung vorstellen. Damit beginnt ihr den Hauptteil des Vortrags – das „Filetstück". Eure Gliederung als „Fahrplan" der Darbietung schreibt ihr am besten auf eine Folie oder bringst sie vor Beginn des Referates auf einer Flipchart oder Tafel an. So kann das Publikum dem Inhalt eures Vortrags gut folgen. Plant den Hauptteil wie eine Regieanweisung. Da ihr im Team euer Thema präsentiert, ist es umso wichtiger, für jeden handhab- und nachvollziehbar den Ablauf zu skizzieren. Es sollte auch vermerkt werden, wer den gerade Vortragenden mit dem Auflegen einer Folie oder dem Zeigen von Bildern usw. unterstützt, damit dieser sich voll seinem Vortrag widmen kann und nicht aus dem Konzept kommt.

3. Schritt: Abschluss

Der Schluss fasst die wesentlichen Aspekte eures Vortrags zusammen. Hütet euch aber vor solchen Formulierungen: „Jetzt sind wir am Ende unseres Vortrags" oder „Alles Wesentliche wurde gesagt, wir fassen nur noch einmal zusammen". Gut ist es, wenn Einstieg und Schluss einen gewissen Rahmen des Referates bilden.

Nach: Deparade, Elke: Planung und Durchführung der Präsentation – Methodenlernen in der gymnasialen Oberstufe. C.C.Buchner 2013, S. 97 f.

METHODENGLOSSAR

Eine Mindmap erstellen

I. Worum geht es?

Eine Mindmap (englisch: *mind map*; auch: *Gedanken[land]karte, Gedächtnis[land]karte*) erstellen, ist eine Technik, die für das Erschließen oder das visuelle Darstellen eines Themengebietes oft zum Einsatz kommt. Hierbei sollen Gedanken freien Lauf erhalten und so die Fähigkeit des Gehirns zur Kategorienbildung genutzt werden.

II. Geht dabei so vor:

1. Schritt: Das Thema bestimmen

Zuerst gilt es, ein möglichst konkretes Thema bzw. einen bestimmten Begriff zu bestimmen. Schreibt dieses Thema/diesen Begriff in die Mitte eines Papiers.

2. Schritt: Hauptäste setzen

Zieht Linien/Hauptäste von dem Thema/Begriff in verschiedene Richtungen. Schreibt dann Oberbegriffe in Großbuchstaben am Ende der Hauptäste. Mit diesen Oberbegriffen strukturiert ihr das Thema/den Begriff grundlegend, überlegt hier also genau, welche Begriffe ihr für die Hauptäste wählt.

3. Schritt: Nebenarme setzen

Ergänzt nun Nebenarme mit einer zweiten (und evtl. dritten) Gedankenebene.

4. Schritt: Erweiterung und Abschluss

Nun erweitert eure Mindmap: Ihr könnt an jedem Arm Begriffe und Ideen ergänzen, gerade wo euch etwas einfällt.

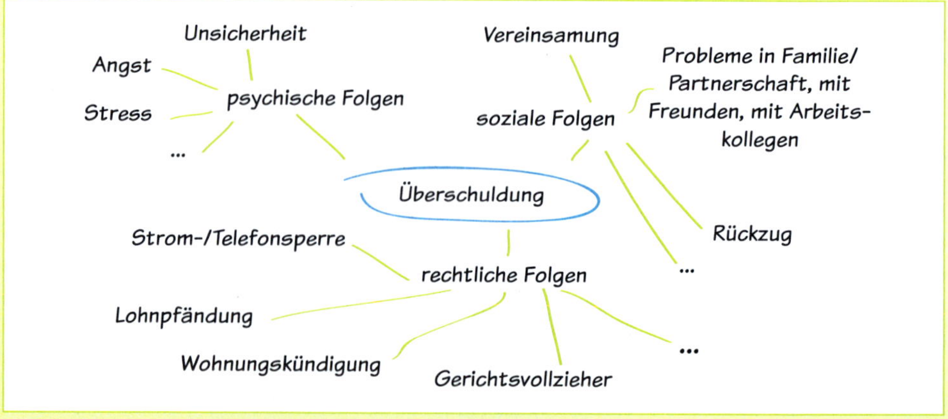

Bearbeiter

Eine Positionslinie bilden

I. Worum geht es?

Mithilfe einer Positionslinie können Einstellungen körperlich zum Ausdruck gebracht werden. Dies kann in jedem größeren Raum geschehen, z. B. in eurem Klassenraum.

II. Geht dabei so vor:

1. Schritt: Vorbereitung

Auf einer gedachten oder durch einen Klebestreifen auf dem Boden markierten Linie positionieren sich die Schüler zu einer Frage oder zu einem Problem. Die Enden dieser Linie stellen alternative Pole (ja/nein; stimmt/stimmt nicht), der Abstand zwischen diesen Punkten entsprechend abgestufte Positionen dar.

2. Schritt: Durchführung

Die Schüler werden dann aufgefordert, ihre Positionen zu begründen und sich auch argumentativ aufeinander zu beziehen.

Scholz, Lothar: Spielerisch Politik lernen – Methoden des Kompetenzerwerbs im Politik- und Sozialkundeunterricht. Wochenschau-Verlag 2003, S. 114.

METHODENGLOSSAR

Analyse von Statistiken, Diagrammen und Schaubildern

I. Worum geht es?

Die Statistik ist eine Zusammenfassung vieler verschiedener Daten. Die Daten können zum Beispiel sein: Anzahl von Menschen, Deutschen, Kindern, Frauen, Männern oder Höhe von Einkommen, Schulden, Taschengeld und vieles mehr.
Die Zusammenfassung der Daten (Statistik) wird mithilfe von Diagrammen oder Schaubildern dargestellt. Da diese oft sehr unterschiedlich aufgebaut werden, gilt es, diese zu analysieren.

II. Geht dabei so vor:

a)

Balkendiagramm

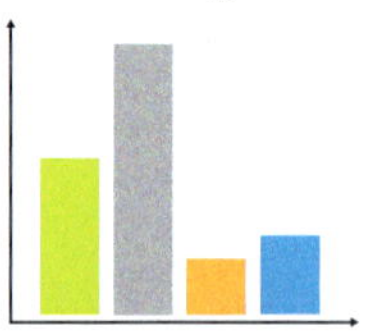

Säulendiagramm

b)

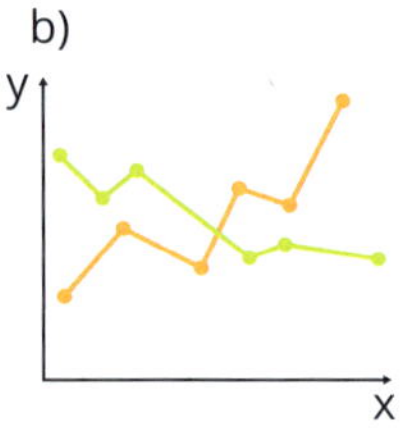

Liniendiagramm

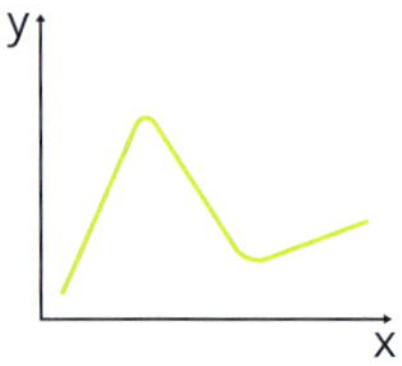

Kurvendiagramm

c)

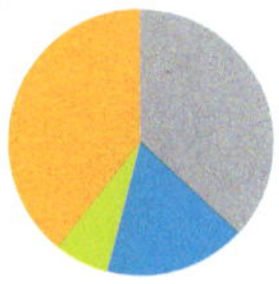

Kreis-/Kuchen-/
Tortendiagramm

1. Thema und Darstellungsform bestimmen

- Bestimmung des Themas: Schaut zunächst auf die Überschrift des Diagramms/des Schaubilds. Hier finden sich meist die gesuchten Informationen.
- Bestimmung der Darstellungsform: Es gibt verschiedene Arten von Diagrammen:
  a) **Balken- und Säulendiagramme:** Diese Diagramme können verschiedene Zahlenwerte gut miteinander vergleichen,
  b) **Linien- und Kurvendiagramme:** Diese Diagramme können zeitliche Entwicklungen gut darstellen.
  c) **Kreis-, Kuchen- oder Tortendiagramme:** Diese Diagramme können unterschiedliche Anteile an der Gesamtmenge gut aufzeigen.

2. Schritt: Beschreibung der Diagramme und Schaubilder

- In welcher Maßeinheit sind die Zahlenwerte angegeben? Handelt es sich um absolute Zahlen? Dann steht dort z. B. „in Tausend" oder „in Millionen".
- Welcher Zeitpunkt oder Zeitraum ist dargestellt?
- Woher kommen die Zahlen, was ist als Quelle der Darstellung angegeben?

3. Schritt: Analyse und Beurteilung der Diagramme und Schaubilder

- Was zeigen die Zahlen und Daten? Gibt es Besonderheiten oder Auffälligkeiten?
- Ist die Form der Darstellung korrekt?
- Wie ist die Aussage des Schaubilds/Diagramms in das Thema einzuordnen?

Bearbeiterin

Think-Pair-Share-Methode

I. Worum geht es?

Think-Pair-Share (denken – austauschen – teilen) ist eine Methode, um sich in Zwischenschritten mit einer Frage zu beschäftigen und gemeinsam eine Lösung zu einer vorgegebenen Fragestellung zu entwickeln. Die Think-Pair-Share-Methode gliedert sich in drei Phasen.

II. Geht dabei so vor:

1. Schritt: Think

In der ersten Phase (Think) wird still und für sich über eine eigene Antwort auf eine bestimmte Frage nachgedacht. Dabei ist es sinnvoll, dass die eigene Antwort in Stichworten notiert wird.

2. Schritt: Pair

In der zweiten Phase (Pair) wird die eigene Antwort auf die Frage einem zugeteilten Partner mitgeteilt. Dabei werden die eigenen Gedanken klar formuliert und sich gegenseitig aktiv zugehört.

3. Schritt: Share

In der dritten Phase (Share) werden die Antworten einem anderen Paar vorgestellt und besprochen. Auf diesem Weg soll die Gruppe dann über die verschiedenen Überlegungen ins Gespräch kommen.

Bearbeiter

Ein begründetes Urteil bilden

I. Worum geht es?

„Das ist eben meine Meinung!" Dieser oft gesagte Satz kommt von Personen, die ihr Urteil nicht richtig begründen können. Sicherlich hat jeder Mensch das Recht, seine Meinung frei zu äußern. So steht es in Artikel 5 des Grundgesetzes. Damit diese auch nachvollziehbar ist und überzeugt, sollte sie gut begründet sein. Ein „begründetes Urteil" muss einige wichtige Bedingungen erfüllen.

II. Geht dabei so vor:

1. Schritt: Ein Spontanurteil formulieren

1. Formuliert euer erstes spontanes Urteil zum Thema oder zur Fragestellung.
2. Begründet es vorläufig in einem oder wenigen Sätzen. Folgende Formulierungen können dabei helfen: *Ich denke, dass der Vorschlag umgesetzt werden sollte, weil... . Meiner Meinung nach sollte/sollte nicht..., damit/weil... .*

2. Schritt: Fragen an das Thema mithilfe von „Prüfsteinen" (Kriterien) formulieren

1. Überlegt euch Fragen, die dabei helfen, das Thema genauer zu prüfen.
2. Beispielsweise könnte man fragen, ob die Einrichtung einer neuen Fahrradstraße zum Klimaschutz beiträgt. Der Prüfstein hieße dann „Auswirkungen auf die Umwelt/das Klima". Weitere Beispiele können sein:
   - Ist ein Verbot von Klassenchats umsetzbar? (Prüfstein → Umsetzbarkeit)
   - Ist ein Verbot von Kinderwerbung wirksam? (Prüfstein → Wirksamkeit)
   - Ist die Einrichtung einer Fahrradstraße gerecht und/oder haben dadurch bestimmte Personen mehr Nach- als Vorteile? (Prüfstein → Gerechtigkeit)

3. Schritt: Verschiedene Sichtweisen (Perspektiven) betrachten

1. Überlegt, wer oder welche Personengruppen mit der Frage oder der Entscheidung zu tun haben (Schülerinnen und Schüler, Eltern, Politiker...).
2. Prüft, welche Argumente die unterschiedlichen Personen(gruppen) für oder gegen den Vorschlag vorbringen könnten.

Personengruppen	Argumente für...	Argumente gegen...

4. Schritt: Ein begründetes Urteil formulieren

1. Nachdem ihr Prüfsteine und Perspektiven mit möglichst vielen Informationen zum Thema verbunden habt, formuliert euer Urteil.
2. Benennt dabei mindestens einen Prüfstein, der euch besonders wichtig ist.

Formulierungshilfen

Aus meiner Sicht ist ein solches Verbot... .

Ich bin für/gegen..., weil... .

Es gibt dafür starke Argumente, zum Beispiel... .

Bearbeiterin

Ein Wandplakat erstellen

I. Worum geht es?

Neben der permanenten Präsenz im Klassenraum bietet ein Wandplakat den Vorteil, den gelernten Inhalt zu visualisieren. Während die Visualisierung oftmals von der Lehrperson geleistet wird, besteht die Aufgabe nicht selten darin, zuzuschauen, zuzuhören sowie den Inhalt nachzuvollziehen und abzuschreiben. Problematisch ist dieses Vorgehen insofern, als die visuellen Vorgaben der Lehrkraft oftmals nicht so nachzuvollziehen sind, wie dies aus Lehrersicht erscheint. Somit empfiehlt es sich, möglichst eigene visuelle Grundmuster zu entwickeln, da sich so eigene gedankliche Verknüpfungen und Verankerungen ausbilden.

II. Geht dabei so vor:

1. Schritt: Vorbereitung

Haltet das Wichtigste fest. Hierbei können euch folgende Materialien helfen:

- Bilder, Tabellen, Fotos...
- kurze Informationstexte

2. Schritt: Gestaltung

- klare, saubere, deutliche Schrift
- keine Rechtschreibfehler
- Farben verwenden, die auch von weitem gut erkennbar sind
- Raum gut aufteilen (nicht dicht gedrängt)

Nach: Klippert, Heinz: Methodentraining – Übungsbausteine für den Unterricht. Beltz 1999, S. 168.

WebQuest – im Internet recherchieren

I. Worum geht es?

Suchmaschinen bieten oft viele Tausend verschiedene Internetseiten an. Eine Recherche im Internet muss daher strukturiert angegangen werden.

II. Geht dabei so vor:

1. Schritt: Suche eingrenzen, Begriffe finden

Ihr solltet die Suchanfrage genau eingrenzen. Am besten schreibt ihr passende Begriffe so genau wie möglich in das Suchfeld. Durch das +-Zeichen sucht die Suchmaschine nach Internetseiten, in denen alle Begriffe vorkommen, durch Anführungsstriche könnt ihr Begriffe verbinden, die Suchmaschine sucht dann nur nach dieser Kombination (z. B. „Ehrenamt Kommune"). Wenn ihr bei der ersten Eingabe nicht erfolgreich wart, könnt ihr einen oder mehrere Suchbegriffe wieder herausnehmen oder austauschen.

2. Schritt: Suchergebnis auswählen

Als Ergebnis erhaltet ihr in der Regel eine lange Liste an Treffern von Internetseiten. Wenn die ersten Angaben eurer Suche entsprechen, lest die kurze Beschreibung unter der Überschrift. Die URL (fängt mit „www." an und wird häufig in grüner Schrift dargestellt) gibt oft darüber Auskunft, wer der Anbieter der Internetseite ist. Einrichtungen, Ministerien, Tageszeitungen u. Ä. verwenden in der Regel ihren Namen als URL, sodass ihr gleich wisst, dass ihr euch auf die Informationen verlassen könnt. Klickt die Seite an, die am besten zu eurer Suche passt, und überfliegt den Inhalt. War die Seite nicht richtig für euch, geht im Browser (wahrscheinlich arbeitet ihr mit dem Internet Explorer oder Mozilla Firefox) oben links auf den Pfeil nach links (zurück).

3. Schritt: Die Bewertung von Internetseiten

Ihr könnt die Identität des Verfassers beispielsweise über das Impressum oder die Rubrik „Wir über uns" herausfinden. Auch der Hintergrund des Autors sollte bekannt sein, d. h. in welchem Umfeld die Website veröffentlicht wurde (z. B. Universität, Unternehmen, Organisation). Schließlich sollte der Text aktuell sein. Dabei kann ein Blick auf weiterführende Links helfen.

4. Ergebnisse sichern

Sichert vor dem Schließen der Browserfenster eure Ergebnisse (z. B. durch Ausdrucken, Link speichern...).

Bearbeiter

Kleines GRW-Lexikon

B

Bedürfnis
Bedürfnis ist der Wunsch, einen Mangel zu beseitigen. So liegt dem Bedürfnis zu trinken, Durst als Mangelempfinden zugrunde.

Bürgerinitiative
Lockerer, zeitlich befristeter Zusammenschluss von Bürgerinnen und Bürgern, die wegen eines bestimmten Anliegens Einfluss auf die Politik nehmen wollen.

Bürgerliches Gesetzbuch (BGB)
In ihm stehen die wichtigsten rechtlichen Regelungen, die das Zusammenleben der Bürger betreffen, z. B. zu den Rechten und Pflichten beim Kaufvertrag.

C

Clique
Die Clique (Peergroup) ist eine Gruppe von meist Gleichaltrigen, die sich zusammengehörig fühlt. Die Mitglieder zeigen ihre Zugehörigkeit, in dem sie gemeinsam etwas unternehmen, eine bestimmte Kleidung tragen, eine bestimmte Musik hören oder eine eigene Sprache benutzen.

D

Demokratie
Das Wort stammt aus dem Griechischen und bedeutet Herrschaft des Volkes. Die Beteiligung aller Bürgerinnen und Bürger an allen Abstimmungen kann nur in sehr kleinen Staatsgesellschaften verwirklicht werden (direkte Demokratie). Wo dies nicht möglich ist, wählt das Volk Vertreter (Repräsentanten), die für das Volk handeln (repräsentative Demokratie).

E

Einkommen
Allgemein meint man damit das Arbeitseinkommen für Erwerbstätigkeit (Lohn, Gehalt, Gewinn). Darüber hinaus gibt es auch Einkommen als Entgelt für die Bodennutzung (Miete, Pacht) oder als Entgelt für die Nutzung von Kapital (Sparzinsen, Kreditzinsen). Einkommen, die der Staat ohne Gegenleistung bezahlt, nennt man Transfereinkommen.

Erziehung
Erziehung nennt man alles, was dazu beiträgt, die Persönlichkeit eines Menschen zu bilden und zu fördern.

Erziehungsstil
Eltern versuchen auf verschiedene Weise, die Persönlichkeit ihrer Kinder auszubilden. Diese Verhaltensweisen der Eltern sind unterschiedlich ausgerichtet: zwischen streng und autoritär oder partnerschaftlich.

F

Familie
Gemeinschaft, die bei uns in der Regel aus den Eltern und Kindern besteht. Im weiteren Sinne ist eine Familie eine Gruppe von Menschen unterschiedlicher Generationen, die unter einem Dach zusammenleben, füreinander Verantwortung übernehmen und sich gegenseitig unterstützen. In unserer Gesellschaft gibt es viele unterschiedliche Formen der Familie: Kleinfamilie, Patchworkfamilie, Großfamilie, alleinerziehende Mütter oder Väter mit ihren Kindern, Stieffamilie usw.

G

Geld
Geld ist ein allgemein anerkanntes und gültiges Zahlungsmittel, mit dem man Waren oder Dienstleistungen erwerben kann. Geld ist Tauschmittel, Wertaufbe-

wahrungsmittel, Wertübertragungsmittel und Recheneinheit.

Gemeinde

Die Gemeinden (Kommunen) bilden das unterste politische Gemeinwesen in der Bundesrepublik Deutschland. Gemeinden besitzen das Recht der Selbstverwaltung (Art. 28 GG) und regeln im Rahmen der Gesetze alle Angelegenheiten der örtlichen Gemeinschaft in eigener Verantwortung.

Gemeinwohl

Unter Gemeinwohl versteht man das Wohlergehen einer gesellschaftlichen Gruppe (z. B. eines Staates, einer Religionsgemeinschaft, einer Schule, einer Klasse). Das Gemeinwohl zu steigern, ist ein Ziel politischer Entscheidungen. Dazu müssen einzelne oder persönliche Interessen manchmal aufgegeben oder durch einen Kompromiss ausgeglichen werden.

Generation

Damit meint man alle innerhalb eines bestimmten Zeitabschnitts geborenen Menschen. Der Abstand zwischen zwei Generationen ist der Abstand zwischen den Geburtsjahren von Großeltern, Eltern und Kindern.

Gerechtigkeit

Einstellung, Prinzip, Zustand, bei dem jede Person das erhält, was ihr zusteht. Wie dieser Zustand zu erreichen ist, ist umstritten. So unterscheidet man Chancengerechtigkeit, Leistungsgerechtigkeit, Bedarfsgerechtigkeit und Teilhabegerechtigkeit.

Geschäftsfähigkeit

Die Fähigkeit, gültige Rechtsgeschäfte abzuschließen. Die beschränkte Geschäftsfähigkeit beginnt mit der Vollendung des 7. und endet mit der Vollendung des 18. Lebensjahres. Mit Vollendung des 18. Lebensjahres erhält man die volle Geschäftsfähigkeit.

Gesellschaft

Eine Gesellschaft bezeichnet einen relativ dauerhaften Verbund von Gemeinschaften/Gruppen, die innerhalb einer politischen und wirtschaftlichen Ordnung leben und gemeinsame Normen und Werte teilen.

Gesetz

Ein Gesetz ist eine verbindliche Vorschrift, die das Ziel hat, das Zusammenleben der Menschen zu regeln. Es muss in einem dafür vorgesehenen Verfahren rechtmäßig zu Stande kommen. Gesetze werden von den Parlamenten (Bundestag, Landtag) beschlossen. Anmerkung: Gemeindevertretungen können lediglich Verordnungen auf Grundlage von bereits existierenden Gesetzen erlassen.

Grundgesetz (GG)

Das Grundgesetz (GG) wurde am 23. Mai 1949 verkündet und trat am darauffolgenden Tag als Verfassung der Bundesrepublik Deutschland in Kraft. In ihm sind die wesentlichen Bestimmungen für das Verhältnis von Individuum und Staat sowie für die staatliche Ordnung festgelegt.

Gruppen

Eine Gruppe ist ein „sozialer Verband" von mehreren Menschen, die durch ein bestimmtes „Wir-Gefühl" miteinander verbunden sind. Es gibt Gruppen, in die man hineingeboren wird (Familie) und welche, die man sich nicht aussuchen kann (z. B. Schulklasse), sogenannte Zwangsgruppen. Für Jugendliche ist der Freundeskreis besonders wichtig. Er übt auch Einfluss auf die eigene Entwicklung aus (sog. „Peergroup“).

Gruppendruck/Gruppenzwang
Er entsteht, wenn die Mitglieder einer Gruppe auf andere Mitglieder der Gruppe Druck ausüben, um das Verhalten oder die Meinung desjenigen zu verändern und an die Gruppe anzupassen. Es kann durchaus passieren, dass man unter dem Gruppendruck Dinge tut, die man eigentlich nicht tun möchte. Dem Gruppendruck zu widerstehen erfordert Mut.

Güter
Güter sind ganz allgemein Mittel (z. B. Waren, Dienstleistungen, Rechte), mit denen Bedürfnisse befriedigt werden können. Sie haben einen Preis und sind in der Regel nicht unbegrenzt verfügbar. Nur wenige Güter auf der Erde (z. B. Luft, Sand in der Wüste) sind freie Güter, d. h. unbegrenzt vorhanden.

H

Haushalt
Die genaue Aufstellung der geplanten Einnahmen und Ausgaben für einen bestimmten Zeitraum (meist das kommende Jahr). Die Einnahmen werden nach den Quellen unterschieden, die Ausgaben nach dem Zweck der Verwendung.

K

Konflikt
Ein Konflikt ist ein Spannungszustand zwischen zwei oder mehreren Personen. Er entsteht dadurch, dass es zwischen den Personen oder Personengruppen unterschiedliche Zielvorstellungen und Interessen gibt, die zunächst unvereinbar gegeneinanderstehen. Wenn man einige Regeln beim Streiten beachtet, können Konflikte leichter gelöst werden.

Knappheit
Knappheit entsteht dadurch, dass unsere Wünsche und Bedürfnisse unbegrenzt, die vorhandenen Güter auf der Erde jedoch begrenzt sind. Knappheit ist also letztlich der Grund für die wirtschaftliche Betätigung des Menschen. Güter zur Befriedigung von Bedürfnissen müssen von den Menschen hergestellt werden, die Preise der Güter sind ein Gradmesser für ihre Knappheit.

Kommune
Gemeinde oder Stadt, die sich selbst verwaltet. Oberstes Organ ist die Gemeindevertretung (Gemeinde- oder Stadtrat).

M

Markt
Der reale oder virtuelle Ort, an dem Angebot und Nachfrage nach Gütern und Leistungen aufeinandertreffen und Preise gebildet werden (z. B. Automarkt, Börse). Das Grundprinzip des Marktes ist der Tausch.

Massenmedien
Sammelbezeichnung für Presse, Rundfunk, Fernsehen und Internet. Allgemein Kommunikationsmittel, mit denen Informationen durch Schrift, Ton oder Bild einseitig an ein sehr breites Publikum übermittelt werden können.

Mediendemokratie
Form der Demokratie, in der die Artikulation und Diskussion von politischen Problemen in erster Linie von den Medien angestoßen und vermittelt wird.

Mobbing
Mobbing bedeutet, dass jemand z. B. in der Schule schikaniert, belästigt, drangsaliert, beleidigt, ausgegrenzt wird. Wenn

man eine negative Handlung als Mobbing bezeichnen möchte, dann muss diese häufig und wiederholt auftreten und sich über einen längeren Zeitraum erstrecken. Das Mobbingopfer ist der Situation häufig hilflos ausgeliefert und leidet stark unter der Situation.

N

Nachhaltigkeit

Der Begriff der Nachhaltigkeit entstand bereits im 18. Jahrhundert in der Forstwirtschaft. Hier setzte sich die Erkenntnis durch, dass eine sinnvolle bzw. effiziente Forstwirtschaft nur dann zu betreiben ist, wenn in einem Forst nicht mehr Bäume geschlagen werden als nachwachsen können. Diese Erkenntnis wird seit einigen Jahren auf andere Branchen übertragen (etwa auf die Fischereiwirtschaft), auch werden eigene Labels für nachhaltiges Wirtschaften entwickelt. Zunehmend wird der Begriff Nachhaltigkeit auch in anderen Bereichen verwendet („nachhaltige Bildung", „nachhaltige Finanzwirtschaft"); problematisch erscheint dabei, dass der Begriff damit an Schärfe verliert und zu einem „Allerweltsbegriff" wird, was der Nachhaltigkeitsdebatte eher abträglich ist.

O

Ökologie

So bezeichnet man die Wissenschaft von den Wechselbeziehungen zwischen den Lebewesen und ihrer Umwelt.

Ökonomisches Prinzip

Das ökonomische Prinzip besagt, dass die vorhandenen Mittel (Geld, Zeit) optimal eingesetzt werden sollen, um ein bestimmtes Ergebnis zu erreichen. Bei vorgegebenen Mitteln soll ein möglichst hoher Ertrag erzielt werden (Maximalprinzip). Bei einem vorgegebenen Ertrag sollen möglichst geringe Mittel eingesetzt werden (Minimalprinzip).

P

Politik

Politik bedeutet die allgemeinverbindliche oder auf Allgemeinverbindlichkeit zielende Problemlösung oder Gestaltung des Gemeinwesens. Unterschieden werden drei Dimensionen der Politik: policy (Inhalte), polity (Rahmen), politics (Konflikte).

Preisbildung

Prozess, in dem sich in einer Marktwirtschaft auf den Märkten die Preise bilden. Preisbildung ist abhängig von Marktform und Anzahl der Anbieter und Nachfrager. Sie vermittelt zwischen Produktion und der Befriedigung bestehender Bedürfnisse.

Pressefreiheit

Garantie für die freie Berichterstattung und Veröffentlichung von Informationen und Meinungen. Sie ist im deutschen Grundgesetz festgeschrieben (Art. 5 GG) und gilt als Grundlage der Demokratie, da sich die Bürger nur mithilfe der Informationen an politischen Entscheidungen beteiligen können.

Produktion

Bezeichnet den Prozess der Herstellung von Produkten durch den Einsatz betrieblicher Produktionsfaktoren. Dies können im weiteren Sinne auch Dienstleistungen (Haarschnitt beim Friseur) sein.

Produktionsfaktoren

Dies sind Güter und (Dienst-)Leistungen, die eingesetzt werden, um andere Güter und (Dienst-)Leistungen herzustellen bzw. zu erbringen. Die klassischen Produktionsfaktoren sind Arbeit, Kapital und

Boden. Im betriebswirtschaftlichen Fertigungsprozess unterscheidet man diese Produktionsfaktoren: Betriebsmittel (z. B. Maschinen), Werkstoffe (werden verarbeitet), Arbeit und Informationen.

R

Rechtsfähigkeit
Mit der Geburt ist der Mensch Träger von Rechten und Pflichten.

Rolle
Eine Rolle ist ein bestimmtes Verhalten, das andere Menschen von bestimmten Personen oder in bestimmten Situationen erwarten. Das Verhalten der Geschlechter (Frauen/Männer) und damit zusammenhängend die Rollen- und Arbeitsverteilung in der Familie sind oft mit solchen Erwartungen verbunden.

S

Schülervertretung
Die Schülervertretung (häufig SV abgekürzt) vertritt die Interessen der Schülerinnen und Schüler bei der Gestaltung des schulischen Lebens. Alle Schülerinnen und Schüler können an ihrer Interessenvertretung mitwirken. Aus der Gruppe der Klassen- und Jahrgangsstufensprecher wird in der Regel ein SV-Team gewählt, das für ein Schuljahr die Anliegen und Angelegenheiten der Schülerschaft vertritt und besondere Aufgaben bei der Organisation der SV-Arbeit übernimmt.

Schulgesetz
Das Schulgesetz ist eine Regelsammlung für alle Schulen in einem Bundesland (z. B. Sachsen). Es legt unter anderem fest, welchen Auftrag die Schulen haben, wie sie organisiert sein sollen, welche Möglichkeiten der Mitbestimmung es für Schüler, Eltern und Lehrer gibt und welche Rechte und Pflichten Schüler haben. Auch wie Entscheidungen innerhalb der Schule getroffen werden sollen und wer an ihnen beteiligt werden muss, regelt das Schulgesetz.

Schulkonferenz
Die Schulkonferenz ist in der Schule das oberste Gremium. Alle wichtigen Entscheidungen, die die einzelne Schule betreffen, werden dort gefällt. Die Schulkonferenz besteht aus gewählten Schülervertretern, Elternvertretern und Lehrervertretern. Zusätzlich ist der Schulleiter oder die Schulleiterin immer Vorsitzende/r der Schulkonferenz.

Soziales Netzwerk
Der Begriff soziales Netzwerk bezeichnet ein Beziehungsgeflecht, das Menschen mit anderen Menschen verbindet. Menschen sind untereinander zum Beispiel durch Beziehungen in der Familie und Verwandtschaft sowie im Freundeskreis, aber auch mit der Nachbarschaft und in der Arbeitswelt verletzt. Soziale Netzwerke werden zunehmend im Internet gebildet.

Staat
Mit dem Begriff bezeichnet man eine Vereinigung vieler Menschen (Staatsvolk) innerhalb eines durch Grenzen bestimmten geografischen Raumes (Staatsgebiet) unter einer unabhängigen (souveränen) Staatsgewalt, die von den Staatsorganen (Regierung, Parlamente, Gerichte, Polizei) ausgeübt wird.

Steuern
Steuern sind allgemeine Geldabgaben der Bürger und Unternehmen an den Staat. Alle Steuerpflichtigen müssen Steuern zahlen. Es gibt verschiedene Steuerarten

(z. B. Einkommensteuer, Mineralölsteuer, Hundesteuer). Steuern sind in der Regel nicht an einen bestimmten Zweck gebunden. Hundesteuern müssen z. B. nicht zur Beseitigung von Hundekot verwendet werden. Steuern dienen dazu, dass der Staat (oder das Land, die Gemeinde) seine Aufgaben erfüllen kann, d. h. seine Straßen bauen und instand halten, seine Einrichtungen betreiben und seine Beamten und Angestellten bezahlen kann.

T

Taschengeld
Meist regelmäßige Zuwendungen an Jugendliche, über die sie mit Einwilligung der Erziehungsberechtigten frei verfügen können.

Taschengeldparagraf
Regelung des BGB, die besagt, dass Geschäfte von Minderjährigen dann wirksam sind, wenn diese mit Mitteln bezahlt werden (in der Regel Taschengeld), die ihm zur freien Verfügung von den gesetzlichen Vertretern (Eltern) überlassen worden sind.

Transfereinkommen
Als Transfereinkommen bezeichnet man Einkommen, welches durch den Staat oder andere Institutionen bereitgestellt wird, ohne dass eine konkrete Gegenleistung erfolgt. (Beispiele: Sozialhilfe, Arbeitslosengeld II etc.)

V

Verbraucherschutz
Maßnahmen zum Schutz der Gesundheit der Verbraucher und zur Stärkung ihrer Rechte als Konsumenten. Mit bestimmten Gesetzen (z. B. zur Kennzeichnung von Lebensmitteln oder zur Gewährleistung), aber auch durch eine verbesserte Information und Aufklärung (z. B. durch Produktsiegel und Warentests) soll die Position der Verbraucher gegenüber den Anbietern verbessert werden.

W

Wahlen
Verfahren der Berufung von Personen in bestimmte Ämter durch Stimmabgabe einer Wählerschaft. In Demokratien werden die wichtigsten Staatsämter durch Wahlen besetzt. Freie Wahlen müssen bestimmte Wahlgrundsätze erfüllen. Bei den Bundestagswahlen sind dies nach Art. 38 (1) GG die fünf Wahlgrundsätze allgemein, unmittelbar, frei, gleich und geheim. Das genaue Wahlverfahren (Verhältniswahl, Mehrheitswahl) ist meist in Wahlgesetzen geregelt.

Werbung
Im wirtschaftlichen Sinne die Bekanntmachung von Gütern oder Dienstleistungen mit der Absicht, bei den Konsumenten eine Kaufhandlung auszulösen. Wird dies versteckt gemacht, spricht man von Schleichwerbung.

Wirtschaftskreislauf
Modell, in dem die Tauschvorgänge zwischen den Wirtschaftssubjekten (private Haushalte, Unternehmen; erweiterte Darstellungen umfassen Staat, Banken und auch das Ausland) dargestellt werden.

Register